La Selección

La Selección

Kiera Cass

Traducción de Jorge Rizzo

rocabolsillo

Penguin Random House Grupo Editorial

Título original: *The Selection*

Segunda edición en este formato: noviembre de 2016
Vigesimoquinta reimpresión: enero de 2025

Printed in Spain – Impreso en España

ISBN: 978-84-16240-60-9
Depósito legal: B-20070-2016

Impreso en QP Print
Molins de Rei (Barcelona)

RB 4 0 6 0 B

¡Hola, papá!

Capítulo 1

Cuando llegó la carta, mi madre se puso eufórica. Ya había decidido que todos nuestros problemas se habían solucionado, que habían desaparecido para siempre. Pero su plan tenía un gran problema: yo. No creo que fuera una hija particularmente desobediente, pero ahí fue donde dije basta.

No quería pertenecer a la realeza. Y no quería ser de los Unos. No quería ni siquiera «intentarlo».

Me escondí en mi habitación, el único lugar donde no llegaba el parloteo que llenaba la casa, para pensar en algo que pudiera convencerla. De momento, tenía toda una serie de opiniones claramente formadas..., pero estaba segura de que no escucharía nada de lo que alegara.

No podía seguir dándole esquinazo mucho más tiempo. Se acercaba la hora de la cena y, al ser la mayor de los hermanos que seguíamos en la casa, me tocaba a mí ocuparme de la cocina. Me levanté de la cama y decidí enfrentarme al enemigo.

Mamá me lanzó una mirada, pero no dijo nada.

Ejecutamos una danza silenciosa por toda la cocina y el comedor mientras preparábamos pollo, pasta y unas rodajas de manzana, y poníamos la mesa para cinco. Si levantaba la vista de lo que estaba haciendo, ella me lanzaba una mirada furiosa, como si así pudiera avergonzarme y hacerme desear las cosas que ella quería. Era algo que hacía a menudo, como cuando me negaba a aceptar un trabajo en particular porque sabía que la familia que nos acogía se mostraba innecesariamente maleducada; o cuando quería que yo hiciera una limpieza a fondo porque no podíamos permitirnos pagar a un Seis para que se ocupara de ello.

A veces le funcionaba. A veces no. Y en esta ocasión no tenía ninguna oportunidad.

Mamá no me soportaba cuando me ponía tozuda. Pero aquello lo había heredado de ella, así que no tenía por qué sorprenderse. De todos modos, en este caso no se trataba solo de mí. Últimamente ella también había estado tensa. El verano llegaba a su fin, y muy pronto nos enfrentaríamos al mal tiempo. Y a las preocupaciones.

Mamá dejó la jarra de té frío en el centro de la mesa con un golpe de rabia. La boca se me hacía agua al pensar en el té con limón. Pero tendría que esperar; sería un desperdicio tomarme mi vaso ahora y luego tener que beber agua con la comida.

—¿Tanto te costaría rellenar el formulario? —dijo por fin, incapaz de contenerse ni un momento más—. La Selección podría ser una magnífica oportunidad para ti, para todos nosotros.

Solté un sonoro suspiro, convencida de que rellenar aquel formulario sería en realidad una experiencia próxima a la muerte.

No era ningún secreto que los rebeldes —las colonias subterráneas que odiaban Illéa, nuestro gran y relativamente joven país— lanzaban ataques sobre el palacio, violentos y frecuentes. Ya los habíamos visto en acción en Carolina. Habían calcinado la casa de uno de los magistrados, y habían destrozado los coches de unos cuantos Doses. Una vez incluso se había producido una fuga sonada de una prisión, pero, teniendo en cuenta que solo habían liberado a una adolescente embarazada y a un Siete que era padre de nueve hijos, no pude evitar pensar que en aquella ocasión habían hecho bien.

No obstante, aparte del peligro potencial, sentía que se me rompería el corazón solo de plantearme participar en la Selección. No pude evitar sonreír al pensar en todos los motivos que tenía para quedarme exactamente donde estaba.

—Estos últimos años, tu padre lo ha pasado muy mal —añadió ella, enfadada—. Si tuvieras la más mínima compasión, pensarías en él.

Papá. Sí, quería ayudarlo. Y a May y a Gerad. Y supongo que incluso también a mi madre. Cuando planteaba las cosas así, no había nada por lo que sonreír. La situación había ido empeorando durante demasiado tiempo. Me pregunté si papá lo vería como un regreso a la normalidad, si el dinero podría mejorar las cosas.

No es que nuestra situación fuera tan precaria que temiéramos por nuestra supervivencia, o algo así. No éramos indigentes. Pero supongo que tampoco era algo que nos quedara tan lejos.

Nuestra casta estaba a tres niveles de lo más bajo. Éramos artistas. Y los artistas y los músicos de piezas clásicas solo estaban a tres pasos de la basura. Literalmente. Teníamos que hacer malabarismos para llegar a fin de mes, y nuestros ingresos dependían mucho de la temporada.

Recordé que en un viejo libro de historia había leído que antiguamente las fiestas principales se concentraban en los meses de invierno. Algo llamado Halloween, seguido del Día de Acción de Gracias, luego Navidad y Año Nuevo. Una tras otra. La Navidad seguía en su sitio. Pero desde que Illéa firmó el gran tratado de paz con China, el Año Nuevo se celebraba en enero o febrero, dependiendo de la Luna. Y las diferentes celebraciones de recuerdo y de independencia de nuestro lado del mundo se habían convertido en la Fiesta del Agradecimiento, que tenía lugar en verano. Era la ocasión en que se celebraba la formación de Illéa, y con la que de hecho dábamos gracias por seguir ahí.

No sabía qué era eso de Halloween. Nunca había vuelto a celebrarse.

Así pues, al menos tres veces al año, toda la familia tenía un trabajo a tiempo completo. Mis padres podían crear sus obras, que los clientes compraban como regalos. Mamá y yo actuábamos en fiestas —yo cantando y ella al piano—, y no decíamos que no a ningún trabajo si podíamos hacerlo. Cuando era más pequeña, actuar frente a un público me aterraba. Pero ahora me hacía a la idea de que no era más que una música de fondo. Eso es lo que era a los ojos de nuestros clientes: una música hecha para que se oyera, pero sin que se viera.

Gerad aún no había descubierto su talento. Pero solo tenía siete años, así que todavía le quedaba algo de tiempo.

Muy pronto las hojas volverían a caer, y la inestabilidad regresaría a nuestro minúsculo mundo. Cinco bocas, pero solo cuatro trabajadores. Sin garantías de empleo hasta Navidad.

Si pensaba en aquello, la Selección me parecía una tabla de salvación, un punto seguro al que agarrarme. Aquella estúpida carta podía sacarme de la oscuridad, y conmigo tal vez también saldría mi familia.

Me quedé mirando a mi madre. Para ser una Cinco, estaba algo rellenita, lo cual era raro. No era nada comilona, y tampoco es que tuviéramos para atiborrarnos. Quizá fuera el aspecto normal de alguien que había tenido cinco hijos. Era pelirroja, como yo, pero tenía un montón de mechas de un blanco brillante que le habían aparecido de pronto unos dos años antes. En las comisuras de los ojos se le dibujaban líneas de expresión, aunque aún era bastante joven, y al moverse por la cocina observé que se inclinaba hacia delante como si llevara sobre los hombros un gran peso invisible.

Sabía que cargaba con un gran lastre. Y sabía que aquella era la razón de que se mostrara tan manipuladora conmigo últimamente.

Ya discutíamos bastante en situaciones normales, pero, al irse acercando en silencio el desolador panorama del otoño, se había ido volviendo mucho más irritable. Y yo sabía que a sus ojos me estaba portando como una insensata, al no querer siquiera rellenar un estúpido formulario.

Sin embargo, había cosas en este mundo —cosas importantes— de las que no me quería separar. Y veía aquel trozo de papel como algo que me separaba de todo lo que deseaba. Quizá fuera que lo que deseaba era una tontería. Puede que no fuera ni siquiera algo que pudiera llegar a tener. Aun así, era mío. No me veía capaz de sacrificar mis sueños, por mucho que significara mi familia para mí. Además, ya les había dado mucho.

Era la mayor, ahora que Kenna se había casado y que Kota se había ido; me había adaptado a mi papel todo lo rápido que me había sido posible. Lo había hecho todo por contribuir. Habíamos adaptado mis horarios escolares a los ensayos, que me llevaban la mayor parte del día, ya que estudiaba varios instrumentos además de canto.

Pero tras llegar la carta, todos mis esfuerzos dejaron de tener importancia. A los ojos de mi madre, yo ya era reina.

Si hubiera sido más lista, habría escondido aquella estúpida notificación antes de que papá, May y Gerad llegaran. Pero no sabía que mamá se la había guardado entre la ropa, y que a media comida la iba a sacar a relucir.

—A la familia Singer —anunció, con la carta en la mano.

Intenté arrebatársela, pero reaccionó muy rápido. En realidad, iban a enterarse antes o después, pero, si hacía aquello, todos se pondrían de su parte.

—¡Mamá, por favor!

—¡Yo quiero oírlo! —dijo May, ilusionada.

No me sorprendió. Mi hermana pequeña se parecía mucho a mí, solo que era tres años menor. Pero aunque físicamente éramos casi idénticas, teníamos personalidades opuestas. Ella, a diferencia de mí, era muy extrovertida y optimista. Y en los últimos tiempos parecía estar loca por los chicos. Todo aquel asunto le parecía de lo más romántico.

Sentí que me ruborizaba de la vergüenza. Papá escuchaba con atención, y May casi daba botes de alegría. Gerad, el pobrecito, seguía comiendo. Mamá se aclaró la garganta y prosiguió.

—«El último censo confirma que actualmente reside en su domicilio una mujer soltera de entre dieciséis y veinte años. Nos gustaría comunicarle la oportunidad que se le presenta de honrar a la gran nación de Illéa.»

May volvió a soltar otro gritito y me agarró del brazo:

—¡Esa eres tú!

—Ya lo sé, boba. Déjame el brazo, que me lo vas a romper.

Pero ella seguía dando botes, sin soltarme la mano.

—«Nuestro querido príncipe, Maxon Schreave —prosiguió mamá—, alcanzará la mayoría de edad este mes. En esta nueva etapa de su vida, espera encontrar una compañera, contraer matrimonio con una auténtica hija de Illéa. Si su hija, hermana o tutelada desea optar a la posibilidad de convertirse en la prometida del príncipe Maxon y en princesa de Illéa, deberá rellenar el formulario adjunto y presentarlo en la Oficina Provincial de Servicios más próxima. Se escogerá aleatoriamente a una mujer de cada provincia, y las elegidas conocerán al príncipe.

»Las participantes se alojarán en Angeles, en el precioso palacio de Illéa, durante toda su estancia. Las familias de cada participante serán "recompensadas generosamente" —leyó, marcando cada sílaba para crear un mayor efecto— por su concesión a la familia real.»

Miré al techo mientras ella proseguía. Eso es lo que se hacía con los hijos: las princesas nacidas en la familia real se vendían en matrimonio en un intento por reforzar nuestras incipientes relaciones con otros países. Entendía por qué se hacía: necesitábamos aliados. Pero no me gustaba. Hasta el momento no había visto nada parecido, y esperaba no tener que verlo nunca. No había habido una princesa en la familia real desde hacía tres generaciones. Los príncipes, en cambio, se casaban con mujeres del pueblo para mantener alta la moral de nuestra nación, en ocasiones tan volátil. Supongo que la Selección tenía por objetivo mantenernos unidos y recordarle a todo el mundo que Illéa había nacido de la nada, prácticamente.

Ninguna de las dos opciones me parecía buena. Y la idea de entrar a participar en un concurso para deleite de todo el país, y dejar que aquel pelele estirado escogiera a la más mona y la más tonta del rebaño para convertirla en esa cara bonita y muda que aparecía a su lado en la tele... En fin, todo eso me daba ganas de gritar. ¿Podía haber algo más humillante?

Además, ya había estado en casas de suficientes Doses y Treses como para estar segura de que no quería convertirme en una de ellos, y mucho menos en una de los Unos. Salvo por las épocas en que pasábamos hambre, estaba muy satisfecha de ser una Cinco. La que quería vivir un cuento de hadas era mamá, no yo.

—¡Y por supuesto le encantaría America! Es preciosa —añadió mamá, encantada.

—Por favor, mamá. Soy de lo más normal.

—¡No lo eres! —dijo May—. ¡Porque soy idéntica a ti..., y yo soy guapísima!

Y sonrió con tanta gracia que no pude contenerme la risa. Era un buen argumento, porque lo cierto era que May era muy guapa.

No obstante, era algo más que su cara, más que aquella sonrisa irresistible y aquellos ojos brillantes. May irradiaba una energía, un entusiasmo, que te hacía desear estar allá donde estuviera ella. May tenía un magnetismo particular, algo de lo que yo carecía.

—Gerad, ¿tú qué crees? ¿Soy guapa? —le pregunté.

Todas las miradas se posaron en el miembro más joven de nuestra familia.

—¡No! ¡Las chicas dan asco!

—¡Gerad, por favor! —Mamá soltó un suspiro de exasperación, pero era fingido. Resultaba muy difícil enfadarse con Gerad—. America, tienes que saber que eres una chica encantadora.

—Si soy tan encantadora, ¿cómo es que ningún chico me pide nunca que salga con él?

—Oh, la verdad es que ellos lo intentan, pero yo los ahuyento. Mis niñas son demasiado guapas como para casarse con Cincos. Kenna se casó con un Cuatro, y estoy segura de que tú puedes conseguir un partido aún mejor —dijo ella, y le dio un sorbo a su té.

—Se llama James. Deja de tratarlo como si fuera un número. ¿Y desde cuándo se presentan chicos a la puerta? —pregunté, elevando cada vez más el tono de voz—. Nunca he visto a un solo chico en nuestra escalera.

—Hace un tiempo —confesó papá, que intervino por primera vez.

Su voz tenía un matiz algo triste, y no apartaba la vista de su taza. Intenté descifrar qué sería lo que le preocupaba tanto. ¿Los chicos que se presentaban en la puerta? ¿Que mamá y yo discutiéramos otra vez? ¿La idea de que no me presentara al concurso? ¿Lo lejos que estaría si lo hacía?

Papá y yo nos entendíamos bien. Creo que, cuando nací, mamá estaba agotada, así que papá me cuidó la mayor parte del tiempo. Saqué el carácter de mi madre, pero también la bondad de mi padre.

Papá levantó la vista solo un instante, y de pronto lo entendí. No quería pedírmelo. No querría que me fuera. Pero no podía negar el efecto beneficioso que tendría si conseguía entrar, aunque solo fuera por un día.

—America, sé razonable —dijo mamá—. Debemos de ser los únicos padres del país que tenemos que convencer a nuestra hija de algo así. ¡Piensa en la oportunidad que supone! ¡Podrías llegar a ser reina!

—Mamá, aunque quisiera ser reina, que desde luego no quiero, hay otros miles de chicas en la provincia que participarán en esto. Miles. Y si se diera el caso de que ganara el sorteo, aún quedarían otras treinta y cuatro chicas en liza, sin duda mucho mejores que yo en las artes de la seducción, por mucho que lo intentara.

—¿Qué es la seducción? —preguntó Gerad, levantando la cabeza.

—Nada —respondimos todos a coro.

—Es ridículo pensar que, con todo eso, pueda tener alguna oportunidad de ganar —concluí.

Mi madre empujó la silla hacia atrás, se puso en pie y se inclinó hacia mí por encima de la mesa:

—Alguien tendrá que ir, America. Tienes las mismas oportunidades que cualquier otra. —Tiró la servilleta sobre el mantel y se dispuso a dejar la mesa—. Gerad, cuando acabes, es hora del baño.

Él lanzó un gruñido.

May comió en silencio. Gerad hizo tiempo todo lo que pudo, pero no fue mucho. Cuando se pusieron en pie, empecé a recoger la mesa mientras papá se bebía su té, sentado en silencio. Volvía a tener restos de pintura en el pelo, unas salpicaduras amarillas que me hicieron sonreír.

Se puso en pie y se sacudió las migas de la camisa.

—Lo siento, papá —murmuré, mientras recogía los platos.

—No seas tonta, cariño. No estoy enfadado —contestó, sonriendo y pasándome un brazo por la cintura.

—Es que yo…

—No tienes que explicármelo, lo sé —me interrumpió, y me dio un beso en la frente—. Me vuelvo al trabajo.

Fui a la cocina para empezar a limpiar. Envolví mi plato en una servilleta, con la comida casi intacta, y lo metí en la nevera. Los demás apenas dejaron unas migas.

Suspiré y me dirigí a mi habitación para prepararme para la cama. Todo aquello me ponía de los nervios.

¿Por qué tenía que presionarme tanto mamá? ¿Es que no era feliz? ¿No quería acaso a papá? ¿Por qué no estaba contenta con lo que tenía?

Me tendí sobre mi colchón lleno de bultos, intentando pensar en la Selección. Supongo que tendría sus ventajas. No me disgustaría comer bien al menos por unos días. Pero no valía la pena hacerse ilusiones. No iba a enamorarme del príncipe Maxon. Por lo que había visto en el *Illéa Capital Report*, no creo que me gustara siquiera aquel tipo.

Parecía que el tiempo no avanzaba, hasta que por fin llegó la medianoche. Había un espejo junto a mi puerta. Me detuve enfrente para asegurarme de que mi pelo tenía el mismo buen aspecto de por la mañana, y me puse un poco de brillo en los labios para dar algo de color a mi cara. Mamá era bastante estricta en cuanto a reservar el maquillaje para cuando teníamos que actuar o salir en público, pero yo solía ponerme un poco alguna noche, como aquella.

Con el máximo sigilo, me dirigí a la cocina. Cogí los restos de mi plato, algo de pan no muy tierno y una manzana, e hice un hatillo con todo ello. Volví a la habitación más despacio de lo que habría deseado, ya que llegaba tarde. Pero es que si lo hubiera preparado antes me habría pasado todo el rato mucho más nerviosa.

Abrí la ventana de mi habitación y miré afuera, hacia nuestro pequeño patio. No había casi luna, así que tuve que esperar a que mi vista se adaptara a la oscuridad antes de ponerme en marcha. Apenas se veía la silueta de la casa del árbol, al otro lado del césped. Cuando éramos más pequeños, Kota ataba sábanas a las ramas para que pareciera un barco velero. Él era el capitán, y yo siempre era su segunda de abordo. Mi misión consistía principalmente en barrer la cubierta y preparar la comida, que se componía de tierra y pajitas servidas en los moldes de horno de mamá. Él cogía una cucharada de tierra y se la «comía» tirándola por encima del hombro, lo que significaba que me tocaba barrer otra vez, pero no me importaba. Estaba encantada de estar en el barco con Kota.

Miré alrededor. Todas las casas del vecindario estaban a oscuras. Nadie miraba. Me encaramé a la ventana con cuidado. Ya me había hecho algún cardenal en el vientre alguna vez por hacerlo mal, pero ahora se me daba bien; era un talento que había perfeccionado a lo largo de los años. Y no quería que se me cayera nada de la comida.

Crucé el césped a la carrera vestida con mi mejor pijama. Podía haberme dejado la ropa de día puesta, pero estaba más a gusto así. Suponía que no importaba lo que llevara puesto, pero me sentía guapa con mis pantaloncitos cortos de color marrón y la camisa blanca a juego.

Ya no me costaba trepar con una sola mano por los tablones clavados al árbol. También había perfeccionado esa técnica. Cada escalón que subía era un motivo de alivio. No era una gran distancia, pero desde allí me daba la impresión de que todo el alboroto de casa quedaba a kilómetros de distancia. Aquí no tenía que ser la princesa de nadie.

Al introducirme en el cubículo que me servía de refugio, supe que no estaba sola. En el otro extremo, alguien se ocultaba entre las sombras. Se me aceleró la respiración; no podía evitarlo. Dejé la comida en el suelo y entrecerré los ojos para ver mejor. La otra persona se movió y encendió una mísera vela. No daba mucha luz —nadie la vería desde la casa— pero bastaba. Por fin el intruso habló, con una sonrisa furtiva de oreja a oreja.

—Hola, preciosa.

Capítulo 2

Entré a gatas en la casa del árbol, que no era mucho más que un cubo de dos por dos metros en el que ni siquiera Gerad podría permanecer de pie. Pero a mí me encantaba. Había una abertura por la que te podías colar reptando y un ventanuco en la pared contraria. Yo había colocado un viejo taburete en un rincón para que sirviera de soporte para la vela, y una alfombrilla que estaba tan vieja que apenas suponía una mejora en comparación con sentarse sobre los tablones. No era gran cosa, pero era mi refugio. Nuestro refugio.

—No me llames «preciosa», te lo pido por favor. Primero mi madre, luego May, ahora tú. Empieza a ponerme de los nervios —dije.

Pero por el modo en que me miraba Aspen, estaba claro que aquello no me estaba ayudando en mi defensa del caso «No soy guapa». Sonrió.

—No puedo evitarlo. Eres lo más precioso que he visto nunca. No puedes echarme en cara que te lo diga en la única ocasión que se me presenta. —Se acercó y me cogió la cara entre las manos, y pude ver en lo más profundo de sus ojos.

No hizo falta más. Sus labios ya estaban sobre los míos, y yo no podía pensar en nada más. Lejos quedaban la Selección, las discusiones familiares y hasta la propia Illéa. Solo estaban las manos de Aspen sobre mi espalda, guiándome hacia él, y su aliento sobre mis mejillas. Las manos se me fueron a su negro cabello, aún húmedo por la ducha —siempre se duchaba por la noche—, y se enredaron en un nudo perfecto. Olía al jabón casero que hacía su madre. Aquel olor me hacía soñar. Nos separamos, y no pude reprimir una sonrisa.

Me senté de lado, como una niña en busca de mimos.

—Siento no estar de mejor humor. Es solo que… hoy hemos recibido esa estúpida carta.

—Ah, sí, la carta —suspiró Aspen—. Nosotros recibimos dos.

Claro. Las gemelas acababan de cumplir los dieciséis.

Aspen estudió mi rostro mientras hablaba. Hacía eso cuando estábamos juntos, como si estuviera refrescando la imagen de mi rostro que guardaba en su memoria. Había pasado más de una semana, y ambos estábamos nerviosos cuando pasaban unos cuantos días.

Yo también lo escruté. Aspen era, con mucho, el tipo más atractivo de cualquier casta en toda la ciudad. Tenía el cabello oscuro y los ojos verdes, y aquella sonrisa que te hacía pensar que ocultaba un secreto. Era alto, pero no demasiado. Delgado, pero no demasiado. Observé a la pálida luz de la vela que tenía unas ojeras apenas perceptibles bajo los ojos; sin duda aquella semana habría estado trabajando hasta tarde. Su camiseta negra estaba desgastada por varios sitios hasta el límite de la rotura, igual que los raídos vaqueros que llevaba casi todos los días.

Ojalá pudiera sentarme a remendárselos. Aquella era mi gran ambición. No ser la princesa de Illéa, sino la de Aspen.

Me dolía estar lejos de él. Algunos días me volvía loca preguntándome qué estaría haciendo. Y cuando no podía soportarlo más, me centraba en mi música. En realidad, Aspen era el responsable de la calidad de mi música. Se me iba la cabeza pensando en él.

Y eso era malo.

Aspen era un Seis. Los Seises eran criados y solo estaban un peldaño por encima de los Sietes, de los que se diferenciaban por una mejor educación y por su preparación para trabajar en el interior de las casas. Aspen era más listo de lo que la gente se imaginaba, además de terriblemente atractivo, pero era muy raro que una mujer se casara con alguien de una casta inferior. Un hombre así podía pedirte la mano, pero era raro que la chica aceptara. Y cuando dos personas de castas diferentes decidían casarse, tenían que rellenar un montón de papeleo y esperar unos tres meses antes de poder proceder con los siguientes trámites legales. Había oído decir más de una vez que aquello era para que la gente tuviera tiempo para pensárselo. De modo que aquel encuentro tan personal entre nosotros, ya pasado el toque de queda en Illéa..., podríamos buscarnos graves problemas. Por no mencionar la bronca que me echaría mi madre.

Pero yo quería a Aspen: hacía ya casi dos años que le amaba. Y él me quería a mí. Con él ahí delante, acariciándome el pelo, no podía imaginarme siquiera entrar en la Selección. Yo ya estaba enamorada.

—¿A ti qué te parece? La Selección, quiero decir.

—Está bien, supongo. Tendrá que buscarse una chica «de algún modo», el pobre —contestó, y en su voz detecté una nota de sarcasmo.

Pero necesitaba saber qué opinaba.

—Aspen…

—Vale, vale. Bueno, una parte de mí piensa que es algo triste. ¿Es que el príncipe no sale con chicas? Quiero decir… ¿De verdad no puede conseguir a «ninguna»? Si intentan casar a las princesas con otros príncipes, ¿por qué no hacen lo mismo con él? Por ahí debe de haber alguna chica de familia real que valga la pena. No lo entiendo. Eso, por una parte.

»Pero luego… —Suspiró—. En parte también me parece una buena idea. Es emocionante. Va a enamorarse a la vista de todo el mundo. Y me gusta la idea de que alguien consiga un futuro feliz así. Cualquiera podría ser nuestra próxima reina. En cierto modo es esperanzador. Me hace pensar que quizá yo también un día pueda tener ante mí un futuro feliz.

Sus dedos resiguieron mis labios. Aquellos ojos verdes escrutaron el interior de mi alma, y sentí aquella chispa que nos unía y que no había compartido con nadie más. Yo también quería nuestro futuro feliz.

—¿De modo que has animado a las gemelas a que se presenten?

—Sí. Bueno, todos hemos visto al príncipe alguna vez; parece un tipo bastante correcto. O sea, será un remilgado, desde luego, pero parece agradable. Y las chicas están deseosas; es de lo más gracioso. Cuando he llegado a casa esta tarde, estaban bailando. Y desde luego no se puede negar que sería positivo para la familia. Mamá se muestra esperanzada porque en nuestra casa tenemos dos oportunidades, en lugar de solo una.

Aquella era la primera buena noticia que oía sobre aquella horrible competición. Era increíble: me había centrado tanto en mí misma que ni siquiera había pensado en las hermanas de Aspen. Si una de ellas iba, si una de ellas ganaba…

—Aspen, ¿te das cuenta de lo que significaría eso? Si Kamber o Celia ganaran…

Él me abrazó aún más fuerte y me rozó la frente con los labios. Su mano me recorría la espalda arriba y abajo.

—No he pensado en otra cosa en todo el día —dijo—. El sonido descarnado de su voz se imponía a cualquier otro pensamiento. Yo solo deseaba que Aspen me tocara, que me besara. Y ese era exactamente el rumbo que tomaba la noche, pero su estómago rugió y me devolvió a la realidad.

—Eh, he traído algo para picar —anuncié, como quien no quiere la cosa.

—¿Ah, sí?

Noté que intentaba disimular su ansiedad, pero no lo conseguía del todo.

—Te encantará este pollo; lo he preparado yo misma.

Recuperé mi hatillo y se lo acerqué a Aspen, que —hay que reconocerlo— mordisqueó la comida sin prisas. Yo le di un bocado a la manzana de modo que él tuviera la impresión de que era para los dos, pero luego la dejé para que él se comiera el resto.

Si en nuestra casa la comida era una preocupación, en la de Aspen era un desastre. Él tenía trabajo de un modo mucho más continuado que el nuestro, pero le pagaban bastante menos. Nunca tenían suficiente comida para toda la familia. Era el mayor de siete hermanos, e, igual que yo había tenido que contribuir en cuanto pude, Aspen también había tenido que hacerlo. De la poca comida que tenían, él les cedía su parte a sus hermanos menores y a su madre, que siempre estaba agotada de tanto trabajar. Su padre había muerto tres años atrás, y la familia de Aspen dependía de él para casi todo.

Observé con satisfacción que chupaba los restos de especias del pollo pegadas a los dedos y que luego se comía el pan. A saber cuánto hacía que no probaba bocado.

—Eres una cocinera excelente. Vas a hacer muy feliz... a alguien, algún día, alguien que se volverá muy gordo —dijo, con la boca medio llena de manzana.

—Voy a hacerte «a ti» muy feliz... y te pondrás muy gordo. Ya lo sabes.

—¡Ah, eso de ponerse gordo...!

Nos reímos. Me contó lo que había hecho desde la última vez que nos habíamos visto. Había estado con trabajos de oficina para una de las fábricas, algo que iba a durar toda la semana siguiente. Su madre por fin había conseguido trabajo estable limpiando las casas de algunos Doses de nuestra zona. Las gemelas estaban tristes porque su madre las había obligado a dejar las clases de teatro a las que asistían después del colegio, para que pudieran trabajar más.

—Voy a ver si puedo conseguir algo de trabajo los domingos, para ganar un poco más de dinero. Odio que tengan que dejar algo que les gusta tanto —dijo, y lo hizo con un tono de esperanza en la voz, como si realmente pudiera hacerlo.

—¡Aspen Leger, no te atrevas a hacerlo! Ya trabajas demasiado.

—Venga, Mer —me susurró al oído, y aquello me produjo un escalofrío—. Ya sabes cómo son Kamber y Celia. Necesitan estar rodeadas de gente. No pueden estar encerradas limpiando y escribiendo todo el rato. No son así, por naturaleza.

—Pero no es justo que esperen que tú lo hagas todo, Aspen. Sé lo que sientes por tus hermanas, pero tienes que cuidarte. Si de verdad las quieres, tendrías que cuidar mejor a la persona de la que dependen.

—No te preocupes, Mer. Creo que hay buenas perspectivas en el horizonte. No estaré haciéndolo eternamente.

Pero sí que lo haría, pues su familia siempre necesitaría dinero.

—Aspen, sé que podrías hacerlo. Pero no eres un superhéroe. No puedes pretender ser capaz de proporcionarles todo a todas las personas a las que quieres. Es que… no puedes hacerlo todo.

Nos quedamos un momento en silencio. Yo esperaba que hubiera interiorizado mis palabras, consciente de que, si no bajaba el ritmo, acabaría agotado. Que un Seis, un Siete o un Ocho muriera de agotamiento no sería nada nuevo. Aquello no podría soportarlo. Me apreté aún más contra su pecho, intentando borrar aquella imagen de mi cabeza.

—¿America?

—¿Sí?

—¿Vas a participar en la Selección?

—¡No! ¡Por supuesto que no! No quiero que nadie piense que me pudiera plantear siquiera casarme con un extraño. Yo te quiero a ti —contesté con vehemencia.

—¿Quieres ser una Seis? ¿Vivir eternamente con hambre? ¿Con preocupaciones? —preguntó.

Detectaba el dolor en su voz, pero también la pregunta de fondo: si tuviera que escoger entre dormir en un palacio con servicio o en un piso de tres habitaciones con toda la familia de Aspen, ¿con qué me quedaría?

—Aspen, saldremos adelante. Somos listos. Estaremos bien —respondí, deseando de verdad que así fuera.

—Sabes que no va a ser así, Mer. Yo tendré que seguir manteniendo a mi familia. No soy de los que abandonan a la gente —dijo, y yo me agité ligeramente entre sus brazos—. Y si tuviéramos hijos…

—Cuando tengamos hijos. Y tendremos que tener cuidado con eso: ¿quién dice que debemos tener más de dos?

—¡Tú sabes que eso no es algo que podamos controlar! —replicó, y observé la rabia que se acumulaba en su voz.

No podía culparlo. Si tenías suficiente dinero, disponías de medios de planificación familiar. Pero si eras un Cuatro o de una casta inferior, te dejaban que te las apañaras por tu cuenta. Aquello había sido por lo que más habíamos discutido durante los últimos seis meses, cuando habíamos empezado a buscar en serio un modo de estar juntos. Los niños eran un riesgo. Cuantos más tenías, más había para trabajar. Pero también más bocas hambrientas que alimentar…

Volvimos a quedarnos en silencio, sin saber muy bien qué decir. Aspen era una persona apasionada; solía dejarse llevar un poco cuando discutía. Había ido aprendiendo a controlarse antes de llegar al punto de enfadarse, y yo sabía que eso era precisamente lo que estaba haciendo en aquel momento.

No quería que se preocupara ni que se enfadara; de verdad pensaba que podríamos arreglárnoslas. Si planeábamos bien todo lo que podíamos controlar, podríamos soportar todo lo demás. Quizá fuera demasiado optimista, o tal vez estuviera demasiado enamorada, pero realmente creía que Aspen y yo podríamos lograr cualquiera cosa que deseáramos con fuerza.

—Creo que deberías hacerlo —dijo él de pronto.

—¿Hacer qué?

—Participar en la Selección. Creo que deberías hacerlo.

Me lo quedé mirando fijamente.

—¿Has perdido la cabeza?

—Mer, escúchame —respondió, con la boca junto a mi oreja. No era justo; sabía que eso me distraía. Cuando su voz salió por fin, era como una suave y lenta caricia, como si me estuviera diciendo algo romántico, aunque en realidad se tratara de todo lo contrario—. Si tuvieras la ocasión de conseguir algo mejor que esto y la perdieras por mi culpa, nunca me lo perdonaría. No podría soportarlo.

Solté un soplido airado.

—Esto es ridículo. Piensa en los miles de chicas que participarán. Ni siquiera me escogerán.

—Si estás tan segura de que no te escogerán, ¿cuál es el problema? —Ahora sus manos me frotaban los brazos arriba y abajo. No podía discutir cuando me hacía aquello—. Lo único que quiero es que te presentes. Solo quiero que lo pruebes. Y si vas, pues vas. Y si no, pues al menos no tendré que reprocharme habértelo impedido.

—Pero yo no le quiero, Aspen. Ni siquiera me gusta. Ni siquiera lo conozco.

—Nadie lo conoce. De eso se trata, aunque quizá llegue a gustarte.

—Aspen, para. Yo te quiero a ti.

—Y yo a ti —contestó, y me besó lentamente para dejarlo bien claro—. Y si me quieres, lo harás para que no me vuelva loco preguntándome lo que habría podido ser.

Cuando hacía que algo tuviera que ver con él, me dejaba sin defensa. Porque no podía hacerle daño. Hacía todo lo que podía para hacerle la vida más fácil. Y yo tenía razón: no había ninguna posibilidad de que me cogieran. Así que tendría que pasar por todo aquello, contentarlos a todos y, cuando vieran que no me escogían, por fin dejarían de darme la lata.

—¿De acuerdo? —me dijo al oído, con un suspiro.

Un escalofrío me recorrió todo el cuerpo.

—Está bien —susurré—. Lo haré. Pero que sepas que no quiero ser ninguna princesa. Lo único que deseo es ser tu esposa.

Me acarició el pelo.

—Lo serás.

Debió de ser la luz... o la falta de ella, porque juraría que los ojos se le llenaron de lágrimas al decir aquello. Aspen había pasado muchas cosas, pero solo le había visto llorar una vez, cuando habían azotado a su hermano en la plaza. El pequeño Jemmy había robado algo de fruta de un carro del mercado. Un adulto habría sido sometido a un breve juicio y, luego, dependiendo del valor del material robado, o le habrían mandado a la cárcel, o lo habrían sentenciado a muerte. Jemmy solo tenía nueve años, así que fue azotado. La madre de Aspen no tenía dinero suficiente para llevarle a un buen médico, así que Jemmy se había quedado con la espalda llena de cicatrices tras aquel incidente.

Aquella noche esperé junto a mi ventana para ver si Aspen trepaba a la casa del árbol. Cuando lo hizo, salí a hurtadillas y fui con él. Lloró en mis brazos durante una hora, lamentándose por que si hubiera trabajado más, si lo hubiera hecho mejor, Jemmy no habría tenido que robar, y por lo injusto que era que el crío hubiera tenido que sufrir aquello por su fracaso.

Me producía un dolor terrible, porque no era cierto. Pero no podía decírselo; no me escucharía. Aspen se echaba a la espalda la responsabilidad de todas las necesidades de sus seres queridos. De algún modo, milagrosamente, me había convertido en una de esas personas. Así que intentaba que mi carga fuera lo más ligera posible.

—¿Quieres cantarme? ¿Algo bueno para que me acompañe en el sueño?

Sonreí. Me encantaba cantarle canciones. Así que me situé a su lado y le canté una suave nana.

Me dejó cantar unos minutos hasta que sus dedos empezaron a moverse descuidadamente por debajo de mi oreja. Me abrió un poco la camisa y me besó por el cuello y las orejas. Luego me levantó la manga corta y me besó el brazo hasta donde alcanzó, hasta dejarme sin respiración. Casi cada vez que le cantaba, hacía aquello. Supongo que le gustaba más oír mi respiración entrecortada que las propias canciones.

Al poco ya estábamos uno encima del otro sobre la sucia y fina alfombrilla. Aspen tiró de mí, echándome sobre su cuerpo, y yo le acariciaba el desaliñado pelo con los dedos, hipnotizada por la sensación de tenerlo entre los dedos. Me besó con fervor, con fuerza. Sentí sus manos, que recorrían mi cintura, mi espalda, mis caderas, mis muslos. Siempre me sorprendía que no me dejara cardenales por todo el cuerpo con la presión de los dedos.

Íbamos con cuidado, y siempre nos deteníamos antes de llegar a lo que realmente deseábamos. Violar el toque de queda ya era suficiente riesgo. Aun así, con todas nuestras limitaciones, no podía imaginarme que hubiera alguien en Illéa más apasionado que nosotros.

—Te quiero, America Singer. Y te querré toda la vida. —Dijo aquello con una profunda emoción en la voz, y me pilló desprevenida.

—Te quiero, Aspen. Siempre serás mi príncipe.

Y me besó hasta que la vela se consumió.

Debieron de pasar horas. Me pesaban los ojos. A Aspen nunca le preocupaba lo que durmiera él, pero mostraba una preocupación continua por mi descanso. Así que, resignada, bajé la escalera con mi plato y mi céntimo.

Cuando cantaba, Aspen disfrutaba, le encantaba. De vez en cuando, cuando tenía algo de dinero, me daba un céntimo en pago por mi canción. Pero si había conseguido un céntimo, yo quería que se lo diera a su familia. No había duda de que necesitaban hasta la última moneda. No obstante, conservar aquellos céntimos en mi poder —ya que de ningún modo me los iba a gastar— era como un recordatorio de todo lo que estaba dispuesto a hacer por mí, de todo lo que yo significaba para él.

Ya de vuelta en mi habitación, saqué mi frasquito de céntimos de su escondrijo y escuché el feliz tintineo de la nueva moneda al caer sobre sus nuevas vecinas. Esperé diez minutos, mirando por la ventana, hasta que vi la sombra de Aspen, que bajaba del árbol y salía corriendo por la calle de atrás.

Me quedé despierta un rato más, pensando en él y en lo mucho que le quería, y en la sensación que me producía su amor. Me sentía especial, incomparable, única. Ninguna reina, en ningún trono, podía sentirse más importante que yo.

Me dormí con aquel pensamiento grabado a fuego en el corazón.

Capítulo 3

Aspen iba vestido todo de blanco. Tenía un aspecto angelical. Seguíamos en Carolina, pero no había nadie a nuestro alrededor. Estábamos solos, pero no echábamos de menos a nadie. Él había trenzado unas pajitas para hacerme con ellas una corona, y estábamos juntos.

—¡America! —graznó mamá, sacándome de mis sueños.

Encendió las luces, cegándome por un momento. Me llevé las manos a los ojos, intentando adaptarme a la luz.

—Despierta, America. Tengo una propuesta que hacerte.

Eché un vistazo al despertador: poco más de las siete. Así que... había dormido cinco horas.

—¿Consiste en dejarme dormir más? —rezongué.

—No, cariño. Levanta. Tengo algo serio que discutir contigo.

Me senté en la cama, con las sábanas hechas un ovillo y el pelo enmarañado. Mamá iba dando palmadas una y otra vez, como si con aquello pudiera acelerar el proceso.

—Venga, America. Necesito que te despiertes.

Bostecé. Dos veces.

—¿Qué quieres?

—Quiero que te presentes a la Selección. Creo que serías una princesa excelente.

Era demasiado temprano para aquello.

—Mamá, de verdad, acabo... —Pero me detuve y suspiré al recordar lo que le había prometido a Aspen la noche anterior: que al menos lo intentaría. No obstante, ahora, a la luz del día, no estaba segura de poder hacerlo.

—Sé que no te atrae la idea, pero he pensado que podía proponerte un trato, a ver si cambias de opinión.

Aquello me llamó la atención. ¿Qué podía ofrecerme?

—Tu padre y yo hablamos anoche, y decidimos que ya tienes edad de trabajar sola. Tocas el piano tan bien como yo y, si practicas un poco más, prácticamente no cometerás errores al violín. Y tu voz, bueno, estoy convencida de que no hay una mejor en toda la provincia.

Sonreí, aún algo dormida.

—Gracias, mamá. De verdad.

De todos modos, trabajar sola no era algo que me atrajera especialmente. No veía cómo iba a tentarme con aquello.

—Bueno, eso no es todo. Puedes aceptar trabajos para ir sola… y puedes quedarte la mitad de lo que ganes —añadió, con una especie de sonrisa forzada.

Los ojos se me abrieron de golpe.

—Pero solo si te presentas a la Selección.

Ahora empezaba a sonreír abiertamente. Sabía que con aquello me ganaría, aunque supongo que se esperaba algo más de resistencia. Pero ¿cómo iba a resistirme? ¡Ya estaba decidida a firmar, y ahora además podría ganar algo de dinero para mí!

—Ya sabes que lo único que puedo hacer yo es firmar, ¿verdad? No puedo hacer que me escojan.

—Sí, lo sé. Pero vale la pena intentarlo.

—Vaya, mamá —exclamé, sacudiendo la cabeza, aún sorprendida—. De acuerdo, rellenaré el impreso hoy mismo. ¿Dices en serio lo del dinero?

—Por supuesto. De todos modos, antes o después tendrás que ir por tu cuenta. Y te irá bien tener que hacerte responsable de tu dinero. Eso sí, no te olvides de tu familia, por favor. Seguimos necesitándote.

—No os olvidaré, mamá. ¿Cómo iba a olvidarte, con todo lo que me riñes? —Le guiñé un ojo, se rio y con ello quedó sellado el pacto.

Me di una ducha mientras intentaba asimilar todo lo que había ocurrido en menos de veinticuatro horas. ¡Solo con rellenar un impreso conseguiría la aprobación de mi familia, haría feliz a Aspen y ganaría un dinero que nos iría muy bien a él y a mí para poder casarnos!

A mí no me preocupaba tanto el dinero, pero Aspen insistía en que necesitábamos tener unos ahorros. El papeleo costaba dinero, y queríamos dar una fiestecita con nuestras familias tras la boda, aunque fuera pequeña. Yo me imaginaba que no tardaríamos demasiado en ahorrar lo necesario en cuanto decidiéramos que estábamos preparados, pero Aspen quería más. Quizá, si por fin me ganaba un dinero, Aspen confiaría más en que saldríamos adelante.

Tras la ducha me arreglé el pelo y me puse una pizca de maquillaje para celebrar la ocasión; luego me fui al armario y me vestí. No es que hubiera muchas opciones. Casi todo lo que tenía era beis, marrón o verde. Tenía algunos vestidos más bonitos para cuando trabajábamos, pero estaban irremediablemente confinados en el fondo del armario. Así eran las cosas. Los Seises y los Sietes vestían casi siempre con ropa vaquera o con algo resistente. Los Cincos usaban ropas más bien sosas, ya que los artistas lo cubrían todo de manchas, y los cantantes y bailarines solo necesitaban un vestuario especial para sus actuaciones. Las castas más altas podían vestirse de caqui y con ropa vaquera de vez en cuando, para variar, pero siempre dándole a sus modelos un aire especial. Como si no fuera bastante con que pudieran tener prácticamente lo que quisieran, convertían nuestras necesidades en lujos.

Me puse mis pantalones cortos color caqui y el blusón verde —con mucho las ropas de día más sugerentes que tenía— y repasé mi aspecto en el espejo antes de dirigirme al salón. Me sentía como... guapa. Quizá fuera la emoción de aquel día lo que hacía que me viera así.

Mamá estaba sentada a la mesa de la cocina con papá, tarareando. Ambos levantaron la vista y me miraron un par de veces, pero sus miradas no podían molestarme.

Cuando cogí la carta, me sorprendí un poco. Qué papel más elegante. Nunca había tocado uno igual, grueso y con una fina textura. Por un momento su peso me impresionó y me recordó la magnitud de lo que estaba haciendo. Dos palabras me asaltaron la mente: «¿Y si...?».

Pero ahuyenté aquella idea y me puse manos a la obra.

No tenía gran complicación. Puse mi nombre, mi edad, mi casta y mis datos de contacto. Tenía que decir la altura y el peso, el color del cabello, de los ojos y de la piel. Me pude dar el lujo de escribir que hablaba tres idiomas. La mayoría hablaba al menos dos, pero mi madre insistió en que aprendiéramos francés y español, ya que esas lenguas aún se usaban en algunas zonas del país. También me resultaban útiles para el canto. Había muchas canciones preciosas en francés. Teníamos que indicar el nivel de estudios, en el que había muchísimas variaciones, porque solo los Seises y los Sietes iban a colegios públicos y seguían una educación estructurada en cursos propiamente dichos. Yo ya casi había completado mi educación. En el apartado de habilidades especiales, puse el canto y todos los instrumentos que tocaba.

—¿Crees que la capacidad de dormir hasta mediodía cuenta como habilidad especial? —le pregunté a papá, intentando poner tono de duda existencial.

—Sí, pon eso. Y no te olvides de decir que puedes acabarte una comida entera en menos de cinco minutos —respondió.

Me reí. Era cierto: solía comer tan rápido que parecía que aspirase la comida.

—¡Ya está bien, vosotros dos! Ya puestos, ¿por qué no pones que eres una pobre plebeya? —protestó mi madre desde la habitación.

No me podía creer que estuviera de tan mal humor; al fin y al cabo, estaba consiguiendo exactamente lo que quería.

Miré a papá con extrañeza.

—Mamá solo quiere lo mejor para ti, eso es todo —dijo. Se apoyó en el respaldo de la silla, tomándose un respiro antes de empezar la pieza que le habían encargado para final de mes.

—Tú también, pero nunca te enfadas tanto —observé.

—Es cierto. Pero tu madre y yo tenemos ideas diferentes de lo que es mejor para ti —respondió, y sonrió.

La boca la había sacado de mi padre: tanto por su aspecto como por la tendencia a hacer comentarios inocentes que me acababan metiendo en algún lío. El temperamento lo había sacado de mamá, pero a ella se le daba mejor contenerse cuando era realmente necesario. A mí no se me daba nada bien. Como en aquel momento.

—Papá, si decidiera casarme con un Seis o incluso con un Siete, y de verdad lo quisiera, ¿me dejarías?

Él dejó su taza en la mesa y me miró fijamente. Intenté no desvelar nada con mi expresión. El suspiro que exhaló fue intenso, y estaba cargado de pena.

—America, si quisieras a un Ocho, yo querría que te casaras con él. Pero deberías saber que el amor a veces se desgasta con la tensión del matrimonio. Puede que ahora quieras a alguien, pero con el tiempo puedes llegar a odiarlo por no ser capaz de ocuparse de ti. Y si no puedes cuidar bien a tus hijos, la cosa se vuelve aún peor. El amor no siempre sobrevive en esas circunstancias.

Papá apoyó su mano sobre la mía, atrayendo mi mirada. Intenté ocultar mi preocupación.

—Sea como sea, lo que deseo es que te quieran. Te lo mereces. Y espero que algún día te cases por amor, y no en función de un número.

No podía decirme lo que yo quería oír —que me casaría por amor y no por un número—, pero ya podía darme por satisfecha con aquello.

—Gracias, papá.

—Ten paciencia con tu madre. Intenta hacer lo correcto. —Me besó en la cabeza y se fue a trabajar.

Suspiré y volví a centrarme en rellenar la solicitud. Todo aquello me hacía sentir como si mi familia no pensara que yo tuviera derecho alguno a desear algo para mí. Me molestaba, pero sabía que no era algo que pudiera echarles en cara. No podíamos permitirnos el lujo de satisfacer nuestros deseos. Teníamos necesidades.

Completé la solicitud, la cogí y salí al patio en busca de mamá. Estaba allí sentada, cosiendo un dobladillo, mientras May hacía sus deberes a la sombra de la casa del árbol. Aspen solía quejarse de lo estrictos que eran los profesores en los colegios públicos. Yo tenía serias dudas de que ninguno de ellos pudiera ganarle a mamá en severidad. ¡Era verano, por Dios!

—¿De verdad lo has hecho? —preguntó May, levantándose de un salto.

—Claro.

—¿Cómo es que has cambiado de opinión?

—Mamá puede resultar muy convincente —respondí, con intención, pero era evidente que ella no se avergonzaba en absoluto de su chantaje—. Podemos ir a la Oficina de Servicios en cuanto estés lista, mamá.

Ella esbozó una sonrisa.

—Esa es mi chica. Ve a buscar tus cosas y vamos. Quiero que tu solicitud llegue lo antes posible.

Obedecí y fui a buscar los zapatos, pero me detuve al llegar a la habitación de Gerad. Estaba mirando fijamente un lienzo en blanco, con cara de frustración. Habíamos probado muchas opciones con Gerad, pero no parecía que ninguna de ellas arraigara. No había más que ver la vieja pelota de fútbol en una esquina, o el microscopio de segunda mano que habíamos heredado como pago una Navidad, para saber que, estaba claro, no tenía alma de artista.

—Hoy no te sientes inspirado, ¿eh? —pregunté, colándome en su habitación.

Él negó con la cabeza.

—A lo mejor podrías intentar esculpir, como Kota. Tienes muy buenas manos. Apuesto a que se te daría bien.

—Yo no quiero esculpir nada. Ni pintar, ni cantar, ni tocar el piano. Yo quiero jugar al fútbol —dijo, dando una patada a la vetusta alfombra.

—Ya lo sé. Y puedes hacerlo, como pasatiempo, pero tienes que encontrar una disciplina artística que se te dé bien para ganarte la vida. Puedes hacer ambas cosas.

—Pero ¿por qué? —protestó, con voz lastimera.

—Ya sabes por qué. Es la ley.

—¡Pero eso no es justo! —Gerad le dio un empujón al lienzo, que cayó al suelo y levantó unas motas de polvo visibles a la luz que entraba por la ventana—. No es culpa nuestra que nuestro tatarabuelo, o quien fuera, fuese pobre.

—Tienes razón. —De verdad parecía ilógico limitar las elecciones vitales de cada persona según lo mucho o poco que hubieran podido ayudar sus antepasados al Gobierno, pero así era como funcionaba. Y posiblemente aún tendríamos que dar gracias por vivir en un mundo seguro—. Supongo que era el único modo que tuvieron en aquel momento de hacer que las cosas funcionaran.

Gerad no dijo nada. Lancé un suspiro y recogí el lienzo. Lo coloqué en su sitio. Su vida era aquella, y no podía borrarla de un plumazo.

—No tienes que abandonar tus *hobbies*, colega. Pero querrás poder ayudar a mamá y papá, crecer y casarte, ¿no? —dije, haciéndole cosquillas en el costado.

Él sacó la lengua en un gesto de asco y ambos nos reímos.

—¡America! —llamó mamá desde el otro extremo del pasillo—. ¿Por qué te entretienes tanto?

—¡Ya voy! —respondí, y luego me giré hacia Gerad—. Sé que es duro, peque, pero así son las cosas. ¿De acuerdo?

Pero sabía que no estaba de acuerdo. No podía estarlo.

Mamá y yo fuimos a pie hasta la oficina local. A veces tomábamos el autobús si íbamos muy lejos o para acudir a algún trabajo. Quedaba mal presentarse todo sudoroso en la casa de un Dos. Ya nos miraban bastante mal de por sí. Pero hacía muy buen día, y tampoco era un camino tan largo.

Evidentemente, no éramos las únicas que habían decidido presentar la solicitud enseguida. Cuando llegamos, la calle frente a la Oficina de Servicios de la Provincia de Carolina estaba atestada de mujeres.

Desde la cola vi a unas cuantas chicas de mi barrio delante de mí, esperando para entrar. La cola tenía una anchura de unas cuatro personas y daba casi media vuelta a la manzana. Todas las chicas de la provincia se querían apuntar. Yo no sabía si sentirme aterrada o aliviada.

—¡Magda! —exclamó alguien.

Mi madre y yo nos volvimos al oír su nombre.

Celia y Kamber se nos acercaban, con la madre de Aspen. Se habría tomado el día libre. Sus hijas llevaban sus mejores galas y tenían un aspecto muy pulido. No es que contaran con demasiados recursos, pero estaban bien con cualquier cosa, igual que Aspen. Kamber y

Celia tenían el mismo cabello oscuro que él, y también su preciosa sonrisa.

La madre de Aspen me sonrió y yo le devolví el gesto. La adoraba. Solo tenía ocasión de hablar con ella muy de vez en cuando, pero siempre había sido muy amable conmigo. Y sabía que no era porque yo estuviera una casta por encima; la había visto dar ropa que ya no les cabía a sus hijos a familias que no tenían casi nada. Era una buena mujer.

—Hola, Lena. Kamber, Celia, ¿cómo estáis? —las saludó mamá.

—¡Bien! —respondieron alegremente todas a la vez.

—¡Estáis estupendas! —dije, colocándole un mechón a Celia por detrás del hombro.

—Queríamos estar guapas para la foto —explicó Kamber.

—¿Foto?

—Sí —susurró la madre de Aspen—. Ayer estuve limpiando en la casa de uno de los magistrados. Este sorteo no tiene mucho de sorteo. Por eso toman fotografías y piden tanta información. ¿Qué importaría los idiomas que hablaras si la elección fuera por sorteo?

A mí ya me había parecido raro, pero pensé que toda aquella información era para después del sorteo.

—Según parece, la información se ha filtrado un poco; mirad alrededor: muchas de las chicas están bien emperifolladas.

Eché un vistazo a la cola. La madre de Aspen tenía razón, y había una clara diferencia entre las que lo sabían y las que no. Justo detrás de nosotras vimos a una chica, obviamente una Siete, que había venido con su ropa de trabajo. Sus botas manchadas de barro quizá no salieran en la foto, pero el polvo de su mono seguro que sí. Unos metros más atrás, otra Siete aún llevaba puesto el cinturón de herramientas. Lo mejor que se podía decir de ella es que tenía la cara limpia.

En el otro extremo del espectro, una chica que tenía por delante se había hecho un recogido en el pelo del que caían unos mechones que le enmarcaban el rostro. La chica que tenía al lado, evidentemente una Dos, a juzgar por su ropa, daba la impresión de que quería meterse el mundo entero en el escote. Muchas iban tan maquilladas cual payasos de circo. Pero al menos era un modo de intentarlo.

Mi aspecto era correcto, pero no había ido tan lejos. Al igual que aquellas Sietes, no me había preparado para aquello. De pronto sentí un sofoco de preocupación.

Pero ¿por qué? Pensé en la situación y reordené mis pensamientos.

A mí aquello no me interesaba. Si no era lo suficientemente guapa, mejor para mí. Sin duda estaría un escalón por debajo de las hermanas de Aspen. Ellas ya eran guapas de por sí, y estaban aún más guapas con aquel leve rastro de maquillaje. Si Kamber o Celia ganaban, toda la familia de Aspen ascendería de categoría. Seguro que a mi madre no le parecería mal que me casara con un Uno solo porque no fuera el príncipe en persona. A fin de cuentas no estar bien informadas había sido una bendición.

—Creo que tienes razón —dijo mamá—. Aquella chica parece estar vestida para asistir a una fiesta de Navidad. —Se rio, pero me di cuenta de que le daba una rabia tremenda ver que yo estaba en desventaja.

—No sé por qué exageran tanto algunas. Fíjate en America. Está guapísima. Me alegro de que no hayáis querido disfrazarla —repuso la señora Leger.

—Yo no soy nada especial. ¿Quién me iba a escoger a mí, pudiendo elegir a Kamber o a Celia? —Les guiñé el ojo, y ellas me sonrieron.

Mamá también sonrió, pero forzadamente. Debía de estar debatiéndose sobre si debíamos quedarnos en la cola o volver a casa corriendo para que me cambiara.

—¡No seas tonta! Cada vez que Aspen vuelve a casa después de ayudar a tu hermano, siempre me habla del talento y la belleza que hay en tu familia —dijo la madre de Aspen.

—¿De verdad? ¡Es un encanto! —respondió mi madre, orgullosa.

—La verdad es que sí. Una madre no podría pedir un hijo mejor. Nos apoya en todo, y trabaja durísimo.

—Algún día hará muy feliz a alguna chica —dijo mi madre, que solo seguía la conversación a medias mientras valoraba mentalmente nuestras posibilidades en la competición.

La señora Leger echó una mirada rápida a su alrededor.

—Lo cierto es que, y esto ha de quedar entre nosotras, creo que quizá ya tenga a alguien en mente.

Me quedé helada. No sabía si debía hacer algún comentario, o si cualquier cosa que dijera me delataría.

—¿Y de quién se trata? —preguntó mi madre. Incluso en aquel momento en que estaba planeando mi boda con un perfecto desconocido, encontraba tiempo para el cotilleo.

—¡No estoy segura! En realidad aún no la conozco. Y solo es una suposición mía, pero creo que está viéndose con alguien, porque últimamente parece más contento —respondió, radiante.

¿Últimamente? Llevábamos viéndonos casi dos años. ¿Por qué solo últimamente?

—Tararea —intervino Celia.

—Sí, y también canta —añadió Kamber.

—¿Canta? —exclamé.

—¡Oh, sí! —respondieron ellas a coro.

—¡Entonces sin duda está viéndose con alguien! —decidió mi madre—. Me pregunto quién será.

—Ni idea. Pero supongo que será una chica magnífica. Los últimos meses ha estado trabajando duro, más de lo habitual. Y ha estado ahorrando algo. Creo que debe de estar intentando ahorrar para casarse.

No pude evitar soltar un gritito ahogado. Afortunadamente, todas lo atribuyeron a la emoción general por la noticia.

—Y yo no podría estar más contenta —prosiguió—. Aunque aún no nos haya dicho quién es la afortunada, ya la quiero. Mi hijo sonríe, y se le ve satisfecho. La vida ha sido dura desde que perdimos a Herrick. Aspen ha cargado con un gran peso sobre la espalda. Cualquier chica que le haga feliz será como una hija para mí.

—¡Será una afortunada! Tu Aspen es un chico fantástico —respondió mamá.

No podía creérmelo. ¡Su familia estaba pasando dificultades para llegar a final de mes, y él estaba ahorrando para mí! No sabía si soltarle una regañina o comérmelo a besos. Sencillamente..., no tenía palabras.

¡De verdad iba a pedirme que me casara con él!

No podía pensar en otra cosa: Aspen, Aspen, Aspen. Hice toda la cola, firmé en la ventanilla para confirmar que todo lo que había puesto en el impreso era cierto y me hice la foto. Me senté en la silla, agité la cabeza para soltarme el pelo y darle algo de vida, y me giré hacia el fotógrafo.

No creo que ninguna chica de todo Illéa pudiera haber sonreído con más ganas que yo.

Capítulo 4

Era viernes, de modo que el noticiario *Illéa Capital Report* sería a las ocho. No es que estuviéramos obligados a verlo, pero resultaba conveniente. Incluso los Ochos —los sin techo, los vagabundos— se buscaban alguna tienda o alguna iglesia donde pudieran ver el *Report*. Y con la Selección en ciernes, era algo más que aconsejable. Todo el mundo quería saber qué sucedía al respecto.

—¿Crees que anunciarán a las ganadoras esta noche? —preguntó May, metiéndose una cucharada de puré de patata en la boca.

—No, cariño. Todas las candidatas tienen aún nueve días para presentar sus solicitudes. Probablemente no sepamos nada hasta dentro de dos semanas —respondió mamá, con el tono de voz más tranquilo que le había oído en años. Estaba completamente serena, satisfecha de haber conseguido algo que quería de verdad.

—¡Jo! Qué largo se me va a hacer —se quejó May.

¿Se le iba a hacer largo a ella? ¡Era mi nombre el que estaba en el bombo!

—Tu madre me ha dicho que habéis tenido que hacer una cola bastante larga —intervino papá. Me sorprendió que quisiera tomar parte en la conversación.

—Sí —respondí—. No esperaba que hubiera tantas chicas. No sé por qué van a esperar nueve días más. Juraría que toda la provincia se ha apuntado ya.

Papá chasqueó la lengua.

—Te habrás divertido haciendo cábalas sobre tus posibilidades...

—Ni me he molestado —respondí con sinceridad—. Eso se lo he dejado a mamá.

Ella asintió.

—Pues sí, no he podido evitar darle vueltas al asunto. Pero creo que America iba muy bien, arreglada pero natural. ¡Y además, estabas tan guapa, cariño! Si realmente se fijan en el aspecto, en lugar de elegir por sorteo, tienes aún más posibilidades de las que me pensaba.

—No sé —dije—. Había una chica que llevaba tanto pintalabios que parecía que estaba sangrando. A lo mejor a los príncipes les gusta eso.

Todos se rieron, y mamá y yo seguimos deleitándolos con nuestros comentarios sobre los atuendos de las otras chicas. May no se perdía detalle. Gerad se limitó a sonreír entre bocado y bocado. A veces nos olvidábamos de la tensión constante en la que vivíamos últimamente, más o menos desde que Gerad tenía uso de razón.

A las ocho nos amontonamos todos en el salón —papá en su sillón, May junto a mamá en el sofá, con Gerad en el regazo, y yo tirada por el suelo— y pusimos el canal de acceso público de la tele. Era el único canal que no había que pagar, así que incluso los Ochos podían verlo si tenían un televisor.

Sonaba el himno. Puede parecer tonto, pero siempre me había gustado nuestro himno nacional. Era una de las canciones que más me gustaba cantar.

Apareció la imagen de la familia real. Sobre la tarima estaba el rey Clarkson. Sus asesores, que tenían noticias sobre infraestructuras y algunos asuntos medioambientales, estaban sentados a un lado, y la cámara los enfocó. Parecía que iba a haber varios anuncios aquella noche. A la izquierda de la pantalla estaban sentados la reina y el príncipe Maxon, en sus habituales butacas, que más parecían tronos, vestidos elegantemente, dando imagen de realeza y de poder.

—Ahí está tu novio, Ames —anunció May, y todos se rieron.

Miré con más atención a Maxon. Supongo que, en cierto modo, era atractivo. Aunque desde luego no como Aspen. Tenía el cabello de color miel y los ojos marrones. Eran los colores del verano, lo que supongo que a algunas les resultaría atractivo. Llevaba el pelo corto y bien peinado, y su traje gris le quedaba perfecto.

Sin embargo, estaba demasiado rígido. Parecía tenso. Su peinado era excesivamente perfecto; su traje a medida, demasiado impecable. Parecía más una pintura que una persona. Casi lo lamentaba por la chica que fuera a acabar con él. Es probable que llevara la vida más aburrida imaginable.

Observé a su madre. Tenía un aspecto sereno. También estaba rígida en su silla, pero no tan tiesa. Caí en la cuenta de que, a diferencia del rey y del príncipe Maxon, ella no se había criado en palacio. Era una auténtica hija de Illéa. Quizás antes fuera alguien como yo.

El rey ya estaba hablando, pero yo necesitaba saberlo.

—¿Mamá? —susurré, intentando no distraer a papá.

—¿Sí?

—La reina... ¿qué era? De casta, quiero decir.

Mi madre sonrió al verme interesada.

—Una Cuatro.

Una Cuatro. Habría pasado sus años de juventud trabajando en una fábrica o en una tienda, o quizás en una granja. Me pregunté cómo habría sido su vida. ¿Tendría una gran familia? Probablemente no habría tenido que preocuparse por la comida cuando era pequeña. ¿Se habrían puesto celosas sus amigas cuando la escogieron? Si tuviera alguna amiga cercana de verdad, ¿sentiría celos de mí?

Aquello era una tontería. No me iban a coger.

Me concentré en las palabras del rey.

—Esta misma mañana hemos sufrido otro ataque en nuestras bases de Nueva Asia que ha diezmado ligeramente nuestras tropas, pero confiamos en que el nuevo reemplazo del mes que viene reforzará la moral de los soldados, además de su potencia de combate.

Odiaba la guerra. Por desgracia, vivíamos en un país joven que tenía que protegerse de todo el mundo. Si el territorio sufría una nueva invasión, probablemente sería el fin.

Después de que el rey nos pusiera al día acerca de un reciente ataque sobre un campamento rebelde, el Equipo Económico hizo un repaso al estado de la deuda, y el jefe del Comité de Infraestructuras anunció que al cabo de dos años esperaban iniciar las obras de reconstrucción de numerosas carreteras, algunas de las cuales estaban aún tal como habían quedado tras la Cuarta Guerra Mundial. Por último subió al estrado el coordinador de Eventos.

—Buenas noches, señoras y señores de Illéa. Como todos ustedes saben, recientemente se ha distribuido por correo la convocatoria para participar en la Selección. Ya he recibido el primer recuento de solicitudes presentadas, y me alegra decir que miles de bellas mujeres de Illéa ya se han inscrito en el sorteo para la Selección.

Atrás, en su rincón, Maxon se agitó un poco en su asiento. ¿Estaba sudando?

—En nombre de la familia real, querría agradecerles el entusiasmo y el patriotismo mostrados. ¡Con un poco de suerte, para Año Nuevo estaremos celebrando ya el compromiso de nuestro querido príncipe Maxon con una encantadora, inteligente y talentosa hija de Illéa!

El reducido grupo de asesores presentes aplaudió. Maxon sonrió, pero parecía incómodo. Cuando acabaron los aplausos, el coordinador prosiguió.

—Por supuesto, tendremos un amplio programa de actos preparado para conocer a las jóvenes de la Selección, por no hablar de programas especiales sobre su vida en palacio. ¡Y quién mejor y más cualificado para guiarnos a través de esta emocionante aventura que el señor Gavril Fadaye!

Hubo otra salva de aplausos, pero esta vez procedentes de mi madre y de May. Gavril Fadaye era una leyenda. Al menos hacía veinte años que trabajaba como comentarista de los desfiles de la Fiesta del Agradecimiento y de los especiales de Navidad, así como de cualquier cosa que se celebrara en palacio. Nunca había visto una entrevista a miembro alguno de la familia real o a sus familiares o amigos que no hubiera hecho él.

—¡Oh, America, conocerás a Gavril! —exclamó mamá, encantada.

—¡Ahí viene! —dijo May, agitando sus bracitos.

Efectivamente, ahí estaba Gavril, que entró en el plató dando saltitos, vestido con su impecable traje azul. Tendría casi cincuenta años, y siempre iba impecable. Mientras atravesaba el decorado, la luz incidió en la insignia que llevaba en la solapa, que emitió un brillo dorado más intenso que los *fortissimos* que hacía yo al piano.

—¡Bueeeeenas noches, Illéa! —saludó—. Tengo que decir que es un honor para mí formar parte de la Selección. ¡Fijaos qué suerte! ¡Voy a conocer a treinta y cinco chicas guapas! ¿Quién sería tan idiota de no desear un trabajo así? —Nos guiñó un ojo a través de la cámara—. Pero antes de que tenga ocasión de conocer a esas señoritas encantadoras, una de las cuales será nuestra nueva princesa, voy a tener el placer de hablar con el hombre del momento, nuestro príncipe Maxon.

Al momento, Maxon cruzó la alfombra y se dirigió a un par de asientos preparados para él y para Gavril. Se ajustó la corbata y se alisó el traje, como si no estuviera lo suficientemente acicalado. Le dio la mano a Gavril, se sentó frente a él y cogió un micrófono. La silla era lo bastante alta como para que Maxon tuviera que apoyar los pies en una barra situada a media altura. Aquella postura le daba un aspecto mucho más informal.

—Un placer verle de nuevo, alteza.

—Gracias, Gavril. El placer es mío —respondió, con una voz tan estudiada como su aspecto. Irradiaba formalidad. Arrugué la nariz ante la idea de encontrarme aunque solo fuera en la misma estancia que él.

—Dentro de menos de un mes, treinta y cinco mujeres se mudarán a su casa. ¿Qué le parece la idea?

Maxon se rio.

—Bueno, sinceramente, me inquieta un poco. Me imagino que con tantas invitadas habrá mucho más jaleo. Aun así, estoy deseándolo.

—¿Le ha pedido consejo a su querido padre sobre cómo lo hizo él para conquistar a una esposa tan bella cuando le llegó la ocasión?

Maxon y Gavril miraron en dirección a los reyes, y la cámara los enfocó para que viéramos cómo se miraban, sonrientes y cogidos de la mano. Parecía de verdad, pero ¿cómo íbamos a saberlo?

—En realidad, no. Como sabes, la situación en Nueva Asia ha empeorado últimamente, y los dos nos hemos dedicado más a los asuntos militares. No ha habido ocasión de hablar de chicas.

Mamá y May se rieron. Supongo que lo encontraban divertido.

—No nos queda mucho tiempo, así que querría hacerle una pregunta más. ¿Cómo se imagina que será para usted la chica perfecta?

Dio la impresión de que la pregunta le había pillado desprevenido. No podría estar segura, pero me pareció que se ruborizaba.

—La verdad es que no lo sé. Supongo que eso es lo bonito de la Selección. No habrá dos candidatas iguales: ni en imagen ni en gustos o disposición. Y conociéndolas y hablando con ellas espero descubrir lo que quiero, encontrarlo durante el proceso —dijo el príncipe, sonriente.

—Gracias, alteza. Muy bien dicho. Y creo que hablo por toda Illéa cuando le deseo toda la suerte del mundo.

Gavril le tendió la mano para despedirse.

—Gracias —repuso Maxon.

La cámara no cortó el plano lo suficientemente rápido, y se pudo ver cómo miraba a sus padres, para ver si había dicho lo correcto. El siguiente plano fue del rostro de Gavril, así que no hubo modo de ver cuál fue su respuesta.

—Me temo que esta noche no tenemos más tiempo. Gracias por ver el *Illéa Capital Report*. Nos veremos la semana que viene.

Y aparecieron los títulos de crédito y la música.

—America y Maxon, la parejita de moda… —se puso a bromear May.

Agarré un cojín y se lo tiré a la cabeza, pero la verdad es que la idea me hacía reír. Maxon era tan remilgado que resultaba difícil imaginar que nadie pudiera ser feliz con aquel pelele.

Me pasé el resto de la noche intentando evitar las bromitas de May, hasta que por fin me fui a la habitación para estar sola. La simple idea de estar cerca de Maxon Schreave me ponía incómoda. Las pullas de May se me quedaron en la cabeza toda la noche, haciendo que me costara dormir.

No tenía muy claro qué era aquel sonido que me despertó, pero cuando fui plenamente consciente intenté escrutar mi habitación en un silencio absoluto, por si acaso había alguien allí.

Tap, tap, tap.

Me giré un poco hacia la ventana, y allí estaba Aspen, sonriéndome. Me levanté de la cama y fui hasta la puerta de puntillas, la cerré y eché el pestillo. Volví a la cama y abrí la ventana lentamente. En el momento en que Aspen estuvo a mi lado, me entró una oleada de calor que no tenía nada que ver con el verano.

—¿Qué haces aquí? —susurré, sonriendo en la oscuridad.

—Necesitaba verte —dijo, envolviéndome con los brazos y tirando de mí hasta que quedamos tumbados uno junto al otro en la cama. Sentía su respiración contra mi mejilla.

—Tengo muchísimo que contarte, Aspen.

—Chis, no digas nada. Si alguien nos oye, se nos caerá el pelo. Deja que te mire.

Obedecí. Me quede allí, quieta y en silencio, mientras Aspen me miraba a los ojos. Cuando quedó satisfecho, empezó a pasarme la nariz por el cuello y por el pelo. Y entonces sus manos se deslizaron por la curva de mi cintura, arriba y abajo, una y otra vez. Oí que se le agitaba la respiración, y aquello, de algún modo, me atrajo hacia él.

Sus labios, ocultos en mi cuello, empezaron a besarme. Se me entrecortó la respiración. No podía evitarlo. Sus besos recorrieron mi barbilla y me taparon la boca, silenciando mis jadeos. Me agarré a él, y, entre los abrazos desesperados y la humedad de la noche, ambos quedamos empapados en sudor.

Fue un momento robado al destino.

Los labios de Aspen se detuvieron por fin, aunque yo no estaba en absoluto predispuesta a parar. Pero teníamos que ser sensatos. Si íbamos más allá y algún día se descubría, ambos acabaríamos en la cárcel.

Otra razón por la que todo el mundo se casaba joven: la espera era un tortura.

—Debería irme —susurró.

—Pero quiero que te quedes. —Mis labios estaban junto a su oreja. Percibía de nuevo el olor de su jabón.

—America Singer, llegará el día en que te duermas entre mis brazos cada noche. El día en que te despierte con mis besos cada mañana. Eso, y mucho más. —Me mordí el labio de la emoción al pensar en ello—. Pero ahora tengo que irme. Estamos tentando al destino.

Suspiré y le solté. Tenía razón.

—Te quiero, America.

—Te quiero, Aspen.

Aquellos momentos furtivos me bastarían para soportar todo lo que se avecinaba: la decepción de mamá cuando me comunicaran que no había sido elegida, todo el trabajo que tendría que hacer para ayudar a Aspen a ahorrar, el cataclismo que me esperaba cuando le pidiera a papá mi mano, y todos los esfuerzos que deberíamos hacer cuando nos casáramos. Nada de aquello importaba. No importaba nada, si tenía a Aspen.

Capítulo 5

La semana siguiente llegué antes que Aspen a la casa del árbol. Me costó un poco subir en silencio con todo lo que quería llevar, pero lo conseguí. Estaba recolocando los platos una vez más cuando oí que alguien trepaba por el árbol.

—¡Buh!

Aspen se sobresaltó y se rio. Encendí la vela nueva que había comprado para la ocasión. Él cruzó la casa del árbol para darme un beso y, al momento, me puse a contarle todo lo que había sucedido durante la semana.

—No te he contado lo de las inscripciones —le solté, muy animada.

—¿Cómo fue? Mamá me dijo que estaba hasta los topes.

—Fue una locura, Aspen. ¡Deberías haber visto cómo iban vestidas algunas! Y ya sabrás que de sorteo no tiene nada. Así que tenía razón. Hay gente mucho más interesante que yo en Carolina para elegir, de modo que todo esto se queda en nada.

—De todos modos te agradezco que lo hicieras. Significa mucho para mí —dijo, sin apartar su mirada. Ni siquiera se había molestado en echar un vistazo a la casa del árbol. Se me comía con los ojos, como siempre.

—Bueno, lo mejor es que, como mi madre no tenía ni idea de que ya te lo había prometido a ti, me sobornó para que firmara.

No pude contener una sonrisa. Aquella semana, las familias ya habían empezado a celebrar fiestas en honor de sus hijas, convencidas de que la suya sería la elegida para la Selección. Había cantado en nada menos que siete celebraciones. Incluso una noche había actuado un par de veces. Y mamá había cumplido con su palabra. Tener dinero propio era una sensación liberadora.

—¿Te sobornó? ¿Con qué? —preguntó Aspen, con el rostro iluminado.

—Con dinero, por supuesto. ¡Mira, te he preparado un festín!

Me separé de él y empecé a sacar platos. Había preparado cena de más con la intención de que sobrara para él, y llevaba días horneando pastitas. De todos modos, May y yo sufríamos de una terrible adicción a los dulces, así que ella estaba encantada de que yo me dedicara a gastar mi dinero en eso.

—¿Qué es todo esto?

—Comida. La he hecho yo misma —dije, henchida de orgullo.

Por fin, aquella misma noche, Aspen podría irse a la cama con el estómago lleno. Pero su sonrisa se desvaneció al ir descubriendo un plato tras otro.

—Aspen, ¿pasa algo?

—Esto no está bien. —Sacudió la cabeza y apartó la mirada de la comida.

—¿Qué quieres decir?

—America, se supone que soy yo quien tiene que cuidarte. Me resulta humillante venir aquí y que tú tengas que hacer todo esto.

—Pero si siempre te traigo comida…

—Unos cuantos restos. ¿Te crees que no me doy cuenta? No pasa nada por que me quede con algo que tú no quieres. Pero que seas tú… Se supone que soy…

—Aspen, tú me das cosas constantemente. Tengo todos mis céntimos…

—¿Los céntimos? ¿De verdad crees que sacar eso, precisamente ahora, es una buena idea? En serio, America, ¿no te das cuenta? Odio la idea de no poder pagar por escuchar tus canciones, como los demás.

—¡Tú no tendrías que pagarme nada en absoluto! Es un regalo. ¡Todo lo mío es tuyo! —Sabía que teníamos que ir con cuidado, no levantar la voz. Pero en aquel momento no me importaba.

—No quiero caridad, America. Soy un hombre. Se supone que soy yo quien debe mantenerte.

Aspen se llevó las manos a la cabeza. Respiraba aceleradamente. Como siempre, estaba reconsiderando su postura. Pero esta vez había algo diferente en su mirada. En lugar de irse centrando, se le veía más y más confundido. Mi rabia fue desvaneciéndose al verlo ahí, tan perdido. Me sentí culpable. Mi intención era darle un capricho, no humillarle.

—Yo te quiero —susurré.

Él meneó la cabeza.

—Yo también te quiero, America. —Pero no me miraba a la cara.

Recogí un poco del pan que había hecho y se lo puse en la mano. Tenía demasiada hambre como para no darle un bocado.

—No quería herir tu orgullo. Pensé que te gustaría.

—No es eso, Mer; me encanta. No me puedo creer que hayas hecho todo esto por mí. Es solo que… no sabes cuánto me molesta que yo no pueda hacerlo por ti. Te mereces algo más.

Gracias a Dios, siguió comiendo mientras hablaba.

—Tienes que dejar de pensar en mí de ese modo. Cuando estamos juntos, yo no soy una Cinco y tú no eres un Seis. Somos simplemente Aspen y America. No quiero nada más, solo estar contigo.

—Pero es que no puedo cambiar mi modo de pensar. —Me miró—. Así es como me educaron. Desde que era pequeño, aprendí que «los Seises han nacido para servir» y que «los Seises deben pasar desapercibidos». Toda mi vida, he aprendido a ser invisible. —Me agarró la mano con la fuerza de una tenaza—. Si estás conmigo, Mer, tú también tendrás que aprender a ser invisible. Y no quiero eso para ti.

—Aspen, ya hemos hablado de eso. Sé que las cosas serán de otro modo, y estoy preparada. No sé cómo decírtelo más claro. —Le puse la mano sobre el corazón—. Estoy preparada para darte el sí en el momento en que me lo pidas.

Resultaba aterrador exponerse de aquel modo, dejar absolutamente claro hasta dónde llegaban mis sentimientos. Él sabía lo que le estaba diciendo. Pero si ponerme en una posición vulnerable le ayudaba a encontrar el valor, lo soportaría. Sus ojos buscaron los míos. Si buscaba la sombra de una duda, estaba perdiendo el tiempo. Aspen era lo único de lo que estaba segura en la vida.

—No.

—¿Qué?

—No —repitió, y aquella palabra me cayó como una bofetada.

—¿Aspen?

—No sé cómo he podido engañarme y pensar que esto podría funcionar. —Se pasó los dedos por entre el cabello otra vez, como si estuviera intentando recopilar todos los pensamientos que tenía sobre mí en la cabeza.

—Pero si acabas de decirme que me quieres…

—Y te quiero, Mer. De eso se trata. No puedo convertirte en alguien como yo. No soporto la idea de que llegue a verte pasar hambre, frío o miedo. No puedo convertirte en una Seis.

Sentí que estaba a punto de llorar. No querría decir eso. No podía ser. Pero antes de que pudiera pedirle que lo retirara, se encaminó hacia la salida de la casa del árbol.

—¿Adónde…, adónde vas?

—Me voy. Me voy a casa. Siento haberte hecho esto, America. Hemos acabado.

—¿Qué?

—Hemos acabado. No volveré por aquí nunca más. No de este modo.

—Aspen, por favor —insistí, con lágrimas en los ojos—. Hablemos del tema. Sé que estás confuso.

—Estoy más confuso de lo que te imaginas, pero no estoy enfadado contigo. Es simplemente que no puedo hacerlo, Mer. No puedo.

—Aspen, por favor...

Me agarró con fuerza y me besó —un beso de verdad— por última vez. Luego desapareció entre la oscuridad. Y como vivíamos en el país en el que vivíamos, con todas esas reglas que hacían que nos tuviéramos que ocultar, no pude siquiera llamarle, no pude gritarle, aunque fuera por última vez, que le amaba.

Pasaron los días. Estaba claro que mi familia se daba cuenta de que sucedía algo, pero debían de suponer que estaba nerviosa por la Selección. Quise llorar mil veces, pero me contuve. Solo tenía ganas de que llegara el viernes, para que emitieran el *Capital Report* y para que, tras hacerse públicos los nombres de las elegidas, todo volviera a ser como antes.

Me imaginé la escena: cómo anunciarían el nombre de Celia o Kamber, y la cara de mi madre, decepcionada, pero no tanto como si hubieran elegido a una desconocida. Papá y May estarían contentos por las chicas; toda la familia tenía una relación próxima con la suya. Sabía que Aspen estaría pensando en mí igual que yo pensaba en él. Estaba segura de que se presentaría por allí antes de que acabara el programa, para rogar que le perdonara y pedir mi mano. Sería algo prematuro, ya que las chicas no tendrían nada seguro, pero podría aprovechar la emoción general del día. Probablemente aquello suavizaría mucho las cosas.

En mi imaginación, todo salía perfectamente. En mi imaginación, todo el mundo era feliz...

Faltaban diez minutos para que empezara el *Report*, y ya estábamos todos preparados. Estaba segura de que no éramos los únicos que no queríamos perdernos ni un segundo del anuncio.

—¡Recuerdo cuando eligieron a la reina Amberly! Sabía desde el principio que iba a conseguirlo —dijo mamá, que estaba haciendo palomitas, como si aquello fuera una película.

—¿Tú participaste en el sorteo, mamá? —preguntó Gerad.

—No, cariño. A mamá le faltaban dos años para la edad mínima. Pero tuve mucha suerte, porque encontré a tu padre.

Sonrió y le guiñó el ojo a papá. Vaya. Debía de estar de muy buen humor. No recordaba la última vez que había tenido un gesto de afecto similar hacia papá.

—La reina Amberly es la mejor reina de la historia. Es tan guapa, y tan lista… Cada vez que la veo en la tele, me dan ganas de ser como ella —dijo May, suspirando.

—Es una buena reina —me limité a añadir yo.

Por fin llegaron las ocho. El escudo nacional apareció en la pantalla, acompañado de la versión instrumental del himno. ¿Podía ser que estuviera temblando? Tenía unas ganas terribles de que aquello se acabara.

Apareció el rey, que puso al país al corriente de la guerra, con pocas palabras. El resto de los comunicados también fueron cortos. Daba la impresión de que todo el mundo estaba de buen humor. Supuse que para ellos también debía de ser emocionante.

Por fin apareció el coordinador de Eventos y presentó a Gavril, que se dirigió directamente a la familia real.

—Buenas noches, majestad —le dijo al rey.

—Gavril, siempre es un placer —repuso el rey, que parecía casi mareado.

—¿Esperando el anuncio?

—Sí, claro. Ayer estuve en la sala mientras se extraían algunos de los nombres; todas ellas, chicas preciosas.

—Así pues, ¿ya sabe quiénes son?

—Solo algunas, solo algunas.

—¿Ha compartido su padre esa información con usted, señor? —preguntó Gavril, dirigiéndose a Maxon.

—En absoluto. Yo las veré al mismo tiempo que todos los demás —respondió el príncipe. Se notaba que intentaba ocultar los nervios.

Me di cuenta de que me sudaban las manos.

—Majestad —prosiguió Gavril, dirigiéndose esta vez a la reina—, ¿algún consejo para las elegidas?

Ella mostró su habitual sonrisa serena. No sé qué aspecto tendrían las otras chicas de su Selección, pero no podía imaginarme que ninguna fuera tan graciosa y adorable como ella.

—Que disfruten de su última noche como una chica más. Mañana, pase lo que pase, su vida cambiará para siempre. Y un consejo clásico, pero aun así válido: que sean ellas mismas.

—Sabias palabras, mi reina, sabias palabras. Y ahora pasemos a revelar los nombres de las treinta y cinco jóvenes elegidas para la

Selección. ¡Damas y caballeros, compartan conmigo la felicitación para las siguientes hijas de Illéa!

En la pantalla volvió a aparecer el escudo nacional. En la esquina superior derecha había una pequeña ventana con la cara de Maxon, para ver sus reacciones a medida que aparecían las caras en el monitor. Él ya estaría haciéndose una idea sobre ellas, como todos los demás.

Gavril tenía un juego de tarjetas en las manos y se dispuso a leer los nombres de las chicas cuyo mundo, tal como había dicho la reina, estaba a punto de cambiar para siempre. La Selección empezaba en aquel mismo instante.

—La señorita Elayna Stoles, de Hansport, Tres.

En la pantalla apareció la foto de una chica menuda con rostro de porcelana. Parecía toda una dama. A Maxon se le iluminó el rostro.

—La señorita Fiona Castley, de Paloma, Tres.

Esta vez era una morenita con unos ojos provocadores. Quizá de mi edad, pero parecía más... experimentada.

Me giré hacia mamá y May, que estaban en el sofá.

—¿No os parece que es muy...?

—La señorita America Singer, de Carolina, Cinco.

Giré la cabeza como un resorte, y ahí estaba: la fotografía que me habían tomado justo después de enterarme de que Aspen estaba ahorrando para casarse conmigo. Estaba radiante, esperanzada, hermosa. Tenía el aspecto de una chica enamorada. Y algún idiota debía de haber pensado que mi amor era por el príncipe Maxon.

Mamá me gritó al oído y May dio un gran salto, llenándolo todo de palomitas. Gerad también se emocionó y se puso a bailar. Papá..., es difícil de decir, pero creo que sonreía en secreto tras su libro.

Me perdí la expresión de Maxon.

Sonó el teléfono.

Y no dejó de sonar durante varios días.

Capítulo 6

La semana siguiente no pararon de entrar y salir de casa funcionarios llegados para prepararme para la Selección. Vino una mujer odiosa que aparentemente pensaba que había mentido en la mitad de las cosas de mi solicitud, seguida de un guardia de palacio que repasaba las medidas de seguridad con los soldados que nos destinaron y que le dieron un buen repaso a la casa. Daba la impresión de que, para preocuparse por posibles ataques rebeldes, no hacía falta esperar a llegar a palacio. Estupendo.

Recibimos dos llamadas de una mujer llamada Silvia —que parecía muy desenfadada, pero metódica al mismo tiempo— que quería saber si necesitábamos alguna cosa. De entre las visitas que tuvimos, mi favorito fue un hombre con una perilla que vino a tomarme medidas para el vestuario. Yo no estaba segura de cómo me sentaría llevar constantemente vestidos tan formales como los de la reina, pero esperaba con impaciencia mi cambio de vestuario.

El último de nuestros visitantes vino el miércoles por la tarde, dos días antes de mi partida. Tenía la misión de repasar toda la normativa oficial conmigo. Era increíblemente flaco, tenía el cabello negro y graso peinado hacia atrás y no paraba de sudar. Al entrar en casa, preguntó si había algún lugar donde pudiéramos hablar en privado. Aquello fue el primer indicio de que pasaba algo.

—Bueno, podemos sentarnos en la cocina, si le parece —sugirió mamá.

Él se secó la frente con un pañuelo y miró a May.

—De hecho, cualquier lugar irá bien. Pero creo que deberían pedirle a su hija menor que espere fuera.

¿Qué podía tener que decirnos que May no pudiera oír?

—¿Mamá? —protestó ella, triste por quedarse al margen.

—May, cariño, ve a practicar con tu pintura. Esta última semana has dejado el trabajo un poco de lado.

—Pero...

—Déjame que te acompañe, May —me ofrecí, al ver las lágrimas que asomaban en sus ojos.

Ya en el otro extremo del pasillo, donde nadie nos podía oír, la cogí entre mis brazos y la abracé.

—No te preocupes —le susurré—. Te lo contaré todo esta noche. Te lo prometo.

Hay que reconocer que se controló y no descubrió nuestro acuerdo dando saltitos de alegría como era habitual en ella. Se limitó a asentir en silencio y se fue a su rincón en el estudio de papá.

Mamá preparó té para el flacucho y nos sentamos a la mesa de la cocina para hablar. El hombre colocó un montón de papeles y una pluma junto a otra carpeta que llevaba mi nombre. Dispuso todas sus cosas ordenadamente y dijo:

—Siento ser tan reservado, pero hay algunas cosas que tenemos que tratar y que quizá no sean aptas para los oídos de los niños.

Mamá y yo cruzamos una mirada fugaz.

—Señorita Singer, esto puede sonar algo duro, pero, desde el viernes pasado, se la considera a usted propiedad de Illéa. A partir de ahora tiene la obligación de cuidar su cuerpo. Traigo varios informes para que los firme mientras la voy informando. Debo decirle que cualquier incumplimiento de los requisitos por su parte supondrá su eliminación inmediata de la Selección. ¿Lo comprende?

—Sí —respondí, recelosa.

—Muy bien. Empecemos con lo fácil. Esto son vitaminas. Como es usted una Cinco, supongo que no siempre ha tenido acceso a la nutrición necesaria. Debe tomarse una de estas al día. Ahora tiene que hacerlo por su cuenta, pero en palacio tendrá a alguien que la ayudará.

Me pasó un gran frasco por encima de la mesa, junto a un impreso que tuve que firmar a modo de recibo. Tuve que contenerme la risa. ¿Quién necesita ayuda para tomarse una píldora?

—Aquí tengo el informe de su médico. No hay nada de lo que preocuparse. Parece que está usted en perfecto estado de salud, aunque me dice que no ha dormido bien últimamente. ¿Es así?

—Bueno..., es de la emoción. Me ha costado un poco dormir —alegué.

Y no era mentira del todo. Los días eran un torbellino de preparativos para el palacio, pero de noche, cuando estaba tranquila, pensaba en Aspen. En aquellos momentos no podía evitar que su recuerdo me invadiera, y lo cierto es que me costaba mucho pensar en otra cosa.

—Ya veo. Bueno, puedo hacer que le traigan algo para ayudarla a dormir esta misma noche, si lo desea. Queremos que esté bien descansada.

—No, yo…

—Sí —me interrumpió mamá—. Lo siento, cariño, pero pareces agotada. Por favor, consígale esos somníferos.

—Sí, señora —concedió el flacucho, que hizo otra anotación en mi informe—. Vamos a otra cosa. Bueno, sé que es algo personal, pero tengo que hablar del tema con todas las participantes, así que le ruego que no sea tímida. —Hizo una pausa—. Necesito que me confirme que es usted virgen.

Mamá puso unos ojos como platos. Así que ese era el motivo por el que May no podía estar presente.

—¿Lo dice en serio?

No podía creerme que hubieran enviado a alguien para eso. Al menos podrían haber enviado a una mujer…

—Me temo que sí. Si no lo es, tenemos que saberlo inmediatamente.

Increíble. Y con mi madre ahí delante.

—Conozco la ley, señor. No soy tonta. Claro que soy virgen.

—Piénselo bien, por favor. Si se descubre que miente…

—¡Por amor de Dios, America nunca ha tenido siquiera novio! —exclamó mamá.

—Así es —añadí, esperando así poner fin al tema.

—Muy bien. Pues necesito que firme este impreso para confirmar su declaración.

Puse los ojos en blanco, pero obedecí. Estaba orgullosa de mi país, Illéa, más aún teniendo en cuenta que aquel mismo territorio había quedado prácticamente reducido a escombros, pero tantas normas empezaban a sofocarme, como si fueran cadenas invisibles que me ataran. Leyes sobre a quién podías querer, papeles que certificaran tu virginidad… Era exasperante.

—Tenemos que repasar una serie de normas. Son bastante sencillas, y no deberían suponerle ningún esfuerzo. Si tiene alguna pregunta, no dude en hacerla.

Levantó la vista de su montón de documentos y estableció contacto visual conmigo.

—Lo haré —murmuré.

—No puede abandonar el palacio por voluntad propia. Tiene que ser el príncipe quien la descarte. Ni siquiera el rey o la reina pueden despedirla. Ellos pueden decirle al príncipe que no es de su agrado, pero es él quien toma la última decisión sobre quién se queda y quién se va.

»No hay un tiempo límite para la Selección. Puede ser cuestión de días o de años.

—¿Años? —reaccioné, consternada. La idea de estar lejos tanto tiempo me horrorizaba.

—No hay de qué preocuparse. Es improbable que el príncipe alargue mucho el proceso. En este momento se espera que se muestre decidido, y alargar la Selección no le daría buena imagen. Pero si decidiera hacerlo, se le exigirá que se quede todo el tiempo que necesite el príncipe para hacer su elección.

El miedo debió de reflejárseme en el rostro, porque mamá alargó la mano y cogió la mía. El flacucho, en cambio, permaneció impasible.

—Usted no decide cuándo se encontrará con el príncipe. Será él quien la busque para sus encuentros a solas si lo desea. Si se encuentra en un evento social y él está presente, es diferente. Pero usted no debe presentarse ante él sin ser invitada.

»Aunque nadie espera que usted se lleve bien con las otras treinta y cuatro participantes, no debe pelearse con ellas ni sabotearlas. Si se descubre que le ha puesto la mano encima a otra participante, que le ha provocado alguna tensión, que le ha robado algo o que ha hecho cualquier cosa que pueda afectar a su relación personal con el príncipe, estará en sus manos el echarla al momento.

»Su única relación romántica será con el príncipe Maxon. Si se la descubre escribiendo notas de amor a otra persona del exterior o manteniendo una relación con alguna otra persona en palacio, se considerará un acto de traición, castigable con la muerte.

Mamá puso cara de que aquello era una gran tontería, pero a mí era la única norma que me preocupaba de verdad.

—Si se descubre que ha infringido alguna de las leyes nacionales, recibirá el castigo correspondiente a la ofensa. Su estatus como seleccionada no la sitúa por encima de la ley.

»No debe llevar prenda alguna ni comer nada que no se le proporcione en palacio. Esa es una norma de seguridad y se aplicará estrictamente.

»Los viernes estará presente en todas las emisiones del *Capital Report*. Para la ocasión, pero siempre con aviso previo, puede haber cámaras o fotógrafos en palacio, y usted se mostrará amable y les hará partícipes de su estilo de vida y su relación con el príncipe.

»Por cada semana que permanezca en palacio, su familia recibirá una compensación. Yo le daré su primer talón hoy mismo. Por otra parte, si tuviera que abandonar el palacio, nuestros ayudantes la ayudarán a encarrilar su vida tras la Selección. Su ayudante personal la asistirá en los preparativos finales antes de dejar el palacio, y la ayudará a buscar una nueva vivienda y un empleo posteriormente.

»Si llegara a situarse entre las diez últimas finalistas, se la considerará miembro de la élite. Una vez que alcance ese estatus, tendrá que aprender el funcionamiento interno de la vida y de las obligaciones que podría tener como princesa. No se le permitirá acceder a esa información hasta entonces.

»Desde este momento, es usted una Tres.

—¿Una Tres? —exclamamos mamá y yo a la vez.

—Sí. Tras la Selección, a las chicas les cuesta volver a su antigua vida. Las Doses y las Treses lo llevan bien, pero las Cuatros o inferiores suelen tener dificultades. Ahora es usted una Tres, pero el resto de los miembros de su familia siguen siendo Cincos. Si ganara, usted y todos los miembros de su familia se convertirían en Unos, como parte de la familia real.

—Unos —dijo mamá, pero la palabra apenas fue un murmullo.

—Y si llegara al final, se casará con el príncipe Maxon y se convertirá en la princesa de Illéa, con lo que adquiriría todos los derechos y responsabilidades que conlleva el título. ¿Lo entiende?

—Sí. —Esa parte, por muy grandilocuente que sonara, era la más fácil de soportar.

—Muy bien. Si tiene la bondad, firme este documento justificante de que ha oído todas las normas oficiales, y usted, señora Singer, firme este recibo conforme le ha sido entregado el talón, por favor.

No vi la cantidad, pero sus ojos reaccionaron positivamente. Me entristecía la idea de marcharme, pero estaba segura de que, aunque me echaran al día siguiente, aquel talón nos proporcionaría suficiente dinero para vivir de un modo desahogado todo un año. Y cuando volviera, todo el mundo querría oírme cantar. Tendría mucho trabajo. Pero ¿se me permitiría cantar siendo una Tres? Si tuviera que escoger una de las profesiones propias de una Tres..., quizá me gustaría ser profesora. Al menos así podría enseñar música a otros.

El flacucho recogió todos sus papeles y se puso en pie para marcharse. Nos dio las gracias por nuestro tiempo y por el té. Ya solo tendría que encontrarme con un funcionario más antes de mi partida, y sería mi asistente personal, la persona que me ayudaría a prepararme hasta el momento de salir hacia el aeropuerto. Y luego..., luego estaría sola.

Nuestro invitado me pidió que le acompañara a la puerta, y mamá accedió, ya que ella quería empezar a preparar la cena. A mí no me gustaba estar a solas con él, pero solo era un momento.

—Una cosa más —dijo el flacucho, con la mano en el pomo de la puerta—. Esto no es exactamente una norma, pero haría bien en tenerlo en cuenta: cuando se le invite a hacer algo con el príncipe Maxon, no se niegue, sea lo que sea. Cenas, salidas, besos (más que besos), lo que sea. No le diga que no.

—¿Disculpe?

¿El mismo hombre que me había hecho firmar para certificar mi pureza estaba sugiriéndome que dejara que Maxon me la arrebatara si lo deseaba?

—Sé que suena... indecoroso. Pero no le conviene rechazar al príncipe bajo ninguna circunstancia. Buenas noches, señorita Singer.

Me sentí asqueada. La ley, la ley de Illéa, dictaba que había que esperar hasta el matrimonio. Era un modo efectivo de controlar las enfermedades, y ayudaba a mantener el sistema de castas. Los ilegítimos acababan en la calle, convertidos en Ochos; si te descubrían, fuera porque alguien se chivara o por el propio embarazo, te condenaban a la cárcel. Solo con que alguien sospechara, podías pasarte unas noches en el calabozo. Sí, aquello había limitado mi intimidad con la persona a la que amaba, y no me había resultado fácil. Pero ahora que Aspen y yo habíamos roto, estaba contenta de haberme visto obligada a reservarme.

Estaba furiosa. ¿Acaso no me habían hecho firmar una declaración aceptando que se me castigaría si infringía la ley de Illéa? Yo no estaba por encima de la ley; eso es lo que había dicho aquel hombre. Pero aparentemente el príncipe sí. Me sentía sucia, más inmunda que una Ocho.

—America, cariño, es para ti —anunció mamá, con voz alegre.

Yo ya había oído el timbre de la puerta, pero no tenía ninguna prisa por responder. Si era otra persona pidiendo un autógrafo, no podría soportarlo.

Recorrí el pasillo y giré la esquina. Y allí estaba Aspen, con un ramo de flores silvestres.

—Hola, America —saludó, con un tono comedido, casi profesional.

—Hola, Aspen —repuse, apenas sin voz.

—Esto te lo envían Kamber y Celia. Querían desearte buena suerte. —Se acercó y me dio las flores. Flores de sus hermanas, no suyas.

—¡Qué encantos! —exclamó mamá.

Casi me había olvidado de que estaba en la sala.

—Aspen, me alegro de que hayas venido —dije, intentando poner una voz tan neutra como la suya—. Haciendo las maletas he dejado la habitación hecha un asco. ¿Me quieres ayudar a limpiar?

Con mi madre allí mismo, no pudo negarse. Como norma general, los Seises no rechazaban ningún trabajo. En eso éramos iguales.

Aspen exhaló por la nariz y asintió.

Me siguió a cierta distancia hasta la habitación. Pensé en la de veces que había deseado aquello: que Aspen se presentara en la puerta de casa y entrara hasta mi habitación. Pero las circunstancias no podían ser peores.

Abrí la puerta de mi cuarto y me quedé en el umbral. Aspen soltó una carcajada.

—¿Quién te ha hecho las maletas? ¿Un perro?

—¡Cállate! Me ha costado un poco encontrar lo que buscaba —protesté. Y sonreí a mi pesar.

Él se puso manos a la obra, poniendo las cosas en su sitio y doblando ropa. Yo le ayudé, por supuesto.

—¿No te vas a llevar nada de toda esta ropa? —susurró.

—No. A partir de ahora me visten ellos.

—Oh, vaya.

—¿Están decepcionadas tus hermanas?

—En realidad no —dijo, meneando la cabeza—. En cuanto vieron tu cara en la tele, toda la casa se volvió una fiesta. Siempre les has encantado. A mi madre en particular.

—Adoro a tu madre. Siempre se ha portado estupendamente conmigo.

Pasaron unos minutos en silencio, mientras mi habitación volvía a su estado normal.

—Tu foto… Estabas absolutamente preciosa.

Me dolió que me dijera que estaba guapa. No era justo. No después de todo lo que había hecho.

—Fue por ti —susurré.

—¿Cómo?

—Pues que… pensaba que ibas a declararte muy pronto —dije, con la voz rota.

Aspen se quedó en silencio un momento, buscando las palabras.

—Me lo había planteado, pero ahora ya no importa.

—Sí que importa. ¿Por qué no me lo dijiste?

Se frotó el cuello, indeciso.

—Estaba esperando.

—¿El qué?

No me imaginaba qué podía estar esperando.

—El Sorteo.

Aquello sí lo entendía. No estaba claro qué era mejor: si ser llamado a filas o no. En Illéa, todos los chicos de diecinueve años entraban en el Sorteo. Se escogía un nuevo reemplazo por sorteo dos veces al año, de modo que todos los reclutas llegaran como máximo con diecinueve años y medio. Y el servicio obligatorio iba desde los diecinueve años a los veintitrés. La fecha se acercaba.

Habíamos hablado del tema, pero no de un modo realista. Supongo que ambos esperábamos que, si no pensábamos en ello, el Sorteo también nos pasaría por alto a nosotros.

Lo bueno de ser un soldado es que se pasaba automáticamente a ser un Dos. El Gobierno te entrenaba y te pagaba el resto de tu vida. Lo malo era que nunca sabías dónde podías ir a parar. Lo que estaba claro era que te enviaban fuera de tu provincia. Suponían que los soldados se volverían más indulgentes rodeados de los conocidos, tratando con ellos. Podías acabar en palacio o en el cuerpo de policía de otra provincia. O podías terminar en el Ejército, y podían enviarte al frente. No muchos de los que iban a la guerra regresaban a casa.

Los que no se habían casado antes del sorteo casi siempre se esperaban al resultado. Si te tocaba, en el mejor de los casos suponía separarte de tu esposa cuatro años. Y en el peor, dejar una viuda muy joven.

—Yo... No quería hacerte eso —susurró.

—Lo entiendo.

Se puso en pie, intentando cambiar de tema.

—Bueno, ¿y qué te llevas?

—Una muda para ponerme cuando me echen. Unas cuantas fotos y libros. Me han dicho que no necesitaré mis instrumentos. Todo lo que quiera lo tendré allí. Así que solo llevo esa mochila, nada más.

Ahora la habitación estaba ordenada, y por algún motivo la pequeña mochila parecía enorme. Las flores que había traído, colocadas sobre el escritorio, presentaban un gran colorido en comparación con mis cosas, todas de tonos apagados. O quizá fuera que todo me parecía más triste ahora..., ahora que todo había acabado.

—No es mucho —observó.

—Nunca he necesitado demasiado para ser feliz. Pensé que lo sabías.

Él cerró los ojos.

—No sigas, America. Hice lo correcto.

—¿Lo correcto? Aspen, me hiciste creer que podíamos hacerlo. Hiciste que te quisiera. Y luego me convenciste para que me presentara a este maldito concurso. ¿Sabes que prácticamente me han convertido en un juguete de Maxon?

Él se giró de golpe y me observó.

—¿Qué?

—No se me permite decirle que no… a «nada».

Aspen parecía asqueado, furioso. Apretó los puños.

—Incluso…, incluso si decide no casarse contigo… ¿Podría…?

—Sí.

—Lo siento. No lo sabía —dijo, y respiró intensamente unas cuantas veces—. Pero si te elige…, eso estaría bien. Te mereces ser feliz.

Aquello fue demasiado. Le di una bofetada.

—¡Idiota! —le espeté, entre gritando y susurrando—. ¡Le odio! ¡Yo te quería a ti! ¡Quería estar contigo! ¡Todo lo que he deseado en mi vida eres tú!

Los ojos se le llenaron de lágrimas, pero no me importaba. Ya me había hecho bastante daño, y ahora le tocaba a él.

—Debería irme —dijo, y se dispuso a salir.

—Espera. No te he pagado.

—America, no tienes que pagarme.

Y reemprendió el camino hacia la puerta.

—¡Aspen Leger, no te atrevas a dar un paso más! —solté, con furia.

Se detuvo y por fin me prestó atención.

—Veo que ya estás practicando para cuando seas una Uno. —Si no hubiera sido por sus ojos, habría pensado que aquello era una broma, no un insulto.

Sacudí la cabeza y me dirigí a mi escritorio. Saqué todo el dinero que había ganado yo sola, y puse hasta el último céntimo en sus manos.

—America, no voy a aceptar esto.

—Y un cuerno. Claro que vas a aceptarlo. Yo no lo necesito, y tú sí. Si alguna vez me has querido lo más mínimo, lo aceptarás. Tu orgullo ya nos ha hecho bastante daño a los Dos.

Sentí que algo en su interior se apagaba. Dejó de resistirse.

—Vale.

—Y toma. —Metí una mano detrás de la cama, saqué mi frasquito de céntimos y se lo vacié en la mano. Un céntimo rebelde que debía de estar pegajoso se quedó pegado al fondo—. Estas monedas siempre han sido tuyas. Deberías usarlas.

Ahora ya no tenía nada suyo. Y cuando la desesperación le hiciera gastarse aquellos céntimos, él tampoco tendría nada mío. Sentí que, de pronto, afloraba el dolor. Los ojos se me llenaron de lágrimas. Tuve que respirar hondo para contener el llanto.

—Lo siento, Mer. Buena suerte —dijo. Se metió los billetes y los céntimos en los bolsillos y salió a toda prisa.

No era así como pensaba que lloraría. Me esperaba grandes sollozos desesperados, no lágrimas lentas y minúsculas.

Quise dejar el frasquito en el estante, pero volví a ver aquel céntimo dentro. Metí el dedo en el frasco y lo despegué. Repiqueteó contra el vidrio. Era un sonido hueco, y sentí el eco en el interior de mi pecho. Sabía que, para bien o para mal, no me habría librado del todo de Aspen; todavía no. Quizá no lo hiciera nunca. Abrí la mochila, metí el frasquito y la cerré de nuevo.

May asomó la cabeza por la puerta. Decidí tomarme una de aquellas estúpidas píldoras. Me dormí con ella en brazos. Por fin pude olvidarme de todo por un rato.

Capítulo 7

La mañana siguiente me vestí con el uniforme de las seleccionadas: pantalones negros, camisa blanca y la flor de mi provincia —un lirio— en el pelo. Los zapatos los pude escoger. Me decanté por unos rojos bajos desgastados. Pensé que más valía dejar claro desde el principio que no tenía madera de princesa.

Estábamos ya a punto para salir en dirección a la plaza. Cada una de las seleccionadas iba a tener una ceremonia de despedida en su provincia de origen, y a mí la mía no me hacía ninguna ilusión. Toda aquella gente allí mirándome, y yo de pie como una tonta. La escena en conjunto era ridícula, ya que tenía que recorrer los tres kilómetros de trayecto en coche, por motivos de seguridad.

El día fue incómodo desde el principio. Kenna vino con James para despedirme, lo cual fue todo un detalle, teniendo en cuenta que estaba embarazada y cansada. Kota también vino, aunque su presencia no hizo más que añadir tensión. En el camino de casa hasta el coche que nos habían dejado, Kota fue con mucho el más lento, de modo que los fotógrafos y curiosos pudieran verle bien. Papá se limitó a menear la cabeza, y en el coche nadie dijo nada.

May era mi único consuelo. Me cogió de la mano e intentó transmitirme parte de su entusiasmo. Cuando llegamos a la atestada plaza aún íbamos de la mano. Daba la impresión de que toda la provincia de Carolina había acudido a despedirme. O a ver qué tenía yo de especial. Desde la tarima en la que me encontraba, vi la masa de gente que me observaba.

Allí de pie pude comprobar las diferencias entre las castas. Margareta Stines era una Tres, y ella y sus padres me perforaron con la mirada. Tenile Digger era una Siete, y me lanzaba besos. La gente de las castas superiores me miraba como si les hubiera robado algo que les perteneciera. Las Cuatros y la gente de castas inferiores me animaban, veían en mí a una chica del montón que había triunfado. Me di cuenta de lo que significaba para aquellas personas, como si representara algo para cada una de ellas.

Intenté concentrarme en aquellas caras, levantando la cabeza. Estaba decidida a hacerlo bien. Sería la mejor de mi grupo: la heroína de la plebe. Aquello me dio una razón de ser. America Singer: la campeona de las castas bajas.

El alcalde hizo un discurso lleno de florituras:

—¡... y Carolina animará a la bella hija de Magda y de Shalom Singer, Lady America Singer!

La multitud aplaudió y me vitoreó. Algunos lanzaron flores.

Registré aquel sonido por un momento, sonriendo y saludando con la mano, y luego volví a escrutar a la multitud, pero esta vez con un objetivo diferente.

Quería ver su rostro una vez más si podía. No sabía si habría venido. El día anterior me había dicho que estaba preciosa, pero se había mostrado aún más distante y reservado que en la casa del árbol. Habíamos acabado, y lo sabía. Pero no puedes amar a una persona casi dos años y luego olvidarlo de la noche a la mañana.

Tuve que pasear la vista varias veces por entre la gente, pero por fin lo encontré, y de inmediato deseé no haberlo hecho. Aspen estaba allí de pie, con Brenna Butler delante de él, agarrándola por la cintura desenfadadamente y sonriendo.

Quizá sí había gente que podía olvidar de la noche a la mañana.

Brenna era una Seis y debía de tener mi edad. Era bastante guapa, supongo, aunque no se parecía en nada a mí. Tal vez ella se quedara con la boda y la vida que antes iba a ser para mí. Y, al parecer, a Aspen la posibilidad de ser reclutado no le importaba ya tanto. Ella le sonrió y luego fue a reunirse con su familia.

¿Acaso ya le gustaba Brenna desde antes? A lo mejor se veían cada día, mientras que yo solo le daba de comer y le cubría de besos una vez por semana. Tal vez todo el resto del tiempo del que no me hablaba durante nuestras conversaciones furtivas no se correspondía simplemente con largas horas de tediosos inventarios.

Estaba demasiado furiosa como para llorar.

Además, tenía admiradores que reclamaban mi atención. Y Aspen ni siquiera se había dado cuenta de que lo había visto. Me volqué con aquellos rostros entregados. Volví a lucir mi mejor sonrisa y me puse a saludar. No le iba a dar a Aspen la satisfacción de romperme el corazón una vez más. Estaba allí por su culpa, e iba a aprovecharlo.

—¡Damas y caballeros, despidamos como se merece a America Singer, nuestra hija de Illéa predilecta! —jaleó el alcalde.

Detrás de mí, una pequeña banda tocó el himno nacional.

Más vítores, más flores. De pronto me encontré al alcalde hablándome al oído.

—¿Querrías decir algo, querida?

No sabía cómo decir que no sin parecer maleducada.

—Gracias, pero estoy tan impresionada que no creo que pueda.

—Por supuesto, pequeña —dijo él, cogiéndome las manos entre las suyas—. No te preocupes. Yo me ocuparé de todo. Ya te prepararán para estas cosas en palacio. Lo necesitarás.

Entonces el alcalde procedió a ensalzar mis virtudes ante la audiencia, mencionando solapadamente que era muy inteligente y atractiva, para ser una Cinco. No parecía un mal tipo, pero a veces hasta los miembros más agradables de las castas superiores se mostraban condescendientes.

Al pasar la vista por la multitud, una vez más vi el rostro de Aspen. Parecía que lo estaba pasando mal. Su expresión era el extremo opuesto a la que le había visto cuando estaba con Brenna, unos minutos antes. ¿Otro jueguecito? Aparté la mirada.

El alcalde acabó su discurso. Sonreí y todo el mundo aplaudió, como si aquel hombre hubiera soltado un discurso legendario.

Y de pronto llegó el momento de decir adiós. Mitsy, mi asistente personal, me indicó que me despidiera con calma pero sin extenderme, y que luego ella me acompañaría hasta el coche que me conduciría al aeropuerto.

Kota me abrazó y me dijo que estaba orgulloso de mí. Luego, con menos sutilidad, me pidió que le hablara de sus creaciones al príncipe Maxon. Me libré de su abrazo con la máxima elegancia posible.

Kenna estaba llorando.

—Apenas te veo ya. ¿Qué voy a hacer cuando no estés?

—No te preocupes. Volveré pronto.

—¡Sí, ya! Eres la chica más guapa de toda Illéa. ¡Se enamorará de ti!

¿Por qué todo el mundo pensaba que todo dependía de la belleza? A lo mejor era así. Tal vez el príncipe Maxon no necesitaba una esposa con la que hablar, sino solo una que fuera guapa. Me estremecí, considerando la posibilidad de que mi futuro se redujera a eso. Pero había un montón de chicas mucho más guapas que yo en la Selección.

Resultó difícil abrazar a Kenna con aquella barriga, pero lo conseguimos. James, al que en realidad tampoco conocía tanto, también me abrazó. Entonces llegó Gerad.

—Sé bueno, ¿de acuerdo? Prueba con el piano. Estoy segura de que se te dará de fábula. Quiero oírte cuando vuelva, ¿vale?

Gerad se limitó a asentir, de pronto embargado por la tristeza, y se lanzó hacia mí abriendo sus pequeños bracitos.

—Te quiero, America.

—Yo también te quiero. No estés triste. Volveré pronto.

Él volvió a asentir, pero se cruzó de brazos e hizo morritos. No tenía ni idea de que se lo fuese a tomar así. Era justo lo contrario que May, que estaba dando saltitos, de puntillas, emocionadísima.

—¡Oh, America, vas a ser la princesa! ¡Lo sé!

—¡Venga ya! Preferiría ser una Ocho y quedarme con vosotros. Tú sé buena y trabaja duro, ¿eh?

May asintió y dio unos saltitos más, y luego le llegó el turno a papá, que estaba al borde de las lágrimas.

—¡Papá! No llores —dije, y me dejé caer entre sus brazos.

—Escucha, gatita: ganes o pierdas, para mí siempre serás una princesa.

—Oh, papá... —Aquello hizo que me echara a llorar yo también y sacara al exterior todo mi miedo, mi tristeza, la preocupación, los nervios... Precisamente aquella frase de papá, que dejaba claro que nada de todo aquello importaba.

Si después de aprovecharse de mí me descartaban y tenía que volver a casa, él seguiría estando orgulloso de mí.

Tanto amor era difícil de sobrellevar. En palacio estaría rodeada de un ejército de guardias, pero no podía imaginar un lugar más seguro que los brazos de mi padre. Me separé de él y me giré para abrazar a mamá.

—Haz todo lo que te digan. Intenta no protestar y sé feliz. Pórtate bien. Sonríe. Mantennos informados. ¡Hija mía! Sabía que acabarías demostrándonos que eres especial.

Lo dijo como un halago, pero no era eso lo que necesitaba oír. Me habría gustado que me hubiera dicho que para ella ya era especial, como lo era para mi padre. Pero supuse que ella nunca dejaría de desear algo más para mí, algo más de mí. Quizá fuera algo típico de las madres.

—Lady America, ¿está lista? —preguntó Mitsy.

Yo estaba de espaldas a la multitud, y enseguida me limpié las lágrimas.

—Sí, estoy lista.

Mi bolsa esperaba en el reluciente coche blanco. Ya estaba. Eché a caminar hacia las escaleras al borde de la tarima.

—¡Mer!

Me giré. Habría reconocido aquella voz en cualquier parte.

—¡America!

Miré y vi a Aspen agitando los brazos. Iba apartando a la multitud. La gente protestaba ante sus empujones, no demasiado considerados.

Nuestros ojos se encontraron.

Se detuvo y se me quedó mirando. No pude leerle el rostro. ¿Preocupación? ¿Arrepentimiento? Fuera lo que fuera, era demasiado tarde. Negué con la cabeza. Ya tenía bastante de los juegos de Aspen.

—Por aquí, Lady America —me indicó Mitsy, al pie de las escaleras.

Me detuve un segundo para asimilar que me iban a llamar así a partir de entonces.

—Adiós, cariño —dijo mi madre.

Y se me llevaron de allí.

Capítulo 8

Era la primera vez que iba al aeropuerto, y estaba aterrada. La mareante emoción del encuentro con la multitud había quedado atrás, y ahora me enfrentaba a la terrible experiencia de volar. Viajaría con otras tres chicas seleccionadas, así que intenté controlar los nervios. No quería sufrir un ataque de pánico delante de ellas.

Ya había memorizado los nombres, las caras y las castas de todas las seleccionadas. Empecé a hacerlo como ejercicio terapéutico, como rutina para calmarme. Había puesto en práctica esa técnica otras veces, memorizando escalas y curiosidades. Al principio buscaba rostros amables, chicas con las que pudiera compartir el tiempo mientras estuviera allí. Nunca había tenido una amiga de verdad. Me había pasado la mayor parte de la infancia jugando con Kenna y Kota.

Mamá se había encargado de mi educación, y era la única persona con la que trabajaba. Y al irse mis hermanos mayores, yo me había dedicado a May y a Gerad. Y a Aspen…

Pero Aspen y yo nunca habíamos sido solo amigos. Desde el momento en que fui consciente de su presencia, me enamoré de él.

Ahora iba por ahí cogiendo a otra chica de la mano.

Gracias a Dios que estaba sola. No habría podido soportar llorar delante de las otras chicas. Me dolía. Muchísimo. Y no había nada que pudiera hacer.

¿Cómo me había metido en aquello? Un mes atrás me sentía segura de todo lo que pasaba en mi vida, y ahora no quedaba nada familiar en ella. Un nuevo hogar, una nueva casta, una nueva vida. Y todo por un estúpido papel y una foto. Tenía ganas de sentarme a llorar por todo lo que había perdido.

Me pregunté si alguna de las otras chicas estaría triste en aquel momento. Supuse que todas se sentirían pletóricas. Y al menos tenía que disimular y fingir que yo también lo estaba, porque todo el mundo me estaría mirando.

Hice acopio de valor para enfrentarme con todo lo que se me venía encima. Afrontaría todo lo que se pusiera en mi camino. Y en cuanto a todo lo que dejaba atrás, decidí que haría exactamente eso: dejarlo atrás. El palacio sería mi santuario. No volvería a pensar ni a pronunciar su nombre. No tenía derecho a acompañarme en aquel viaje: aquella sería mi propia norma para aquella pequeña aventura.

Se acabó.

Adiós, Aspen.

Una media hora más tarde, dos chicas vestidas con una camisa blanca y unos pantalones negros como los míos atravesaron las puertas con sus asistentes, que les llevaban las bolsas. Ambas sonreían, lo que confirmaba mi sospecha de que yo era la única de las seleccionadas que estaba deprimida.

Era el momento de cumplir mi promesa. Respiré hondo y me puse en pie para darles la mano.

—¡Hola! —saludé, animada—. Yo soy America.

—¡Ya lo sé! —respondió la chica de la derecha. Era una rubia con ojos marrones. La reconocí inmediatamente como Marlee Tames, de Kent. Una Cuatro. No hizo caso de mi mano tendida; se echó adelante y me dio un abrazo sin pensárselo dos veces.

—¡Oh! —dije.

Aquello sí que no me lo esperaba. Aunque Marlee era una de las chicas que tenía cara de buena persona, mamá llevaba toda la semana advirtiéndome de que considerara a todas aquellas chicas enemigas, y su pensamiento agresivo había ido penetrando en mi mente. Así que ahí estaba, esperando como mucho un saludo cordial por parte de unas chicas dispuestas a luchar a muerte por alguien a quien yo no quería. Y lo que recibí fue un abrazo.

—Yo soy Marlee. Esta es Ashley.

Sí, Ashley Brouillette de Allens, una Tres. Ella también tenía el cabello rubio, pero mucho más claro que el de Marlee, y unos ojos azules de aspecto delicado que le daban a la cara una imagen serena. En comparación con Marlee, parecía frágil.

Ambas eran del norte; supuse que por eso habían venido juntas. Ashley me hizo un gesto con la mano y sonrió, pero eso fue todo. Yo no estaba segura de si era porque era tímida o porque ya estaban analizándonos. Tal vez es que era una Tres de nacimiento y sabía comportarse mejor en público.

—¡Me encanta tu pelo! —exclamó Marlee—. Ojalá yo hubiera sido pelirroja de nacimiento. Te da mucha vida. He oído que los pelirrojos tienen mal carácter. ¿Es cierto?

A pesar del día asqueroso que llevaba, Marlee hablaba con tal desparpajo que no puede evitar sonreír.

—No creo. Quiero decir que yo puedo ponerme de muy mal humor a veces, pero mi hermana también es pelirroja y es la criatura más dulce del mundo.

De ahí pasamos a una conversación distendida sobre lo que nos hacía enfadar y lo que siempre nos hacía recuperar la calma. A Marlee le gustaban las películas, y a mí también, aunque raramente tenía ocasión de ir al cine. Hablamos de actores guapísimos, algo que resultaba extraño, ya que nos disponíamos a integrarnos en el grupo de novias de Maxon.

Ashley soltaba alguna risita tímida de vez en cuando, pero nada más. Si le hacíamos alguna pregunta directa, daba una respuesta breve y volvía a su sonrisa comedida.

Marlee y yo nos llevábamos bien, y aquello me dio esperanzas de que al final de la aventura al menos hubiera ganado una amiga. Aunque probablemente hablamos más de media hora, el tiempo se nos pasó volando. No habríamos dejado de hablar de no haber sido por el claro sonido de unos tacones altos repiqueteando contra el suelo. Las tres nos giramos al mismo tiempo. Marlee abrió la boca tan de golpe que oí el ruido de sus labios.

Una morena con gafas de sol se dirigía hacia nosotras. Llevaba una margarita en el pelo, pero teñida de rojo para que hiciera juego con su pintalabios. Contoneaba las caderas al andar, y sus tacones de siete centímetros acentuaban su paso decidido. A diferencia de Marlee y de Ashley, no sonreía.

Pero no era porque no estuviera contenta. No, es que estaba concentrada. Había estudiado su entrada para intimidarnos. Y funcionó con la educada Ashley, que murmuró un «Oh, no» apenas audible.

La nueva chica, a la que reconocí como Celeste Newsome, de Clermont, una Dos, no me preocupaba. Ella suponía que luchábamos por el mismo objetivo. Pero no pueden quitarte algo si en realidad no lo quieres.

Cuando llegó a nuestra altura, Marlee la saludó alegremente, intentando mostrarse amistosa, pese a aquella puesta en escena. Celeste se limitó a mirarla brevemente y suspiró.

—¿Cuándo nos vamos? —preguntó.

—No lo sabemos —respondí, sin el más mínimo miedo—. Te has hecho esperar un poco.

Aquello no le gustó nada, y me dio un repaso con la mirada. Lo que vio no le impresionó nada.

—Lo siento, había bastante gente que quería despedirse de mí. No pude evitarlo —dijo, mostrando una gran sonrisa, como si fuera evidente que todo el mundo debía adorarla.

Y yo iba a verme rodeada de chicas como aquella. Genial.

Como si estuviera esperando su momento, por una puerta a nuestra izquierda apareció un hombre.

—Me han dicho que las cuatro chicas seleccionadas están aquí. ¿Es cierto?

—Desde luego —respondió Celeste con una voz dulce.

El hombre se quedó algo azorado, se le veía en los ojos. Vaya. Así que aquel era su juego.

El capitán hizo una breve pausa y luego reaccionó:

—Bueno, señoritas, si me quieren seguir, las llevaremos al avión y a su nuevo hogar.

El vuelo, que en realidad no resultó tan terrible, salvo por el despegue y el aterrizaje, duró unas horas. Nos ofrecieron películas y comida, pero lo único que yo quería era mirar por la ventanilla. Observé el país desde lo alto, impresionada ante lo grande que era todo.

Celeste decidió pasarse el vuelo durmiendo, lo cual agradecimos. A Ashley le instalaron un escritorio plegable y ya estaba escribiendo cartas sobre su aventura. Bien pensado, lo de llevar papel. Estaba segura de que a May le habría encantado que le contara aquella parte del viaje, aunque no incluyera al príncipe.

—¡Es tan elegante! —me susurró Marlee, indicando con la cabeza a Ashley. Estábamos sentadas una frente a la otra, en las cómodas butacas de la parte delantera del pequeño avión—. Desde el primer momento, ha sido educadísima conmigo. Va a ser una dura rival —dijo, con un suspiro.

—No puedes planteártelo así —respondí—. Sí, tienes que intentar llegar al final, pero no derrotando a las demás. Simplemente has de ser tú misma. ¿Quién sabe? A lo mejor Maxon prefiere a alguien más informal.

Marlee se lo quedó pensando.

—Supongo que es un buen planteamiento. Pero es difícil que no le guste a alguien. Es de lo más amable. Y también guapa. —Asentí, y Marlee bajó el volumen de voz hasta hablar en un murmullo—: Celeste, en cambio…

Abrí bien los ojos y meneé la cabeza.

—Ya. Solo llevamos juntas una hora y ya estoy deseando que se vaya a casa.

Marlee se tapó la boca para ocultar su risa.

—No quiero hablar mal de nadie, pero es muy agresiva. Y eso que aún no hemos visto siquiera a Maxon. Me pone un poco nerviosa.

—No hagas caso —la tranquilicé—. Las chicas así se eliminan ellas solas de la competición.

—Eso espero —dijo Marlee, con un suspiro—. A veces desearía...

—¿Qué?

—Bueno, a veces desearía que los Doses tuvieran una idea de lo que se siente cuando te tratan como ellos nos tratan a nosotros.

Asentí. Nunca me había planteado estar al mismo nivel que una Cuatro, pero supongo que nuestra situación era similar. Si no eras una Dos o una Tres, lo único que variaba en tu vida era el nivel de las dificultades a las que te enfrentabas.

—Gracias por hablar conmigo. Me preocupaba pensar que cada una fuera a lo suyo, pero Ashley y tú habéis sido muy amables. A lo mejor al final esto resulta divertido y todo —dijo, y la voz se le llenó de esperanza.

Yo no estaba tan segura, pero le devolví la sonrisa. No tenía motivo para rechazar a Marlee ni para ser maleducada con Ashley. Quizá las otras chicas no fueran tan llanas.

Cuando aterrizamos, todo estaba en silencio. Recorrimos el trecho entre el avión y la terminal flanqueadas por unos guardias. Pero cuando se abrieron las puertas, nos encontramos con un estrépito de gritos que rompían los tímpanos.

La terminal estaba llena de gente que gritaba y nos jaleaba. Nos habían abierto un camino con una alfombra dorada flanqueada de postes y una cuerda a juego. Por la alfombra, a intervalos regulares, había guardias que echaban nerviosas miradas a su alrededor, preparados para golpear al primer indicio de peligro. ¿Es que no tenían cosas más importantes que hacer?

Por fortuna, Celeste iba por delante y se puso a saludar. Enseguida supe que aquella era la respuesta correcta, no la de encogerse. Y como las cámaras estaban ahí para captar todos nuestros movimientos, agradecí doblemente no ir en primera fila del grupo.

La multitud estaba extasiada. Aquella sería la gente que tendríamos más cerca, y todos estaban impacientes por ver a las chicas que llegaban a la ciudad. Una de nosotras sería algún día su reina.

Me giré una docena de veces en cuestión de segundos al oír mi nombre por toda la terminal. También había carteles con mi nombre. Estaba atónita. Allí ya había gente —gente que no era ni de mi casta ni de mi provincia— que esperaba que fuera yo la escogida. Sentí una punzada de culpabilidad en el estómago al pensar en la decepción que les causaría.

Bajé la cabeza un momento y vi a una niña apretujada contra la barrera. No podía tener más de doce años. En las manos llevaba un cartel que decía: «¡Las pelirrojas molan!». Yo sabía que era la única pelirroja de la competición, y observé que tenía el pelo casi del mismo tono que el mío.

La niña quería un autógrafo. A su lado, alguien pedía una fotografía, y más allá alguien deseaba darme la mano, y así fue todo el camino; también tuve que girarme un par de veces para hablar con la gente al otro lado de la alfombra.

Fui la última en salir, y las otras chicas tuvieron que esperarme al menos veinte minutos. Sinceramente, es probable que me hubiera entretenido aún más si no fuera porque estaba a punto de llegar el siguiente avión con chicas seleccionadas, y me pareció de mala educación quitarles protagonismo.

Al subir al coche vi la cara de hastío de Celeste, pero no me importó. Aún estaba impresionada de ver lo rápido que me había adaptado a algo que tanto me asustaba solo un momento antes. Había superado las despedidas, había conocido a las primeras chicas, había tomado mi primer vuelo y me había relacionado con las fans. Y todo sin hacer nada que me dejara en mal lugar.

Pensé en las cámaras que me seguían por la terminal y me imaginé a mi familia viendo por televisión mi llegada. Esperaba que estuvieran orgullosos de mí.

Capítulo 9

Pese a que en el aeropuerto ya habíamos tenido una recepción sonada, las calles que llevaban a palacio estaban flanqueadas de masas de gente que nos hacían llegar sus buenos deseos. La lástima era que no nos dejaban bajar las ventanillas para responderles. El guardia del asiento delantero nos dijo que pensáramos que éramos una extensión de la familia real. Muchos nos adoraban, pero había gente ahí afuera a quien no le importaría atacarnos para hacerle daño al príncipe. O a la propia monarquía.

En el coche, un modelo especial que tenía dos asientos enfrentados en la parte trasera y ventanillas oscuras, me encontré junto a Celeste, y teníamos a Ashley y Marlee enfrente. Marlee estaba pletórica, mirando a través de la ventanilla, y el motivo era evidente. Su nombre figuraba en muchos de los carteles. Era imposible contar la cantidad de admiradores que tenía.

El nombre de Ashley también se veía aquí y allá, casi tanto como el de Celeste, y mucho más que el mío. Ashley, siempre elegante, se tomó muy bien no ser la favorita. Celeste —era obvio— estaba molesta.

—¿Qué crees que habrá hecho? —me susurró al oído, mientras Marlee y Ashley hablaban entre sí de su casa.

—¿Qué quieres decir? —susurré.

—Para ser tan popular. ¿Crees que habrá sobornado a alguien? —dijo, mirando fríamente a Marlee, como si estuviera sopesando a su rival.

—Es una Cuatro —respondí, escéptica—. No tendría los medios necesarios para sobornar a nadie.

Celeste chasqueó la lengua.

—Por favor. Una chica tiene más de un modo de pagar por lo que desea —dijo, y se puso a mirar de nuevo por el cristal.

Tardé un momento en entender lo que sugería, y no me gustó nada. No porque fuera evidente que a alguien tan inocente como Marlee nunca se le ocurriría irse a la cama con alguien —o siquiera infringir la ley— para conseguir ventaja, sino porque cada vez tenía más claro que la vida en palacio podía llegar a ser una lucha despiadada.

Desde mi posición no pude ver muy bien la llegada al palacio, pero sí vi los muros. Estaban cubiertos de yeso amarillo pálido y eran muy muy altos. Había guardias apostados en lo alto, a ambos lados de la gran puerta que se abrió al acercarnos. Tras cruzarla, nos encontramos en un largo camino de grava que rodeaba una fuente y que llevaba a la puerta principal, donde nos esperaba un grupo de funcionarios.

Con apenas un «hola», dos mujeres me cogieron de los brazos y me hicieron entrar.

—Lamentamos mucho apremiarla, señorita, pero su grupo llega tarde —dijo una.

—Vaya, me temo que es culpa mía. Me puse a hablar un poco en el aeropuerto.

—¿A hablar con la multitud? —preguntó la otra, sorprendida.

Intercambiaron una mirada que no entendí y a continuación procedieron a anunciar las estancias por las que íbamos pasando.

El comedor estaba a la derecha, me dijeron; el Gran Salón, a la izquierda. A través de las puertas de vidrio pude entrever unos enormes jardines. Me habría gustado parar, pero, antes incluso de poder procesar dónde nos encontrábamos, me empujaron a una enorme sala llena de gente muy ajetreada.

La multitud nos hizo espacio y vi una fila de espejos con gente que trabajaba en el peinado de las chicas y les pintaba las uñas. Había unos colgadores llenos de ropa, y se oían gritos como «¡Ya he encontrado el tinte!» o «¡Eso la hace gorda!».

—¡Ahí están! —exclamó una mujer acercándosenos. Estaba claro que era la que mandaba—. Soy Silvia. Hemos hablado por teléfono —dijo, como presentación, e inmediatamente pasó al trabajo—. Lo primero es lo primero: necesitamos fotos del «antes». Venid aquí —ordenó, indicándonos una silla en una esquina, con un fondo artificial detrás—. No hagáis caso de las cámaras, chicas. Vamos a hacer un programa especial sobre vuestra transformación, ya que todas las chicas de Illéa querrán parecerse a vosotras cuando hayamos acabado.

Efectivamente, había un montón de gente con cámaras paseándose por la sala, haciendo primeros planos de los zapatos de las chicas y entrevistándolas. Cuando acabaron con las fotos, Silvia empezó a lanzar órdenes.

—Llevaos a Lady Celeste a la estación cuatro, a Lady Ashley a la cinco..., y parece que en la diez ya han acabado: llevad allí a Lady Marlee, y a Lady America a la seis.

—Bueno, esto es lo que tenemos —dijo un hombre bajito y moreno, muy expeditivo, haciéndome sentar en una silla con un seis en el dorso—. Tenemos que hablar de tu imagen.

—¿Mi imagen?

¿Así que no se trataba de mí, tal cual? ¿No era eso lo que me había llevado hasta allí?

—¿Qué aspecto queremos darte? Con esa mata pelirroja, podemos hacerte toda una seductora, pero, si quieres un aire más tranquilo, también podemos dártelo —afirmó, con total naturalidad.

—No voy a cambiar radicalmente para satisfacer a un tipo al que ni siquiera conozco —dije. «Y que ni siquiera me gusta», añadí solo para mí.

—Vaya por Dios. La niña tiene personalidad —me regañó, como si fuera una cría.

—¿No la tenemos todos?

El hombre me sonrió.

—Bueno, está bien. No te cambiaremos la imagen; solo la potenciaremos. Necesito pulirte un poco, pero quizás esa aversión que tienes hacia todo lo postizo sea tu mayor activo. No pierdas eso, cariño. —Me dio una palmadita en la espalda y se alejó, dando instrucciones a un grupo de mujeres que me rodearon en un momento.

No me había dado cuenta de que cuando decía «pulir» lo decía de un modo literal. Me encontré con que aquellas mujeres me frotaban el cuerpo porque, al parecer, no debían de confiar en que supiera lavarme sola. Luego cubrieron cada pedacito de piel que quedaba a la vista con lociones y aceites que me dejaron un olor a vainilla, que, según la chica que me las aplicaba, era uno de los olores favoritos de Maxon.

Cuando acabaron de dejarme tersa y suave, pasaron a fijar su atención en las uñas. Me las cortaron, me las limaron y las pequeñas durezas de la piel quedaron suavizadas milagrosamente. Les dije que prefería que no me pintaran las uñas, pero se quedaron tan decepcionadas que tuve que consentir en que me hicieran las de los pies. La que se encargó escogió un agradable tono neutro, así que tampoco fue tan grave.

El equipo de manicuras se fue y llegó otra chica. Yo me quedé allí, sentada en mi silla, esperando la siguiente ronda de embellecimiento. Una cámara pasó a mi lado e hizo un primer plano de mis manos.

—No te muevas —ordenó una mujer, que se fijó en mi mano—. ¿No te han puesto nada en las manos?

—No.

Suspiró, tomó el plano que buscaba y pasó de largo.

Yo también lancé un profundo suspiro. De refilón vi un movimiento repetitivo a mi derecha. Me giré y me topé con una chica con la mirada perdida y que agitaba la pierna arriba y abajo bajo una gran capa de peluquero.

—¿Estás bien?

Mi voz la despertó de su trance. Suspiró.

—Quieren teñirme de rubio. Dicen que quedará mejor con mi tono de piel. Estoy algo inquieta, supongo.

Esbozó una sonrisa nerviosa, y yo se la devolví.

—Eres Sosie, ¿verdad?

—Sí —dijo, sonriendo más abiertamente—. Y tú, America, ¿no? —Asentí—. He oído que has llegado con esa tal Celeste. ¡Es terrible!

Puse la mirada en el cielo. Desde que habíamos llegado, cada pocos minutos todos los presentes en la sala podían oír a Celeste gritándole a alguna sirvienta que le trajera algo o que se apartara de su vista.

—No te lo puedes ni imaginar —murmuré, y ambas soltamos unas risitas nerviosas—. Oye, en mi opinión, tienes un cabello precioso. —Y lo era, ni demasiado oscuro ni demasiado claro, y con mucho cuerpo.

—Gracias.

—Si no quieres teñírtelo, no deberías hacerlo.

Sosie sonrió, pero noté que no estaba completamente segura de si se lo decía como amiga o para dejarla en desventaja. Antes de que pudiera responder, un montón de gente nos rodeó y se puso a trabajar, hablando entre ellos tan alto que no pudimos acabar nuestra conversación.

Me lavaron el cabello con champú, acondicionador, hidratante y suavizante. Yo lo llevaba largo e igualado —solía cortármelo mi madre, y no sabía hacer más—, pero, cuando acabaron conmigo, lo tenía bastante más corto y escalado. Me gustó; hacía que se crearan interesantes reflejos con la luz. A algunas chicas les hicieron una cosa que llamaban «mechas»; a otras, como Sosie, les cambiaron el color del pelo completamente. Pero mis peluqueros y yo estábamos de acuerdo en que no había que tocar el color del mío.

Una chica muy guapa me maquilló. Le dije que no se pasara, y se mostró muy amable. Muchas otras de las chicas parecían mayores o más jóvenes, o simplemente más guapas, tras el maquillaje. Yo seguía siendo yo. Por supuesto, Celeste también seguía siendo ella misma, ya que insistió en que le dieran una buena capa de pintura.

Había pasado la mayor parte del proceso vestida con una bata, y cuando acabaron de arreglarme me llevaron hacia donde estaban los colgadores con ropa. Mi nombre estaba sobre una barra en la que habría vestidos para toda la semana. Supuse que las aspirantes a princesa no llevaban pantalones.

El vestido que acabó tocándome era de color crema. Me dejaba los hombros al descubierto, se ajustaba perfectamente en la cintura y acababa justo a la altura de las rodillas. La chica que me ayudó a ponérmelo lo llamó «vestido de día». Me dijo que todos mis vestidos de noche ya estaban en mi habitación, y que ya llevarían el resto. Luego me puso un broche plateado en la parte alta del vestido. Llevaba mi nombre en letras brillantes. Por fin me colocó unos zapatos con «tacones chupete», como los llamó ella, y me envió de nuevo al rincón para que pudieran hacerme la fotografía del «después». De allí me mandaron a la primera de una serie de cuatro pequeñas estaciones que había junto a la pared. En cada una había una silla frente a un falso fondo; enfrente, una cámara sobre su trípode.

Tomé asiento, como me indicaron, y esperé. Una mujer con una carpeta en la mano se sentó a mi lado y me dijo que esperara un momento a que encontrara mis papeles.

—¿Para qué es esto? —pregunté.

—Para el especial sobre vuestra transformación. Hoy emitiremos vuestra llegada; el miércoles, la transformación; y el viernes haréis vuestro primer *Report*. La gente ha visto vuestras fotos y ya saben un poco de lo que dijisteis en vuestras solicitudes —afirmó, mientras localizaba los papeles y los ponía en lo alto del montón. Luego cruzó los dedos y prosiguió—. Pero queremos que tomen partido por vosotras, y eso no ocurrirá a menos que puedan conoceros. Así que te haremos una pequeña entrevista, y tú da tu mejor cara en los *Reports*, y no seas tímida cuando nos veas rondando por el palacio. No estamos aquí todos los días, pero estaremos por ahí.

—De acuerdo —dije, dócilmente. En realidad no tenía ningunas ganas de hablar con equipos de televisión. Me parecía una pérdida de intimidad tremenda.

—Así que te llamas America Singer, ¿verdad? —preguntó, a los pocos segundos de que se encendiera una luz roja en lo alto de la cámara.

—Sí —respondí, intentando mantener los nervios a raya.

—A decir verdad, no me parece que te hayan cambiado mucho.

¿Nos puedes contar qué es lo que te han hecho en la sesión de transformación de hoy?

Me lo pensé un momento.

—Me han escalado el pelo. Eso me gusta. —Me pasé los dedos por entre la melena pelirroja, sintiendo la suavidad de mi cabello tras los cuidados recibidos—. Y me han cubierto de una crema con olor a vainilla. Huelo como si fuera un postre —dije, olisqueándome el brazo.

Ella se rio.

—Eso es fantástico. Y ese vestido te queda realmente bien.

—Gracias —respondí, echando un vistazo a mi vestido nuevo—. No suelo ponerme muchos vestidos, así que voy a tardar un poco en acostumbrarme.

—Es cierto —apuntó mi entrevistadora—. Solo sois tres Cincos en la Selección. ¿Cómo describirías la experiencia hasta el momento?

Intenté pensar algo que describiera la sensación que me producía todo lo vivido durante el día. Desde mi decepción en la plaza a la sensación de volar o a la reconfortante compañía de Marlee.

—Sorprendente —dije.

—Imagino que habrá más sorpresas de camino —intervino ella.

—Espero que al menos sean más tranquilas que las de hoy —dije, suspirando.

—¿Qué te parece la competición hasta ahora?

Tragué saliva.

—Las chicas son muy agradables. —Con una clara excepción.

—Mm-hmm —soltó ella, interpretando mi respuesta—. ¿Y qué te parece cómo te han transformado? ¿Te preocupa el aspecto de alguna otra chica?

Me planteé la respuesta. Decir que no sonaría a altanería; decir que sí sonaría a inseguridad.

—Creo que el equipo ha hecho un gran trabajo sacando lo mejor de cada chica.

Ella sonrió.

—Muy bien, creo que eso es todo.

—¿Es todo?

—Tenemos que meteros a las treinta y cinco en hora y media, así que tengo de sobra.

—Vale. —No había ido tan mal.

—Gracias por tu tiempo. Puedes esperar en ese sofá de ahí, y ya vendrán a buscarte.

Fui a sentarme en el gran sofá circular de la esquina. Allí estaban dos chicas que aún no conocía, charlando tranquilamente. Eché un vistazo a la sala y vi que alguien anunciaba la llegada del último grupo. Se volvió a montar un gran revuelo. Estaba tan absorta en todo aquello que casi no me di cuenta de que Marlee se sentaba a mi lado.

—¡Marlee! ¡Qué pelo más bonito!

—¿Verdad? Me han puesto extensiones. ¿Crees que a Maxon le gustará? —Parecía que le preocupaba de verdad.

—¡Claro! ¿Qué chico puede resistirse a una rubia despampanante? —dije, con una sonrisa divertida.

—America, eres un encanto. Toda aquella gente del aeropuerto se quedó prendada de ti.

—Bueno, solo quise ser amable. Tú también hablaste con mucha gente.

—Sí, pero ni la mitad que tú.

Bajé la cabeza, algo avergonzada porque me felicitaran por algo que me parecía tan obvio. Cuando levanté la vista, me giré hacia las otras dos chicas que estaban sentadas a nuestro lado: Emmica Brass y Samantha Lowell. No nos habían presentado, pero yo sabía quiénes eran. Al principio no reaccioné. Me estaban mirando como si me pasara algo. Antes de que pudiera siquiera preguntarme por qué, Silvia, la mujer de antes, se nos acercó.

—Muy bien, chicas. ¿Estamos listas? —Echó un vistazo al reloj y nos miró a todas, expectante—. Voy a enseñaros un poco el lugar y os llevaré a las habitaciones que se os han asignado.

Marlee dio una palmada y las cuatro nos pusimos en pie. Silvia nos dijo que el lugar en el que nos habían peinado y maquillado era la Sala de las Mujeres. Normalmente la usaban la reina, sus doncellas y las otras mujeres de la familia real.

—Acostumbraos a esta sala: pasaréis mucho tiempo en ella. De camino hacia aquí habéis pasado por el Gran Salón, que suele usarse para fiestas y banquetes. Si fuerais muchas más, allí es donde comeríais. Pero el comedor principal es lo suficientemente grande para vosotras. Vamos a verlo un momento.

Nos enseñaron dónde comía la familia real, en una mesa independiente. Nosotras nos sentaríamos a unas mesas largas a los lados, de modo que el conjunto tenía una forma de U. Ya teníamos nuestros asientos asignados, con elegantes etiquetas. Yo tendría al lado a Ashley y a Tiny Lee, a la que había visto en la Sala de las Mujeres antes; enfrente estaría Kriss Ambers.

Dejamos el comedor y bajamos una escaleras hasta la sala desde donde se emitía el *Illéa Capital Report*. Volvimos a subir y nuestra guía nos indicó un salón donde se pasaban la mayor parte del tiempo trabajando el rey y Maxon. Teníamos prohibida la entrada.

—Otro lugar al que no podéis acceder: la tercera planta. Allí es donde tiene sus aposentos la familia real, y no se tolerará ningún tipo de intrusión. Vuestras habitaciones están en la segunda planta. Ocuparéis una gran parte de las habitaciones de invitados, pero no hay que preocuparse: aún nos queda espacio para cualquier visita que se presente. Estas puertas de ahí dan al jardín trasero. Hola, Hector, Markson.

Los dos guardias apostados en la puerta asintieron con un gesto decidido. Tardé un momento en darme cuenta de que el gran arco que teníamos a la derecha era una puerta lateral del Gran Salón, lo que quería decir que la Sala de las Mujeres estaba a la vuelta de la esquina. Me sentí orgullosa de mí misma por haberlo descubierto. El palacio era como un opulento laberinto.

—No debéis salir al exterior bajo ninguna circunstancia —prosiguió Silvia—. Durante el día, habrá momentos en que podréis pasear por el jardín, pero no sin permiso. Es una simple norma de seguridad. Por mucha vigilancia que pongamos, los rebeldes ya han conseguido introducirse en el recinto anteriormente.

Un escalofrío me recorrió el cuerpo.

Doblamos una esquina y subimos las enormes escaleras que llevaban a la segunda planta. Bajo los pies sentía las alfombras mullidas, como si me hundiera un par de centímetros cada vez que daba un paso. La luz se colaba por unos altos ventanales, y olía a flores y a aire libre. De las paredes colgaban grandes pinturas de reyes del pasado, así como unos cuantos retratos de líderes estadounidenses y canadienses. Al menos, eso supuse que serían. No llevaban ninguna corona.

—Vuestras cosas ya están en las habitaciones. Si la decoración no os parece apropiada, decídselo a vuestras doncellas. Cada una tenéis tres, y también os esperan en vuestras habitaciones. Os ayudarán a deshacer las maletas y a vestiros para la cena.

»Esta noche, antes de la cena, os reuniréis en la Sala de las Mujeres para asistir a la emisión especial del *Illéa Capital Report*. ¡La semana que viene seréis vosotras las que aparezcáis en el programa! Hoy podréis ver parte de las grabaciones realizadas cuando dejasteis vuestras casas y de vuestra llegada aquí. Promete ser algo muy especial. Tenéis que saber que el príncipe Maxon aún no ha visto nada de eso. Esta noche él verá lo mismo que toda Illéa. Será mañana cuando os presentaréis ante él oficialmente.

»Todas cenaréis en grupo, para que podáis ir conociéndoos, ¡y mañana empieza el juego!

Tragué saliva. Demasiadas normas, demasiada estructura, demasiada gente. Me habría gustado estar sola con un violín.

Fuimos recorriendo la segunda planta, dejando a cada una de las seleccionadas en su habitación por el camino. La mía estaba en un rincón, junto a un pequeño pasillo, con la de Bariel, la de Tiny y la de Jenna. Agradecí que no estuviera en pleno meollo, como la de Marlee. Quizás así pudiera disfrutar de cierta intimidad.

Cuando nuestra guía se fue, abrí la puerta y me encontré con los grititos ahogados de tres mujeres muy excitadas. Una estaba en un rincón, cosiendo, y las otras dos estaban limpiando una habitación ya impecable. Se acercaron corriendo y se presentaron como Lucy, Anne y Mary, pero inmediatamente se me olvidó quién era quién. Me costó un poco convencerlas de que se fueran. No quería ser maleducada, puesto que parecían deseosas de servirme, pero necesitaba estar un rato sola.

—Solo necesito echar una cabezadita. Estoy segura de que vosotras también habréis tenido un día muy largo, preparándolo todo. Lo mejor que podríais hacer es dejarme descansar, y descansar un poco vosotras. Os agradeceré que vengáis a despertarme cuando sea la hora de bajar.

Pese a mi oposición, se deshicieron en una sucesión de agradecimientos y reverencias interminables, y por fin me quedé sola. No sirvió de nada. Necesitaba echarme en la cama, pero tenía todo el cuerpo en tensión, lo que me impedía ponerme cómoda en un lugar que, estaba claro, no estaba hecho para mí.

Había un violín en el rincón, así como una guitarra y un piano espléndido, pero no me sentía con fuerzas de tocar. Mi mochila estaba perfectamente cerrada, esperando a los pies de la cama, pero aquello también me parecía demasiado trabajo. Sabía que me habrían dejado cosas especiales en el armario, en los cajones y en el baño, pero no me apetecía explorar.

Me quedé allí tumbada, inmóvil. Era consciente de que eran horas, pero me pareció que solo habían pasado unos momentos cuando mis doncellas llamaron suavemente a la puerta. Las hice entrar y, pese a lo extraño que me resultaba, dejé que me vistieran. Estaban tan encantadas de ser útiles que no podía pedirles que se fueran.

Me recogieron el cabello hacia atrás con toda delicadeza y me retocaron el maquillaje. El vestido —al igual que el resto de mi vestuario, obra suya— era de un verde intenso y llegaba hasta el suelo. Sin aquellos minúsculos tacones me lo habría pisado todo. Silvia llamó a mi puerta y a la de mis tres vecinas a las seis en punto, para que saliéramos, y nos condujo por el pasillo hasta el rellano de la escalera, donde esperamos a que llegaran todas. A continuación nos dirigimos a la Sala de las Mujeres. Marlee salió a mi encuentro y fuimos juntas.

El sonido de treinta y cinco pares de zapatos de tacón por las escaleras de mármol era como la música de una elegante estampida. Se oyeron algunos murmullos, pero la mayoría de nosotras mantuvimos silencio. Al pasar junto al comedor observé que las puertas estaban cerradas. ¿Estaría dentro la familia real? Quizás estarían tomando su última comida los tres solos.

Me parecía extraño que fuéramos sus invitadas pero que aún no hubiéramos visto a ninguno de ellos.

La Sala de las Mujeres había cambiado desde nuestra visita. Los espejos y los colgadores habían desaparecido, y había mesas y sillas repartidas por la estancia, así como algunos sofás de aspecto muy cómodo. Marlee me miró e indicó con la cabeza uno de los sofás, y nos sentamos juntas.

Cuando estuvimos todas instaladas, encendieron la pantalla de televisión y vimos el *Report*. Incluía las mismas noticias de siempre —actualizaciones sobre el presupuesto de los diferentes proyectos, el progreso de las guerras, otro ataque rebelde en el este— y luego, la última media hora, aparecieron las grabaciones que nos habían hecho durante el día, comentadas por Gavril.

—Aquí, la señorita Celeste Newsome se despide de sus numerosos admiradores en Clermont. Esta encantadora jovencita necesitó más de una hora para separarse de sus fans.

Celeste sonrió complacida cuando se vio en la pantalla. Estaba sentada junto a Bariel Pratt, que llevaba el cabello liso como una tabla y hasta la cintura, y de un rubio tan pálido que parecía blanco. No había otro modo de decirlo: tenía unos pechos enormes. Se le salían del vestido sin tirantes, desafiando a cualquiera a que apartara la vista.

Bariel era guapa, pero de una belleza típica. Tenía un estilo similar al de Celeste. Sin saber muy bien por qué, al verlas juntas no pude evitar pensar aquello de «Los enemigos, mejor cuanto más cerca». Supuse que ambas se habían identificado mutuamente como las rivales más duras.

—Las otras seleccionadas del Medio-Este también han disfrutado de un gran seguimiento. La actitud tranquila y elegante de Ashley Brouillette la distingue inmediatamente como una dama. Mientras se abre paso entre la multitud, muestra una expresión humilde y un bello rostro que recuerdan a la propia reina.

»Y Marlee Tames, de Kent, que se ha mostrado de lo más participativa en su despedida de hoy, llegando incluso a cantar el himno nacional con la banda. —En la pantalla aparecieron imágenes de Marlee sonriendo y abrazando a la gente de su provincia—. Enseguida se ha convertido en la favorita de muchas de las personas que hemos entrevistado hoy mismo.

Marlee me tendió la mano y apretó la mía. Estaba decidido: era mi favorita.

—Con la señorita Tames también viajaba America Singer, una de las tres Cincos que han superado la Selección.

Dieron una imagen de mí mejor de la que me esperaba. Lo único que recordaba era mi tristeza al escrutar a la multitud. Pero las escenas que habían elegido, mirando al público, daban una imagen de madurez y proximidad. La imagen del abrazo con mi padre fue conmovedora, preciosa.

Aun así, aquello no fue nada comparado con las imágenes en las que aparecía en el aeropuerto.

—Pero ya sabemos que las castas no significan nada en la Selección, y parece que Lady America es una participante que habrá que tener en cuenta. En el aeropuerto de Angeles, Lady Singer se convirtió en la protagonista, y se detuvo a tomarse fotos, a firmar autógrafos y a hablar con todo el mundo. A la señorita America Singer no le importa nada ensuciarse las manos, cualidad que muchos consideran necesaria para ser nuestra futura princesa.

Casi todas se giraron a mirarme. Lo vi en sus ojos, la misma mirada que me habían echado Emmica y Samantha. De pronto aquellas miradas cobraron sentido. No importaban mis intenciones. Ellas no sabían que yo no quería aquello. A sus ojos, era una amenaza. Y estaba claro que deseaban librarse de mí.

Capítulo 10

Me pasé la cena con la cabeza gacha. En la Sala de las Mujeres había podido mostrarme valiente porque tenía a Marlee al lado, y a ella le caía bien. Pero allí, rodeada de personas cuyo odio podía sentir casi físicamente, me acobardé. Solo levanté la vista del plato una vez; entonces me encontré con Kriss Ambers, que le daba vueltas al tenedor con gesto amenazador. Y Ashley, siempre tan elegante, no dejó de hacer morritos, sin dirigirme la palabra. De lo único que tenía ganas era de huir a mi habitación.

No entendía por qué era todo tan importante. Vale, parecía ser que le gustaba a la gente. ¿Y qué? Allí dentro aquello no tenía ninguna importancia; sus gestos de cariño no valían para nada.

Después de todo, no sabía si sentirme honrada o molesta.

Centré mis energías en la comida. La última vez que había comido filete había sido unas Navidades, años atrás. Sabía que mamá se había esmerado todo lo posible, pero no tenía nada que ver con aquel, tan jugoso, tan tierno, tan sabroso. Me daban ganas de preguntarle a alguien si no era el mejor filete que había probado nunca. Si Marlee hubiera estado allí cerca, lo habría hecho. La busqué con la mirada. Estaba charlando tranquilamente con las chicas que tenía alrededor.

¿Cómo lo conseguía? ¿Acaso no había salido en la misma grabación que decía que era una de las favoritas? ¿Cómo lo hacía para que la gente le hablara?

El postre fue un surtido de frutas con helado de vainilla. Era como si estuviera descubriendo el placer de comer. Si aquello era comida, ¿qué era lo que me había estado metiendo en la boca hasta entonces? Pensé en May y en lo golosa que era. Aquello le habría encantado. Estaba segura de que ella habría triunfado.

No podíamos abandonar la mesa hasta que todas hubieran acabado, y luego teníamos órdenes estrictas de irnos directamente a la cama.

—Al fin y al cabo, por la mañana conoceréis al príncipe Maxon, y todas querréis dar vuestra mejor imagen —recordó Silvia—. De hecho, es el futuro marido de una de vosotras.

Unas cuantas chicas suspiraron ante la idea.

El repiqueteo de los zapatos al subir las escaleras esta vez fue menos sonoro. No veía el momento de quitarme los míos. Y aquel vestido. Tenía una muda mía de verdad en la mochila y no sabía si ponérmela, aunque solo fuera por sentirme yo misma por un momento.

Tras subir las escaleras, mientras las chicas se dirigían a sus habitaciones, Marlee me cogió del brazo.

—¿Estás bien?

—Sí. Es solo que algunas de las chicas me miraban mal durante la cena —dije, intentando no parecer una llorica.

—Solo están un poco nerviosas porque le has gustado mucho a la gente —respondió, quitándole hierro al asunto.

—Pero tú también le has gustado a la gente. He visto los carteles. ¿Por qué no te hacen lo mismo a ti?

—No has pasado mucho tiempo con grupos de chicas, ¿verdad? —me preguntó, con una sonrisa pícara, como si yo supiera lo que estaba pasando.

—No. Sobre todo con mis hermanas —confesé.

—¿Te educaron en casa?

—Sí.

—Bueno, yo estudié con un grupito de otras Cuatros en casa, todas chicas, y cada una tiene su método para influir en las demás. Fíjate: todo consiste en conocer a la persona, en pensar qué es lo que le molestará más. Muchas de las chicas me hacen cumplidos ambiguos, o pequeñas observaciones, cosas así. Sé que me ven como una persona superficial y extrovertida pero que, en realidad, es tímida, y creen que pueden ir mellando mi autoestima con palabras.

Fruncí el ceño. ¿Lo hacían aposta?

—Para ti, como te ven reservada y misteriosa…

—Yo no soy misteriosa —la interrumpí.

—Un poquito sí. Y a veces la gente no sabe si interpretar el silencio como confianza en ti misma o como miedo. Te miran todo el rato como si fueras un bicho raro, a ver si al final consiguen que te sientas como tal.

—¡Vaya! —Eso tenía cierto sentido. Me pregunté qué era lo que estaba haciendo, si de algún modo estaba recordándoles a las otras sus propias inseguridades—. ¿Y tú qué haces? Cuando quieres que te traten bien, quiero decir.

—No hago ni caso —respondió, sonriendo—. Tengo una conocida que se pone tan furiosa cuando no consigue fastidiarte que acaba hundiéndose. Así que no te preocupes —dijo—. Lo único que tienes que hacer es dejarles claro que no te afecta lo que hagan.

—Y no me afecta.

—Te creo…, pero no del todo. —Soltó una risita, un sonido cálido que se evaporó en el silencio del pasillo—. ¿Te puedes creer que vayamos a conocerle por la mañana? —preguntó, pasando a temas, a su modo de ver, más importantes.

—No, en realidad no.

Maxon parecía una suerte de fantasma que deambulara por el palacio, siempre presente pero intangible.

—En fin, buena suerte mañana —dijo, y estaba claro que era sincera.

—Mejor suerte aún para ti, Marlee. Estoy segura de que el príncipe Maxon estará más que contento de conocerte. —Le apreté la mano una vez más.

Ella me sonrió denotando excitación y timidez a la vez, y se fue a su cuarto.

Cuando llegué al mío, la puerta de Bariel seguía abierta, y le oí dar órdenes a su doncella, refunfuñando. Me vio y me cerró la puerta en las narices. Mejor.

Mis doncellas estaban allí, por supuesto, esperándome para ayudarme a lavarme y desvestirme. Mi camisón, una prenda verde, ligera y vaporosa, estaba tendido sobre la cama. Ninguna de las tres había tocado mi bolsa.

Eran eficientes pero resueltas. Evidentemente se sabían bien la rutina de la noche, pero obraron con calma. Supuse que pretendían que su actuación tuviera un efecto relajante, pero yo no veía el momento de que se fueran. No podía meterles prisa mientras me lavaban las manos, me desabrochaban el vestido y prendían el broche con mi nombre en mi bata de seda. Y mientras hacían todas aquellas cosas que me ponían tan incómoda, iban haciendo preguntas. Intenté responderlas sin ser maleducada.

Sí, por fin había visto a las otras chicas. No, no hablaban mucho. Sí, la cena había sido estupenda. No, no conocería al príncipe hasta el día siguiente. Sí, estaba muy cansada.

—Y de verdad me ayudaría mucho a relajarme poder pasar un rato sola —añadí, tras aquella última respuesta, esperando que pillaran la indirecta.

Parecían decepcionadas. Intenté arreglarlo.

—Las tres me ayudáis muchísimo, pero es que estoy acostumbrada a pasar tiempo sola. Y hoy he estado rodeada de muchísima gente todo el día.

—Pero, Lady Singer, se supone que tenemos que ayudarla. Es nuestro trabajo —dijo la que mandaba.

Me imaginé que sería Anne. Anne parecía estar al tanto de todo, Mary era de muy buen trato, y Lucy… supongo que era tímida.

—Os lo agradezco mucho, de verdad, y desde luego necesitaré que me ayudéis mañana para ponerme en marcha. Pero esta noche necesito desconectar. Si queréis serme útiles, me iría muy bien disponer de un tiempo para mí. Y si todas descansáis bien, seguro que por la mañana las cosas saldrán mejor, ¿no os parece?

Se miraron entre sí.

—Bueno, supongo que sí —accedió Anne.

—Se supone que una de nosotras tiene que quedarse aquí mientras usted duerme. Por si necesita algo —dijo Lucy, nerviosa, como si tuviera miedo de mis decisiones. Daba la impresión de que temblaba de vez en cuando, lo cual atribuí a su timidez.

—Si necesito algo, tocaré el timbre. Estaré bien. Además, no podría descansar si sé que hay alguien observándome.

Volvieron a mirarse entre sí, aún algo escépticas. Sabía que había un modo de acabar con aquello, pero odiaba tener que usarlo.

—Se supone que tenéis que obedecer todas mis órdenes, ¿verdad?

Asintieron, esperanzadas.

—Entonces os ordeno a las tres que os vayáis a la cama. Y que vengáis a ayudarme por la mañana. Por favor.

Anne sonrió. Estaba claro que empezaba a entenderme.

—Sí, Lady Singer. Hasta mañana.

Hicieron una reverencia y abandonaron la habitación. Anne me echó una última mirada. Supongo que no era exactamente lo que se esperaban, pero no parecían muy molestas.

Una vez sola, me quité las elegantes zapatillas y estiré los dedos de los pies. Ir descalza me daba una sensación agradable, natural. Me dispuse a sacar mis cosas de la bolsa, lo cual no llevó mucho tiempo. Al mismo tiempo eché un vistazo a los vestidos. Solo había unos cuantos, pero bastarían para vestirme durante una semana más o menos. Supuse que las demás tendrían la misma cantidad. ¿Por qué habrían confeccionado una docena de vestidos para una chica que quizá se marchara al día siguiente?

Saqué las pocas fotografías que tenía de mi familia y las prendí del borde de mi espejo, que era altísimo y enorme. Así podría ver las fotos sin tener que apartar la vista de mí misma. Tenía una cajita de abalorios personales —pendientes, cintas y diademas que me encantaban—. Es probable que en aquel entorno quedaran increíblemente sencillos, pero eran tan personales que no había podido evitar traérmelos. Los pocos libros que había traído encontraron su espacio en el práctico estante que había junto a las puertas que daban a mi balcón privado.

Asomé la nariz al balcón y vi el jardín. Había un laberinto de senderos con fuentes y bancos. Por todas partes se veían flores, y cada seto estaba podado a la perfección. Tras aquel recinto cuidado hasta el mínimo detalle se abría un pequeño campo abierto y, más allá, un bosque enorme que se extendía hasta tan lejos que no podía saber siquiera si quedaba completamente rodeado por los muros del palacio. Por un momento me pregunté los motivos de su existencia, pero luego fijé la atención en el último recuerdo de casa, que aún llevaba en la mano.

Mi frasquito con el céntimo. Lo hice rodar por la mano unas cuantas veces, escuchando cómo la moneda se deslizaba por los bordes del cristal. ¿Por qué me habría llevado aquello? ¿Para recordarme algo que no podría tener nunca?

Aquel pensamiento fugaz —el de que aquel amor que había ido construyendo durante años en un lugar tranquilo y secreto estaba ahora fuera de mi alcance— me llenó los ojos de lágrimas. Aquello, sumado a toda la tensión y la excitación del día, era demasiado. No sabía dónde guardar aquel frasco, así que de momento lo dejé sobre la mesilla de noche.

Atenué las luces, me eché sobre las lujosas sábanas y me quedé mirando mi frasquito. Me permití estar triste. Me permití pensar en «él».

¿Cómo podía haber perdido tanto en tan poco tiempo? Tener que abandonar a la familia, trasladarse a un lugar extraño, separarse de la persona a la que amas... Todo aquello debía de sucederte poco a poco, a lo largo de años, no en un solo día.

Me pregunté qué sería exactamente lo que quería decirme antes de irme. Lo único que pude deducir era que sería algo que no le resultaba cómodo decir en voz alta. ¿Sería sobre «ella»?

Fijé la vista en el frasco.

¿Estaría intentando decirme que lo sentía? Le había soltado una enorme reprimenda la noche anterior. Así que a lo mejor era aquello.

¿Que había pasado página? Bueno, eso ya lo había visto claro, gracias por la información.

¿Que «no» había pasado página? ¿Que aún me quería?

Intenté pensar en otra cosa. No podía permitir que aquella esperanza arraigara. Ahora mismo necesitaba odiarle. Aquella rabia me ayudaría a seguir adelante. El principal motivo por el que estaba allí era para alejarme de él todo lo que pudiera y el máximo tiempo posible. Pero la esperanza resultaba dolorosa. Y con la esperanza llegó la nostalgia, y el deseo de que May se colara en mi cama, como a veces hacía. Y luego el miedo de que las otras chicas quisieran echarme, que pudieran seguir intentando empequeñecerme. Y luego los nervios al presentarme ante todo el país por televisión durante mi estancia en aquel lugar. Y el pánico de que alguien intentara matarme simplemente para reivindicar una posición política. Todo aquello me había caído encima demasiado de golpe como para que mi ya aturdido cerebro lo pudiera procesar tras un día tan largo.

La visión se me nubló. Ni siquiera me di cuenta de que había empezado a llorar. No podía respirar. Estaba temblando. Me puse en pie de un salto y salí al balcón a la carrera. Estaba tan nerviosa que tardé un momento en abrir el seguro, pero por fin lo conseguí. Pensé que el aire fresco me haría sentir mejor, pero no fue así. Aún respiraba entrecortadamente y tenía frío.

Aquello no tenía nada de libertad. Los barrotes de mi balcón me hacían sentir enjaulada. Y aún veía los muros que rodeaban el palacio, con vigilantes en los puestos de guardia. Necesitaba salir del palacio, y nadie iba a ayudarme a conseguirlo. La desesperación me hizo sentir aún más débil. Miré hacia el bosque. Estaba segura de que desde allí solo se vería vegetación.

Me giré y eché a correr. Me sentía un poco insegura, con los ojos llenos de lágrimas, pero conseguí abrir la puerta. Corrí por el pasillo que conocía, sin fijarme en los elaborados tapices ni en los ribetes dorados. Apenas vi a los guardias. No sabía orientarme por el castillo, pero sabía que, si bajaba las escaleras y tomaba la dirección correcta, encontraría las enormes puertas de vidrio que daban al jardín. Necesitaba abrir aquellas puertas.

Bajé corriendo la majestuosa escalera, apenas haciendo ruido al pisar el mármol con mis pies descalzos. Había más guardias por el camino, pero nadie me detuvo…, hasta que encontré lo que buscaba.

Al igual que antes, había dos hombres montando guardia a los lados de las puertas, y, cuando intenté correr hacia ellos, uno se interpuso en mi camino, bloqueándome el paso hacia la salida con su vara a modo de lanza.

—Perdone, señorita, pero tiene que volver a su habitación —dijo, con autoridad. Aunque no hablaba alto, daba la impresión de que su voz retumbaba en el silencio del elegante vestíbulo.

—No…, no. Necesito… salir. —Se me trababa la lengua; me costaba respirar.

—Señorita, debe volver a su habitación ahora mismo.

Se acercó el segundo guardia, con paso decidido.

—Por favor —pedí, jadeando. Tenía la sensación de que me iba a desmayar.

—Lo siento... Lady America, ¿verdad? —respondió, observando mi broche—. Tiene que volver a su habitación.

—Yo... no puedo respirar —balbucí, cayendo entre los brazos del guardia, que se me echaba encima para apartarme. Su bastón cayó el suelo. Me agarré a él casi sin fuerzas, mareada del esfuerzo.

—¡Soltadla!

Aquella era una voz nueva, joven pero autoritaria. Me giré, o más bien se me cayó la cabeza hacia un lado, y lo vi. Ahí estaba el príncipe Maxon. Tenía un aspecto algo raro, visto desde aquel ángulo en que me colgaba la cabeza, pero reconocí su pelo y la rigidez de su postura.

—Se ha desplomado, alteza. Quería salir —se excusó el primer guardia, azorado. Se metería en graves problemas si me hacía algún daño. Ahora yo era propiedad de Illéa.

—Abrid las puertas.

—Pero..., alteza...

—Abrid las puertas y dejadla salir. ¡Ya!

—Enseguida, alteza. —El primer guardia se puso manos a la obra, sacando una llave.

Con la cabeza aún en aquella extraña postura, oí el ruido de las llaves entrechocando y luego una que se introducía en la cerradura. El príncipe me observó con preocupación mientras intentaba mantenerme en pie. Y luego me llegó el dulce olor del aire fresco, que me dio toda la energía que necesitaba. Me liberé de los brazos del guardia y corrí al jardín como si estuviera ebria.

Me tambaleaba un poco, pero no me importaba si mi aspecto no era de lo más elegante. Necesitaba respirar el aire libre. Noté su calidez sobre la piel, la hierba bajo los pies. De algún modo, incluso las cosas de la naturaleza parecían más lujosas en aquel lugar. Quería llegar hasta los árboles, pero las piernas no me llevaron tan lejos. Me vine abajo frente a un banquito de piedra y me quedé allí sentada, con mi bonita bata verde tirada por el suelo y la cabeza apoyada sobre los brazos, en el asiento.

No tenía fuerzas ni para llorar, así que las lágrimas que brotaron lo hicieron en silencio. Aun así, me hicieron reaccionar. ¿Cómo había llegado hasta allí? ¿Cómo había permitido que sucediera aquello? ¿Qué sería de mí en aquel lugar? ¿Podría volver algún día a la vida que tenía antes? No lo sabía. Y nada de aquello dependía de mí ni en lo más mínimo.

Estaba tan absorta en mis pensamientos que no me di cuenta de que no me encontraba sola hasta que el príncipe Maxon habló.

—¿Estás bien, querida?

—Yo no soy «tu querida» —dije, mirándole fijamente. Mi mirada de asco no dejaba lugar a dudas.

—¿Qué he hecho para ofenderte? ¿No te he dado todo lo que has pedido? —preguntó, realmente confundido por mi respuesta. Supongo que esperaba que todas le adoráramos y diéramos gracias por su existencia.

Le miré sin ningún miedo, aunque estoy segura de que el efecto quedó algo matizado por mis mejillas surcadas de lágrimas.

—Deja de llorar, querida. ¿Quieres? —preguntó, aparentemente preocupado.

—¡No me llames eso! No me quieres más de lo que puedes querer a las otras treinta y cuatro extrañas que tienes aquí, encerradas en tu jaula.

Se acercó más. No parecía en absoluto ofendido por mi verborrea descontrolada. Al parecer solo estaba... meditando. Tenía una expresión interesante en la cara.

Caminaba con gran elegancia para ser un chico, y se le veía sorprendentemente cómodo mientras me rodeaba. Mi demostración de coraje se vino un poco abajo ante lo extraño de la situación. Él iba vestido con un elegante traje, perfecto, y yo estaba encogida y medio desnuda. Y si su rango no era suficiente amenaza, su actitud sí lo era. Debía de tener una gran experiencia en el trato con gente infeliz; su respuesta fue excepcionalmente serena.

—Ese planteamiento es injusto. Todas sois importantes para mí. Solo se trata de dirimir a cuál podré llegar a querer más.

—¿De verdad has dicho «dirimir»?

Chasqueó la lengua.

—Me temo que sí. Perdóname. Es producto de mi educación.

—Educación —murmuré, levantando los ojos al cielo—. Ridículo.

—¿Disculpa?

—¡Es ridículo! —grité, recuperando de nuevo el valor.

—¿Qué es lo que es ridículo?

—¡Este concurso! ¡Todo este asunto! ¿Es que nunca has querido a nadie? ¿Así es como quieres escoger esposa? ¿De verdad eres tan superficial? —solté, girándome un poco hacia él.

Para hacer las cosas más fáciles, se sentó en el banco, de modo que yo no tuviera que torcer el cuello. Estaba demasiado contrariada como para agradecérselo.

—Entiendo que quizá pueda parecerlo, que todo esto pueda parecer poco más que un entretenimiento barato. Pero en el mundo en el que vivo estoy muy limitado. No tengo ocasión de conocer a muchas mujeres. Las que conozco son hijas de diplomáticos, y generalmente tenemos muy poco de lo que hablar. Y eso si es que hablamos el mismo idioma.

A Maxon aquello le pareció divertido y soltó una risita. A mí no me hizo gracia. Se aclaró la garganta.

—En esas circunstancias, no he tenido ocasión de enamorarme. ¿Tú sí?

—Sí —respondí con naturalidad. Y en cuanto la palabra salió de mis labios deseé haberme mordido la lengua. Aquello era algo privado; no era asunto suyo.

—Entonces has tenido bastante suerte —dijo, con una punta de envidia.

Aquello sí que tenía gracia. Lo único que tenía yo que pudiera envidiar el príncipe de Illéa era precisamente lo que quería olvidar.

—Mi madre y mi padre se casaron así y son bastante felices. Yo también espero hallar la felicidad. Encontrar a una mujer que toda Illéa pueda querer, alguien que pueda ser mi compañera y que me acompañe cuando reciba a los líderes de otros países. Alguien que se haga amiga de mis amigos y que se convierta en mi confidente. Estoy listo para encontrar a mi futura esposa.

Algo en su voz me sorprendió. No había ni rastro de sarcasmo. Lo que a mis ojos parecía poco más que un concurso de la tele era para él su única ocasión de encontrar la felicidad. No podría intentarlo con una segunda ronda de chicas. Bueno, quizá sí pudiera, pero sería muy embarazoso. Estaba desesperado, y a la vez esperanzado. Sentí que la rabia que me despertaba disminuía. Solo un poco.

—¿De verdad te parece que esto es una jaula? —En sus ojos se reflejaba la preocupación.

—Sí —dije, ya más serena. Y enseguida añadí—: Alteza.

Él se rio.

—La verdad es que yo me he sentido enjaulado más de una vez. Pero tienes que admitir que es una jaula muy bonita.

—Para ti. Llena tu bonita jaula con otros treinta y cuatro hombres, todos luchando por lo mismo y verás lo bonita que es entonces.

Él levantó las cejas.

—¿De verdad ha habido peleas por mí? ¿No sabéis todas que soy yo el que escoge? —dijo, riéndose.

—En realidad no es eso. Se disputan dos cosas. Unas luchan por ti; otras luchan por la corona. Y todas creen saber qué decir y qué hacer para desequilibrar la balanza.

—Ah, sí. El hombre o la corona. Me temo que hay gente que no distingue una cosa de la otra.

—Buena suerte con eso —repuse, mordaz.

Tras mi comentario socarrón me quedé un momento en silencio. Lo miré por el rabillo del ojo, esperando que dijera algo. Él fijó la mirada en un punto indefinido del césped, con expresión preocupada. Daba la impresión de que aquello le inquietaba desde siempre. Respiró hondo y volvió a mirarme.

—¿Y tú por qué luchas?

—En realidad, yo estoy aquí por error.

—¿Por error?

—Sí. Algo así. Bueno, es una larga historia. Y ahora... estoy aquí. Y no voy a luchar. Mi plan es disfrutar de la comida hasta que me des la patada.

Al oír aquello soltó una carcajada. De hecho se dobló en dos de la risa y se dio una palmada en la rodilla. Era una extraña mezcla de rigidez y calma.

—¿Tú qué eres? —preguntó.

—¿Perdón?

—¿Una Dos? ¿Una Tres?

¿Es que no se enteraba?

—Una Cinco.

—Ah, ya. Bueno, en ese caso la comida quizá pudiera ser una buena motivación para quedarse. —Volvió a reírse—. Lo siento, no veo bien tu broche con la oscuridad.

—Me llamo America.

—Bueno, me parece perfecto. —Maxon plantó la vista en la profundidad de la noche y sonrió. Parecía que todo aquello le divertía—. America, querida, espero que encuentres algo en esta jaula por lo que valga la pena pelear. Después de esto, no me imagino cómo será verte luchar por algo que quieras de verdad.

Bajó del banco y se agachó, poniéndose a mi lado. Estaba demasiado cerca. Yo no podía pensar con claridad. Quizá fuera que me impresionaba la situación, o que aún estaba algo temblorosa tras mi crisis de llanto. En cualquier caso, me pilló tan por sorpresa que me cogiera la mano que no fui capaz de protestar.

—Si esto te hace feliz, puedo decirle al servicio que te gusta el jardín. Así podrás salir por las noches sin tener que ir de la mano del guardia. Aunque preferiría que tuvieras uno cerca.

Eso me interesaba. Cualquier tipo de libertad me sonaba de maravilla, pero quería dejarle perfectamente claros mis sentimientos.

—Yo no... No quiero nada de ti —dije, apartando los dedos de su mano.

Aquello le pilló desprevenido, y pareció algo dolido.

—Como desees.

Me sentía arrepentida. Solo porque no me gustara aquel tipo no tenía por qué hacerle daño.

—¿Volverás a entrar pronto?

—Sí —respondí, soltando aire y mirando al suelo.

—Pues te dejo, que querrás estar sola. Habrá un guardia junto a la puerta, esperándote.

—Gracias..., esto..., alteza. —Sacudí la cabeza. ¿Cuántas veces me había dirigido a él erróneamente en aquella conversación?

—America, querida... ¿Me harás un favor? —dijo, cogiéndome la mano de nuevo. Aquel tipo no se rendía.

Me lo quedé mirando, sin saber muy bien qué decir.

—Quizá.

Volvió a sonreír.

—No menciones esto a las otras. En teoría se supone que no tengo que conoceros hasta mañana, y no quiero que nadie se moleste. Aunque no creo que la bronca que me has soltado se pueda considerar una cita romántica, ¿no?

Esta vez fui yo quien sonrió.

—¡Desde luego! —Respiré hondo—. No lo diré.

—Gracias —dijo. Me levantó la mano y se la llevó a los labios. Tras besarla, la posó suavemente sobre mi regazo—. Buenas noches.

Me quedé mirando el punto de mi mano donde me había besado, atónita por un momento. Luego me giré y vi que Maxon se alejaba, para dejarme la intimidad que tanto había deseado.

Capítulo 11

Por la mañana no me desperté con el ruido de las doncellas al entrar —aunque ya habían entrado— ni con la preparación del baño —aunque ya estaba preparado—. Me desperté con la luz que se coló por mi ventana cuando Anne retiró suavemente las pesadas y elaboradas cortinas, tarareando con dulzura alguna canción, encantada con su trabajo.

Yo aún no estaba lista para ponerme en marcha. Había tardado mucho en relajarme después de tanta tensión, y aún más tiempo en dormirme al darme cuenta de lo que significaría exactamente aquella conversación en el jardín. Si tenía ocasión, le pediría disculpas a Maxon. Sería un milagro si me daba incluso ocasión de hacerlo.

—¿Señorita? ¿Está despierta?

—Noooo —gimoteé, con la cara contra la almohada.

Pero Anne, Mary y Lucy se rieron ante mis lamentos, y eso bastó para hacerme sonreír y para que me decidiera a ponerme en marcha.

Es probable que con aquellas chicas fuera con las que más fácilmente podía llevarme bien de todo el palacio. Me pregunté si podrían llegar a convertirse en confidentes de algún tipo, o si la disciplina y el protocolo las habrían hecho completamente incapaces de compartir incluso una taza de té conmigo. Aunque fuera una Cinco de nacimiento, ahora mismo tenía todos los atributos de una Tres. Y si eran criadas, tenían que ser Seises. Pero a mí aquello no me importaba. Me encontraba bien en compañía de Seises.

Entré muy despacio en el monstruoso baño; cada paso que daba resonaba en aquel enorme espacio de azulejo y cristal. A través de los grandes espejos vi que Lucy se fijaba en las manchas de tierra de mi bata. Luego los ojos atentos de Anne cayeron en ellas. Y después los de Mary. Por suerte, ninguna de las dos hizo comentarios. Uno de mis temores era que me acribillaran a preguntas, pero estaba equivocada. Evidentemente les preocupaba muchísimo que me sintiera cómoda. Si me preguntaban qué había estado haciendo fuera de mi habitación —o, peor aún, fuera del palacio—, resultaría muy embarazoso.

Se limitaron a quitarme la bata con cuidado y a llevarme al baño. No estaba acostumbrada a desnudarme en presencia de otras personas —ni siquiera de mamá o de May—, pero no parecía que hubiera otra opción. Aquellas tres mujeres me ayudarían a cambiarme de ropa durante todo el tiempo que pasara allí, así que tendría que aguantarlo hasta el día de mi partida. Me preguntaba qué sería de ellas cuando yo me fuera. ¿Las asignarían a otras chicas que necesitaran más cuidados a medida que avanzara la competición? ¿O ya tenían otros trabajos en el palacio de los que habían sido excusadas temporalmente? Me pareció maleducado preguntarles qué era lo que hacían antes o insinuar que no estaría mucho tiempo allí, así que no lo hice.

Tras el baño, Anne me secó el cabello, levantándome la mitad de la melena con cintas que me había traído de casa. Eran azules, así que casualmente resaltaban las flores de uno de los vestidos de día que mis doncellas habían hecho para mí, y ese fue el que escogí. Mary me maquilló con tonos tan suaves como el día anterior, y Lucy me extendió una loción por los brazos y las piernas.

Había una gran variedad de joyas entre las que escoger, pero yo les pedí mi cajita. Allí dentro tenía un minúsculo collarcito con un ruiseñor que me había regalado mi padre, y era plateado, así que hacía juego con el broche con mi nombre. Sí me puse un par de pendientes de la colección de palacio, pero probablemente fueran los más pequeños que había.

Anne, Mary y Lucy me supervisaron con la mirada y sonrieron, satisfechas. Me tomé aquello como un indicador de que mi aspecto era correcto para el desayuno. Me despidieron con sonrisas, reverencias y buenos deseos, y me puse en marcha. A Lucy le temblaban las manos de nuevo.

Subí al vestíbulo de arriba, donde nos habíamos encontrado todas el día anterior. Era la primera, así que me senté a descansar en un pequeño sofá. Poco a poco empezaron a llegar las otras. Enseguida observé una constante: todas las chicas tenían un aspecto fenomenal. Lucían el cabello recogido en elaboradas trenzas o tirabuzones, dejando la cara despejada. Llevaban un maquillaje cuidado a la perfección y unos vestidos planchados inmejorablemente.

Yo había escogido el vestido más sencillo que tenía para el primer día; los vestidos de todas las demás tenían algún detalle brillante. Hubo dos chicas que, al llegar al vestíbulo, cayeron en la cuenta de que llevaban unos vestidos casi idénticos. Ambas dieron media vuelta y fueron a cambiarse. Todas querían destacar, y cada una lo hacía a su manera. Incluso yo.

Todas querían parecer Unos. Por mi parte, tenía el aspecto de una Cinco con un bonito vestido.

Pensé que había tardado mucho en prepararme, pero las otras chicas se retrasaron mucho mucho más. Incluso después de que llegara Silvia para acompañarnos abajo, aún tuvimos que esperar a Celeste y a Tiny, que había necesitado que le encogieran el vestido.

Cuando estuvimos todas, nos dirigimos hacia las escaleras. Había un espejo dorado en la pared, y todas nos giramos para echar un último vistazo mientras bajábamos. En una imagen fugaz, me vi junto a Marlee y Tiny. Desde luego se me veía sencilla.

Pero al menos era yo misma, y aquello suponía todo un consuelo.

Bajamos, esperando que nos llevaran al comedor, donde nos habían dicho que comeríamos. Sin embargo, nos condujeron al Gran Salón, donde habían puesto mesas y sillas individuales en filas, todas con sus platos, sus copas y su cubertería de plata. No obstante, de la comida no había ni rastro. Ni siquiera un olor que prometiera. Más allá, en una esquina, observé un grupito de sofás. Unos cuantos cámaras, apostados en diferentes puntos, grababan nuestra llegada.

Fuimos entrando y nos sentamos donde quisimos, ya que allí no había cartelitos con nuestros nombres. Marlee estaba en la fila de delante de la mía, y Ashley se sentó a mi derecha. No me molesté en mirar dónde estaban las demás. Daba la impresión de que muchas habían hecho al menos una amiga, igual que yo tenía mi aliada en Marlee. Ashley había elegido sitio a mi lado, así que supuse que desearía mi compañía. Aun así, no decía nada. A lo mejor estaba contrariada por el informe de la noche anterior. Por otra parte, el día anterior también había estado muy callada. Quizá fuera su carácter. Pensé que lo peor que podía pasarme es que no me respondiera, así que decidí al menos saludarla.

—Ashley, estás preciosa.

—Oh, gracias —dijo, en voz baja. Ambas comprobamos que las cámaras estaban lejos. No es que la conversación fuera privada, pero no nos hacían ninguna falta—. ¿No es divertido llevar todas estas joyas? ¿Y las tuyas?

—Humm, a mí me pesaban demasiado. He preferido ir más ligera.

—¡Sí que pesan! Me da la impresión de que llevo diez kilos en la cabeza. Pero no podía dejar pasar la ocasión. ¿Quién sabe cuánto tiempo nos quedaremos?

Aquello tenía gracia. Ashley parecía bastante segura de sí misma desde el principio. Con aquel aspecto y aquella compostura, era ideal como princesa. Me parecía raro que dudara de sí misma.

—Pero ¿no crees que ganarás? —pregunté.

—Por supuesto —susurró—. ¡Pero es de mala educación admitirlo! —contestó, y me guiñó un ojo, lo que me hizo soltar una risita.

Otro error por mi parte. Aquella risita llamó la atención de Silvia, que estaba entrando en aquel momento.

—Chis, chis. Una dama nunca levanta la voz más allá de un leve murmullo.

Se hizo el silencio. Me pregunté si las cámaras habían registrado mi error, y me noté las mejillas calientes.

—Buenos días, señoritas. Espero que todas descansarais bien en vuestra primera noche en palacio, porque ahora empieza el trabajo. Hoy empezaremos las clases de conducta y protocolo, proceso que continuará durante toda vuestra estancia. Sabed que informaré de cualquier falta de comportamiento por vuestra parte a la familia real.

»Sé que puede sonar duro, pero esto no es un juego que podáis tomaros a la ligera. Una de las presentes en esta sala será la próxima princesa de Illéa, lo cual no es poco. Debéis esmeraros en mejorar, cualquiera que fuera vuestro origen. Os convertiréis en damas de la cabeza a los pies. Esta misma mañana recibiréis vuestra primera clase.

»Las buenas maneras en la mesa son muy importantes, y antes de que podáis comer frente a la familia real debéis tener en cuenta unas mínimas normas de etiqueta. Cuanto antes acabemos con esta clase, antes iréis a desayunar, así que mirad todas aquí, por favor.

Empezó a explicar que se nos serviría por la derecha, qué copa era para qué bebida y que nunca jamás debíamos coger una pastita con las manos. Había que usar siempre las pinzas. Las manos debíamos tenerlas sobre el regazo siempre que no las estuviéramos usando, con la servilleta debajo. No debíamos hablar, a menos que se nos preguntara. Por supuesto, podíamos hablar en voz baja con nuestros vecinos de mesa, pero siempre a un nivel adecuado para el palacio. Cuando dijo aquella última frase se me quedó mirando.

Silvia siguió, con su tono elegante. Noté que mi estómago empezaba a perder la paciencia. Aunque no fueran copiosas, estaba acostumbrada a mis tres comidas diarias. Necesitaba comer. Ya estaba empezando a ponerme de mal humor cuando oímos que llamaban a la puerta. Dos guardias se hicieron a un lado y entró el príncipe Maxon.

—Buenos días, señoritas —saludó.

La reacción en la sala fue tangible. Unas enderezaron la espalda, otras se echaron atrás el cabello, y alguna que otra se colocó bien el vestido. Yo no miré a Maxon, sino a Ashley, que respiraba agitadamente. Se lo quedó mirando de un modo que me hizo sentir incómoda solo de verlo.

—Alteza —saludó Silvia, con una reverencia.

—Hola, Silvia. Si no te importa, me gustaría presentarme ante estas jóvenes.

—Por supuesto —dijo ella, con una nueva reverencia.

El príncipe Maxon paseó la mirada por la sala y me localizó. Nuestros ojos se cruzaron un momento y sonrió. Aquello no me lo esperaba. Pensaba que habría cambiado de opinión sobre el trato que iba a dispensarme tras la noche pasada y que me llamaría al orden delante de todas. Pero quizá no estuviera enfadado. Tal vez le hubiera parecido divertido. Debía de aburrirse tremendamente en aquel lugar. Cualquiera que fuera el motivo, aquella breve sonrisa me hizo pensar que a fin de cuentas tal vez aquello no resultara ser una experiencia tan terrible. Tomé la decisión que no pude tomar la noche anterior y confié en que el príncipe Maxon quisiera aceptar mis disculpas.

—Señoritas, si no les importa, las iré llamando una por una para hablar con ustedes. Estoy seguro de que todas están deseosas de desayunar, como yo, así que no les quitaré demasiado tiempo. Les ruego que me disculpen si me cuesta aprender los nombres; son ustedes bastantes.

Se oyeron unas risitas apagadas. Rápidamente se dirigió a la chica del extremo derecho de la primera fila y se la llevó a los sofás. Hablaron unos minutos y luego ambos se levantaron. Él le hizo una reverencia, y ella hizo lo propio. Se dirigió a la mesa, habló con su compañera y se repitió el proceso. Las conversaciones solo duraron unos minutos y se desarrollaron en voz baja. Intentaba hacerse una idea de cómo era cada chica en solo cinco minutos.

—Me pregunto qué querrá saber —dijo Marlee, girándose.

—A lo mejor quiere saber qué actores te parecen más guapos. Ten la lista preparada en la mente —le susurré.

Marlee y Ashley contuvieron una risita.

No éramos las únicas que hablábamos. Por toda la sala se elevó un suave murmullo mientras esperábamos nuestro turno. Por otra parte, los cámaras iban moviéndose por todas partes, preguntándoles a las chicas por su primer día en palacio, si les gustaban sus doncellas, y cosas así. Cuando se pararon donde estábamos Ashley y yo, dejé que fuera ella la que hablara.

Seguí mirando hacia el sofá mientras entrevistaban a cada una de las seleccionadas. Algunas se mostraban tranquilas y elegantes; otras se agitaban de los nervios. Marlee se ruborizó cuando se acercó al príncipe Maxon, y el rostro se le iluminó cuando volvió. Ashley se alisó el vestido varias veces, como si tuviera un tic nervioso en las manos.

Yo estaba casi sudando cuando volvió. Era mi turno. Respiré hondo y procuré calmarme. Estaba a punto de pedirle un favor monumental.

Él se puso en pie y leyó mi broche cuando me acerqué.

—America, ¿verdad? —dijo, con una sonrisa en los labios.

—Sí. Y sé que he oído su nombre en algún sitio, pero... ¿me lo puede recordar? —Me pregunté si arrancar con una broma sería una buena idea, pero Maxon se rio y me indicó que me sentara.

—¿Has dormido bien, querida? —preguntó, inclinándose hacia mí.

No sé qué diría la expresión de mi cara al oír aquel calificativo, pero los ojos de Maxon brillaron, divertidos.

—Sigo sin ser su querida —respondí, pero esta vez con una sonrisa—. Pero sí. Una vez que conseguí calmarme, he dormido muy bien. Mis doncellas han tenido que sacarme de la cama. Estaba muy a gusto.

—Me alegro de que estuvieras a gusto, querida..., America —se corrigió.

—Gracias —repuse. Jugueteé un momento con el vestido, intentando pensar en cómo decir lo que quería decir—. Siento mucho haberme portado así. Cuando me acosté me di cuenta de que, aunque sea una situación extraña para mí, no debería culparle a usted. No es usted el motivo de que yo me vea envuelta en esto, y todo el montaje de la Selección ni siquiera es idea suya. Además, estaba hundida y usted fue de lo más amable conmigo, aunque yo estuve..., bueno, odiosa. Podía haberme echado anoche, y no lo hizo. Gracias.

Los ojos de Maxon reflejaban ternura. Apuesto a que todas las chicas que habían pasado por allí antes de mí se habían fundido al verlos. También a mí podía haberme afectado que me mirara así, pero estaba claro que era parte de su naturaleza. Apartó la vista un momento. Cuando volvió a mirarme, se echó adelante, apoyando los codos sobre las rodillas como si quisiera que entendiera la importancia de lo que iba a decir.

—America, me has hablado muy claro desde el principio. Eso es una cualidad que admiro profundamente, y voy a pedirte que tengas la amabilidad de responderme una pregunta.

Asentí, algo asustada pensando en qué querría saber. Se acercó aún más y me susurró:

—Dices que estás aquí por error, así que supongo que no quieres estar aquí. ¿Hay alguna posibilidad de que llegues a… sentir algo por mí?

No pude evitar agitarme un poco. No quería herirle en sus sentimientos, pero aquello era algo en lo que no podía engañarle.

—Es usted muy amable, alteza, y atractivo…, y detallista —respondí.

Él sonrió.

—Pero hay motivos de peso por los que no creo que podría —añadí.

—¿Quieres explicármelo?

Lo disimuló muy bien, pero en su voz noté cierta decepción. Supongo que no estaría acostumbrado a algo así.

No era algo que deseara compartir con él, pero me pareció que no había otro modo de hacerle entender qué sucedía. Con una voz aún más baja que antes, le confesé la verdad.

—Me… temo que mi corazón está en otro lugar. —Sentí que los ojos se me empañaban.

—¡Oh, por favor, no llores! —dijo Maxon, con un susurro que denotaba una preocupación real—. ¡Nunca sé qué hacer cuando las mujeres lloran!

Aquello me hizo reír, y la amenaza del llanto desapareció momentáneamente. La expresión de alivio en su rostro era innegable.

—¿Querrías que te dejara irte con tu amado hoy mismo? —preguntó. Era evidente que mi preferencia por otra persona le molestaba, pero, en lugar de enfadarse, había decidido mostrar compasión. Aquel gesto me hizo confiar en él.

—Ese es el problema… No quiero ir a casa.

—¿De verdad? —Se pasó los dedos por el pelo, y no pude evitar reírme de nuevo al verlo tan perdido.

—¿Puedo ser absolutamente honesta con usted?

Asintió.

—Necesito estar aquí. Mi familia necesita que esté aquí. Aunque solo me dejara quedarme una semana, para ellos sería una bendición.

—¿Quieres decir que necesitáis el dinero?

—Sí —admití, a mi pesar. Debía de parecer que lo estaba utilizando. Y quizá fuera así. Pero había más—. Y además hay alguien… —añadí, levantando la mirada— a quien no soportaría ver ahora mismo.

Maxon asintió en señal de que comprendía, pero no dijo nada.

Me quedé sin saber qué hacer. Supuse que lo peor que me podía pasar sería que me enviara a casa, así que seguí:

—Si tiene la bondad de dejar que me quede, aunque sea un poco, podría ofrecerle algo a cambio —dije.

Las cejas se le dispararon hacia arriba.

—¿A cambio?

Me mordí el labio.

—Si deja que me quede... —Aquello iba a sonar muy tonto—. Bueno, a ver, hay que ser realistas: usted es el príncipe. Está ocupado todo el día, gobernando el país y todo eso. ¿Y se supone que va a encontrar tiempo suficiente para reducir la búsqueda entre treinta y cinco..., bueno, entre treinta y cuatro chicas, a una sola? Eso es mucho pedir, ¿no le parece?

Él asintió. Por su expresión estaba claro que le parecía una labor agotadora.

—¿No sería mucho mejor para usted si tuviera a alguien dentro? ¿A alguien que le ayudara? Como... ¿una amiga?

—¿Una amiga?

—Sí. Déjeme quedarme y le ayudaré. Seré su amiga —dije, y aquello le hizo sonreír—. No tiene que preocuparse por mí. Ya sabe que no estoy enamorada de usted. Pero puede hablar conmigo en cualquier momento, e intentaré ayudarle. Anoche dijo que le gustaría tener una confidente. Bueno, hasta que encuentre una definitiva, yo podría ser esa persona. Si quiere.

Su expresión era afectuosa pero comedida.

—He hablado con casi todas las chicas de esta sala y no se me ocurre ninguna que pudiera ser mejor como amiga. Estaré encantado de que te quedes.

El alivio que sentí era indescriptible.

—¿Tú crees —preguntó Maxon— que podría seguir llamándote «querida»?

—Ni hablar —le susurré.

—Seguiré intentándolo. No tengo costumbre de rendirme —respondió, y le creí. No me apetecía nada que siguiera por ahí, pero no había nada que hacer.

—¿Las ha llamado así a todas? —pregunté, indicando con un gesto de la cabeza a las otras.

—Sí, y parece que les gusta.

—Ese es precisamente el motivo por el que no me gusta a mí —dije, y me puse en pie.

Maxon también se levantó, con gesto divertido. Yo podría haber reaccionado frunciendo el ceño, pero en realidad era gracioso. Hizo una reverencia, yo también, y volví a mi sitio.

Tenía tanta hambre que me pareció una eternidad el tiempo que tardó en llegar hasta la última fila. Pero por fin regresó a su sitio la última chica. A mí ya se me hacía la boca agua pensando en mi primer desayuno en palacio.

Maxon se dirigió hacia el centro de la sala.

—A las que os he pedido que os quedéis, por favor, permaneced en vuestros sitios. Las demás, por favor, pasad con Silvia al comedor. Enseguida me reuniré con vosotras.

¿Que se quedaran? ¿Eso era buena señal?

Me puse en pie, con la mayoría de las chicas, y nos pusimos en marcha. Sería que deseaba pasar un rato más con las otras. Vi que Ashley era una de ellas. Sin duda era una chica especial, tenía todo el aspecto de una princesa. El resto eran chicas a las que no había llegado a conocer. Tampoco es que ellas tuvieran ningunas ganas de conocerme a mí. Las cámaras se quedaron atrás para capturar cualquier momento especial que pudiera producirse, y las demás salimos de allí.

Entramos en el salón de banquetes y allí, con un aspecto más majestuoso del que me habría podido llegar a imaginar, estaban el rey Clarkson y la reina Amberly. También había otros equipos de televisión pululando por la sala para captar nuestro primer encuentro. Dudé, preguntándome si deberíamos volver a la puerta y esperar a que nos hicieran pasar. Pero casi todas las demás, aunque vacilantes, siguieron adelante. Me dirigí rápidamente a mi silla, intentando no llamar mucho la atención.

Silvia entró apenas dos segundos más tarde y tomó las riendas de la situación.

—Señoritas, me temo que esto aún no se lo hemos enseñado —dijo—. Cada vez que entren en una estancia en la que estén el rey o la reina, o si ellos entran en el lugar donde están ustedes, lo correcto es hacer una reverencia. Luego, cuando se dirijan a ustedes, pueden volver a levantarse y tomar su asiento. Todas juntas, ¿de acuerdo? —Y todas hicimos una reverencia en dirección a la cabecera de la mesa.

—Bienvenidas, chicas —saludó la reina—. Por favor, tomad asiento, y bienvenidas a palacio. Estamos muy contentos de que estéis aquí. —Había algo agradable en su voz. Era tranquila, al igual que su expresión, pero al mismo tiempo tenía personalidad.

Tal como había dicho Silvia, los criados acudieron a servirnos el zumo de naranja por la derecha. Nuestros platos llegaron cubiertos en grandes bandejas, y los criados los destaparon justo cuando los teníamos delante. Una deliciosa ráfaga de olor procedente de mis tortitas me impactó en la cara. Afortunadamente, los murmullos de admiración de toda la sala taparon los ruidos de mi estómago.

El rey Clarkson bendijo la mesa y empezamos a comer. Unos minutos más tarde entró el príncipe Maxon, pero antes de que tuviéramos tiempo de levantarnos se dirigió a nosotras:

—Por favor, no se levanten, señoritas. Disfruten de su desayuno.

Se dirigió a la cabeza de la mesa, le dio un beso a su madre en la mejilla, una palmadita a su padre en el hombro y se sentó, a la izquierda del rey. Hizo unos comentarios al mayordomo que tenía más cerca, que soltó una risita silenciosa, y se puso a comer.

Ashley no apareció. Ni ninguna de las otras chicas. Miré a mi alrededor, confusa, contando cuántas faltaban. Ocho. Ocho de las chicas no estaban allí.

Fue Kriss, que estaba sentada delante de mí, quien respondió la pregunta que había en mis ojos.

—Se han ido.

¿Ido? Oh. Se habían ido…

No conseguía imaginar qué podrían haber hecho en apenas cinco minutos que desagradara tanto a Maxon, pero de pronto me alegré de haber decidido ser sincera.

Así, de repente, solo quedábamos veintisiete.

Capítulo 12

Las cámaras dieron una vuelta por el perímetro de la sala y luego dejaron que disfrutáramos del desayuno en paz, tras tomar un último plano del príncipe.

Me sentía algo descolocada por aquellas repentinas eliminaciones, pero Maxon no parecía demasiado afectado. Se comió su desayuno sin alterarse y, mientras le miraba, caí en que debía comerme el mío antes de que se enfriara. Al igual que la cena, era casi demasiado delicioso. El zumo de naranja era tan puro que tuve que beberlo a sorbos cortos. Los huevos y el beicon eran una maravilla, y las tortitas estaban hechas a la perfección, tan finas como las que yo hacía en casa.

Oí numerosos suspiros por la mesa y supe que no era la única que estaba disfrutando con la comida. Sin olvidar que tenía que usar las pinzas, cogí una tartaleta de fresas de la cesta que había en el centro de la mesa. Al mismo tiempo, eché un vistazo por la sala para ver cómo les iba a las otras cinco. Fue entonces cuando me di cuenta de que era la única Cinco que quedaba.

No sabría decir si Maxon era consciente de aquello —daba la impresión de que lo único que sabía era nuestros nombres—, pero me pareció extraño que ambas se hubieran ido. Si hubiera sido una simple extraña al entrar en aquella sala, ¿también me habría echado a mí? Reflexioné sobre aquello mientras le daba un mordisco a la tartaleta de fresas. Era tan dulce y la masa era tan suave que hasta la última de mis papilas gustativas se activó, imponiéndose de inmediato al resto de mis sentidos. Se me escapó un gemidito involuntario, pero es que aquello era, con mucho, lo mejor que había probado nunca. Le di un segundo bocado antes incluso de haber tragado el primero.

—¿Lady America? —dijo una voz.

Las cabezas de las otras chicas se giraron al oír la voz, que pertenecía al príncipe Maxon. Me quedé de piedra al ver que se dirigía a mí —o a cualquiera de nosotras— con aquella naturalidad y delante de las demás.

Peor aún que la sorpresa era el tener la boca llena de comida. Me la tapé con la mano y mastiqué todo lo rápido que pude. No pudieron ser más que unos segundos, pero, con tantos ojos puestos sobre mí, me pareció una eternidad. Noté el gesto de suficiencia en la cara de Celeste mientras intentaba tragar. Debía de parecerle una presa fácil.

—¿Sí, alteza? —respondí, en cuanto hube tragado la mayor parte del bocado.

—¿Está disfrutando de la comida? —Maxon parecía estar a punto de echarse a reír, fuera por mi expresión de sorpresa, fuera al recordar algún detalle de nuestra primera conversación clandestina.

Intenté mantener la calma.

—Es excelente, alteza. Esta tartaleta de fresas..., bueno, tengo una hermana aún más golosa que yo. Creo que lloraría de emoción si la pudiera probar. Es perfecta.

Maxon tragó un bocado de su desayuno y se recostó en la silla.

—¿De verdad cree que lloraría? —dijo, aparentemente divertido ante la idea. Parecía que lo del llanto y las mujeres le provocaba extrañas reacciones.

Me lo quedé pensando.

—Pues sí, creo que sí. Lo cierto es que no es muy moderada con las emociones.

—¿Apostaría por ello? —respondió al instante.

Observé que las cabezas de las otras chicas iban de un lado al otro, mirándonos, como si estuvieran en un partido de tenis.

—Si tuviera dinero sí, desde luego. —Sonreí ante la idea de apostar por las lágrimas de alegría de alguien.

—¿Qué estaría dispuesta a apostar en lugar de dinero, entonces? Diría que se le da muy bien hacer tratos. —Estaba claro que estaba disfrutando con aquel jueguecito. Muy bien. Pues a jugar.

—Bueno, ¿qué quiere usted? —le planteé, preguntándome qué podría ofrecerle a alguien que lo tenía todo.

—¿Y usted? ¿Qué quiere usted? —contraatacó.

Aquello sí que era una pregunta fascinante, casi tan interesante como pensar en lo que podría ofrecerle yo a Maxon era reflexionar acerca de lo que él podía ofrecerme a mí. Tenía el mundo a su disposición. Así pues, ¿qué quería yo?

Yo no era una Uno, pero vivía como si lo fuera. Disponía de más comida de la que podía comer y la cama más cómoda que podía imaginarme. La gente me servía constantemente, quisiera o no. Y si necesitaba algo, solo tenía que pedirlo.

Lo único que deseaba de verdad era algo que hiciera que aquel lugar se pareciera menos a un palacio. Como que mi familia estuviera por allí, o no ir tan emperifollada. No podía pedir que me viniera a visitar mi familia. Solo llevaba allí un día.

—Si llora, quiero poder llevar pantalones toda una semana —propuse.

Todo el mundo se rio, pero de un modo tranquilo y educado. Parecía que hasta el rey y la reina habían encontrado divertida mi petición. Me gustaba el modo en que me miraba la reina, como si ya no fuera tanto una extraña para ella.

—Hecho, pues —dijo Maxon—. Y si no llora, me deberá un paseo por los jardines mañana por la tarde.

¿Un paseo por los jardines? ¿Y ya está? No me parecía nada especial. Recordé lo que había dicho Maxon la noche anterior, que siempre tenía algún guardia cerca. Quizá no supiera cómo pedir algo de tiempo para estar a solas con alguien. A lo mejor aquel era su modo de gestionar algo que le resultaba muy raro.

Alguien a mi lado emitió un sonido de desaprobación. Oh. Me di cuenta de que, si perdía, sería la primera de las chicas en disponer de un tiempo a solas con el príncipe. Algo dentro de mí me decía que negociara, pero, si iba a ayudarle —como le había prometido—, no podía poner trabas al primer intento de quedar a solas.

—Es un buen negociador, señor, pero acepto.

—¿Justin? —El mayordomo con el que había hablado antes se acercó de nuevo—. Prepare un paquete de tartaletas de fresa y envíeselo a la familia de la señorita. Mande a alguien y ordénele que espere a que su hermana las pruebe, y que nos informe de si realmente llora o no. Tengo una gran curiosidad.

Justin asintió y desapareció.

—Debería escribir una nota y aprovechar el envío para decirle a su familia que está bien. De hecho, todas ustedes deberían hacerlo. Tras el desayuno, escriban una carta a sus familias, y nos aseguraremos de que llegan hoy mismo.

Todas sonrieron y suspiraron, contentas de formar parte por fin de todo aquello. Nos acabamos el desayuno y nos fuimos a escribir nuestras cartas. Anne me trajo papel, y le escribí una breve nota a mi familia. Aunque las cosas habían empezado de un modo algo raro, lo último que quería era que se preocuparan. Intenté darle un tono desenfadado.

Queridos mamá, papá, May y Gerad:

¡Ya os echo tanto de menos! El príncipe quería que escribiéramos a casa y les contáramos a nuestras familias cómo estamos. Yo estoy bien. El viaje en avión daba un poco de miedo, pero a su modo también fue divertido. ¡El mundo se ve tan pequeño desde allí arriba!

Me han dado un montón de vestidos preciosos y otras cosas, y tengo tres doncellas encantadoras que me ayudan a vestirme, que me lo limpian todo y me dicen dónde tengo que ir. Aun así, si en algún momento estoy completamente perdida, siempre saben lo que me toca hacer y me ayudan a llegar a tiempo.

Casi todas las chicas son tímidas, pero creo que he hecho una amiga. ¿Os acordáis de Marlee, de Kent? La conocí en el viaje a Angeles. Es muy ocurrente y amable. Si vuelvo pronto a casa, espero que ella llegue hasta el final.

He conocido al príncipe. También al rey y a la reina. En persona tienen un aspecto aún más regio. Aún no he hablado con ellos, pero sí con el príncipe Maxon. Es una persona sorprendentemente generosa…, creo.

Tengo que dejaros, pero os quiero y os echo de menos. Volveré a escribiros en cuanto pueda.

Con cariño,

AMERICA

No me parecía que hubiera nada que pudiera dar mala espina en aquellas palabras, pero quizá me equivocara. Me imaginaba a May leyendo la carta una y otra vez en busca de detalles ocultos entre líneas sobre mi vida. Me pregunté si la leería antes de probar las tartaletas.

P. S. May, ¿no se te saltan las lágrimas de lo buenas que están estas tartaletas?

Listo. No podía hacer nada más.

Aparentemente, aquello no bastó. Un mayordomo llamó a mi puerta aquella tarde para entregarme una carta de mi familia y darme una noticia:

—No lloró, señorita. Dijo que estaban tan buenas que podría haber llorado (como usted sugirió), pero lo cierto es que no lo hizo. Su alteza vendrá a buscarla a su habitación mañana sobre las cinco. Por favor, esté lista.

No lamentaba mucho mucho haber perdido, aunque lo cierto es que me habría gustado poder llevar pantalones. Por lo menos, a falta de pantalones, tenía cartas. Me di cuenta de que en realidad era la primera vez que me separaba de mi familia más de unas horas. No teníamos dinero suficiente para hacer viajes, y como no tuve amigos durante la infancia, nunca había pasado la noche en su casa. Ojalá pudiera recibir cartas a diario. Supuse que se podría hacer, pero debía de ser carísimo.

Leí primero la de papá: no paraba de decirme lo guapa que estaba en televisión y lo orgulloso que se sentía de mí. Me decía que no debía de haber enviado tres cajas de tartaletas, que May iba a volverse una consentida. ¡Tres cajas! ¡Por Dios!

También decía que Aspen había estado en casa ayudándole con el papeleo, así que le había dado una caja para que se la llevara a su casa. No sabía cómo sentirme al respecto. Por una parte, me alegraba de que pudieran comer algo tan exquisito. Por otra, me lo imaginaba dándoselas a probar a su nueva novia. A alguien a quien pudiera mimar. Me pregunté si tendría celos de Maxon por el regalo, o si estaba encantado de haberse librado de mí.

Me quedé dándole vueltas a aquellas líneas más de lo que me habría gustado.

Papá se despedía diciendo que estaba contento de que hubiera hecho una amiga, que era algo que siempre me había costado. Doblé la carta y pasé un dedo por encima de su firma, en el exterior. Nunca había caído en lo curiosa que era.

La carta de Gerad era breve y concisa: me echaba de menos, me quería y me pedía que, por favor, le enviara más comida. Hizo que se me escapara la risa.

Mamá estaba mandona. Incluso por escrito notaba su tono, felicitándome veladamente por haberme ganado el afecto del príncipe —Justin la había informado de que yo era la única a la que le habían hecho un regalo para enviar a casa— y diciéndome que siguiera haciéndolo como hasta entonces.

«Sí, mamá. Le seguiré diciendo al príncipe que no tiene ninguna posibilidad conmigo y seguiré ofendiéndole tanto como pueda.» Un plan estupendo.

Me alegré de haber guardado la carta de May para el final.

Estaba absolutamente alucinada. Admitía la envidia que le daba que yo pudiera comer cosas tan buenas todo el rato. También se quejaba de que mamá estaba más gruñona. La entendía muy bien. El resto era una salva de preguntas. ¿Era Maxon tan guapo como en la tele? ¿Qué llevaba yo puesto ahora mismo? ¿Podría venir a visitarme a palacio? ¿No tendría Maxon un hermano secreto que quisiera casarse con ella algún día?

Me reí y me llevé mi colección de cartas al pecho. Tendría que encontrar el momento de escribirles otra vez lo antes posible. Debía de haber algún teléfono por ahí, en algún sitio, pero hasta el momento nadie nos lo había mencionado. Aunque tuviera uno en mi habitación, probablemente sería exagerado llamar cada día. Además, sería divertido seguir con las cartas. Podían ser una prueba de mi estancia en aquel lugar cuando todo aquello no fuera más que un recuerdo.

Me fui a la cama reconfortada al saber que a mi familia le iba bien y aquel pensamiento me acompañó en un sueño profundo, a pesar de los nervios que me producía la expectativa de volver a estar a solas con Maxon. No sabía muy bien el motivo, pero esperaba que mis temores fueran infundados.

—Para guardar las apariencias, ¿te importaría cogerte de mi brazo? —me preguntó, tras presentarse en mi habitación al día siguiente.

Yo no estaba muy segura, pero lo hice. Mis doncellas ya me habían puesto un vestido de noche: un modelito azul con cintura imperio y las mangas cortas sobre los hombros. Tenía los brazos al descubierto, y sentía la tela almidonada del traje de Maxon contra mi piel. Había algo en todo aquello que me hacía sentir incómoda. Él debió de darse cuenta, porque intentó distraerme.

—Siento que no llorara.

—No, no lo sientes..., siente. —Mi tono jocoso dejaba claro que a mí tampoco me disgustaba tanto haber perdido.

—Es la primera vez que apuesto. Ha estado bien ganar —dijo, con un tono casi de disculpa.

—La suerte del principiante.

—Quizá. —Sonrió—. La próxima vez intentaremos hacer que se ría.

Al instante empecé a imaginarme posibles situaciones. ¿Qué podrían llevarle a May de aquel palacio que le hiciera morirse de risa?

Maxon se dio cuenta de que estaba pensando en ella.

—¿Cómo es tu familia?

—¿Qué quiere decir?

—¿Quiere? Si vamos a ser amigos, en privado podrías hablarme de tú, ¿no?

—Bueno, pues... ¿Qué... quieres decir?

—Pues eso. Que tu familia debe de ser muy diferente a la mía.

—Yo diría que sí. —Me reí—. Para empezar, nadie se pone una tiara para desayunar.

Maxon sonrió.

—En casa de los Singer se usa más a la hora de la cena, ¿no?

—Por supuesto.

Chasqueó la lengua, divertido. Empezaba a pensar que quizá Maxon no fuera tan remilgado como sospechaba.

—Bueno, soy la tercera de cinco hermanos.

—¡Cinco!

—Sí, cinco. Ahí fuera la mayoría de las familias tienen muchos hijos. Yo misma tendría muchos, si pudiera.

—¿De verdad? —respondió, levantando las cejas.

—Sí —respondí, bajando la voz. No sabía muy bien por qué, pero me pareció que aquello era un detalle muy íntimo de mi vida. Solo había otra persona en el mundo a quien se lo hubiera dicho. Sentí que la tristeza se apoderaba de mí, pero me sobrepuse.

—Bueno, mi hermana mayor, Kenna, se casó con un Cuatro. Ahora trabaja en una fábrica. Mi madre quiere que me case al menos con un Cuatro, pero yo no quiero tener que dejar de cantar. Me gusta demasiado. Aunque supongo que ahora soy una Tres. Eso es de lo más raro. Creo que no abandonaré la música, si puedo.

»Luego viene Kota. Es artista. Últimamente no lo vemos mucho. Vino a despedirme, pero nada más.

»Luego voy yo.

Maxon sonrió con naturalidad.

—America Singer —anunció—, mi mejor amiga.

—Eso mismo.

Eché la mirada al cielo. Era imposible que pudiera ser su mejor amiga. Al menos de momento. Pero tenía que admitir que Maxon era la única persona con la que me había sincerado, aparte de mi familia o de Aspen. Bueno, aunque también estaba Marlee. ¿Sentiría él lo mismo?

Poco a poco fuimos llegando al final del pasillo y nos dirigimos a las escaleras. No parecía que tuviera ninguna prisa.

—Después de mí viene May. Es la que me vendió y no lloró. Sinceramente, creo que me han timado. ¡No me puedo creer que no llorara! Pero sí, es una artista. Yo… la adoro.

Maxon me escrutó el rostro. Hablar de May me había ablandado un poco. Maxon me caía bien, pero no sabía hasta qué punto quería que penetrara en mi vida.

—Y luego está Gerad. Es el niño de la casa; tiene siete años. Aún no tiene muy claro si le gusta más el arte o la música. Lo que le encanta es jugar a la pelota y estudiar bichos, lo cual está muy bien, salvo que así no se ganará la vida. Estamos intentando que experimente más. Bueno, y ya estamos todos.

—¿Y tus padres?

—¿Y «tus» padres?

—Ya conoces a mis padres.

—No, no los conozco. Conozco su imagen pública. ¿Cómo son en realidad? —pregunté, tirándole del brazo, aunque me costó un poco. Maxon tenía unos brazos enormes. Incluso bajo las capas de tela de su traje, sentía la presencia de unos músculos fuertes y firmes.

Suspiró, pero estaba claro que no le exasperaba lo más mínimo. Daba la impresión de que le gustaba tener a alguien incordiándole. Debía de ser duro haberse criado en aquel lugar como hijo único.

Empezó a pensar en lo que iba a decir cuando saliéramos al jardín. Todos los guardias lucían una sonrisa pícara a nuestro paso. Y más allá nos esperaba un equipo de televisión. Por supuesto, querían estar presentes en la primera cita del príncipe. Maxon les hizo que no con la cabeza, y ellos se retiraron de inmediato. Oí que alguien protestaba. No me apetecía nada que las cámaras me siguieran a todas partes, pero me parecía raro que se las quitara de encima.

—¿Estás bien? Pareces tensa —observó Maxon.

—A ti te descoloca ver llorar a una mujer; a mí me descoloca salir a pasear con un príncipe —respondí, encogiéndome de hombros.

Maxon se rio discretamente, pero no dijo nada más. A medida que avanzábamos hacia el oeste, el sol iba quedando tapado por el enorme bosque de palacio, aunque aún faltaba mucho para que anocheciera. La sombra nos engulló y quedamos ocultos por la oscuridad. Aquello es lo que habría deseado la otra noche, cuando buscaba alejarme de todo. Allí sí que daba la impresión de que estábamos solos. Seguimos caminando, alejándonos del palacio y de la atención de los guardias.

—¿Qué es lo que te resulta tan confuso de mí?

Vacilé, pero le dije lo que sentía.

—Tu carácter. Tus intenciones. No estoy segura de qué debo esperar de este paseo.

—Ah. —Se detuvo y se me puso delante. Estábamos muy cerca el uno del otro, y, a pesar del cálido aire estival, sentí un escalofrío en la espalda—. Creo que a estas alturas ya te habrás dado cuenta de que no soy de los que van con rodeos. Te diré exactamente qué quiero de ti.

Maxon se acercó un paso más.

Se me hizo un nudo en la garganta. Me había metido yo solita en la situación que más quería evitar. Sin guardias, sin cámaras, sin nadie que le impidiera hacer lo que quisiera.

La rodilla se me disparó en un acto reflejo. Literalmente. Y le di un rodillazo a su alteza real en la entrepierna. Con fuerza.

Maxon soltó un alarido y se encogió, llevándose las manos a la zona dolorida mientras yo daba un paso atrás.

—¿Y eso a qué ha venido?

—¡Si me pones un solo dedo encima, será mucho peor!

—¿Qué?

—He dicho que si...

—¡Estás loca! Eso no, ya te he oído la primera vez —dijo, con una mueca—. Pero ¿qué narices quieres decir con eso?

Sentí un calor que me invadía todo el cuerpo. Había sacado la peor conclusión posible y me había puesto en guardia ante algo que evidentemente no iba a suceder.

Los guardias se acercaron a la carrera, alertados por nuestra discusión. Maxon los alejó con la mano, aún en una posición extraña, medio curvado.

Nos quedamos un momento en silencio, y, cuando él empezó a recuperarse del dolor, se me puso delante.

—¿Qué creías que quería?

Agaché la cabeza y me sonrojé.

—America, ¿qué te creías que quería? —insistió, evidentemente contrariado. Más que contrariado. Ofendido. Estaba claro que había adivinado lo que me había pasado por la mente, y no le gustaba lo más mínimo—. ¿En público? ¿Has pensado...? ¡Por el amor de Dios, soy un caballero!

Dio media vuelta y se dispuso a volver, pero se giró.

—¿Por qué te has ofrecido siquiera a ayudarme si tienes ese concepto tan bajo de mí?

No podía ni siquiera mirarle a los ojos. No sabía cómo explicar que me habían preparado para que me esperara cualquier cosa, que aquel lugar oscuro y aislado me había hecho sentirme extraña, que solo había un chico con el que hubiera estado alguna vez a solas y que aquella era mi reacción lógica.

—Hoy cenarás en tu habitación. Ya decidiré qué hago por la mañana.

Me quedé esperando en el jardín hasta estar segura de que todas las demás estarían ya en el comedor, y luego estuve un rato paseando arriba y abajo por el pasillo antes de decidirme a entrar en la habitación. Cuando entré, Anne, Mary y Lucy estaban nerviosísimas. No tuve el valor de decirles que no había estado todo aquel tiempo con el príncipe.

Ya me habían traído la cena, que estaba sobre la mesa, en el balcón. Tenía hambre, ahora que había digerido mi momento de humillación. Pero el motivo de que mis doncellas estuvieran tan agitadas no era mi larga ausencia. Había una caja enorme sobre la cama, esperando a que la abriera.

—¿Podemos verlo? —preguntó Lucy.

—¡Lucy, eso es de mala educación! —la regañó Anne.

—¡Lo dejaron aquí en cuanto se fue! ¡Desde entonces estamos preguntándonos qué puede ser! —exclamó Mary.

—¡Mary! ¡Esos modales! —la riñó Anne.

—No, no os preocupéis, chicas. No tengo secretos. —Cuando vinieran a echarme al día siguiente, les diría a mis doncellas el motivo. Les sonreí sin muchas ganas mientras deshacía el gran lazo que envolvía la caja. En el interior había tres pares de pantalones: unos de lino, otros que parecían más formales pero suaves al tacto y unos vaqueros estupendos. Encima había una tarjeta con el escudo de Illéa.

> Pides unas cosas tan sencillas que no puedo negártelas. Pero hazme el favor de ponértelos solo los sábados, por favor. Gracias por tu compañía.
>
> Tu amigo,
>
> MAXON

Capítulo 13

En realidad no tuve mucho tiempo de avergonzarme o de preocuparme. Cuando a la mañana siguiente mis doncellas me vistieron con toda normalidad, supuse que podía presentarme al desayuno. El simple hecho de permitirme asistir era un gesto de amabilidad inesperada por parte de Maxon: me ofrecía una última comida, un último momento como una de las seleccionadas.

Cuando estábamos a medio desayuno, Kriss reunió el valor para preguntarme por nuestra cita.

—¿Qué tal fue? —preguntó en voz baja, tal como se suponía que teníamos que hablar durante las comidas. Pero aquellas tres breves palabras provocaron una reacción inmediata, y todas las que estaban lo suficientemente cerca como para oír aguzaron el oído.

Respiré hondo.

—Indescriptible.

Las chicas se miraron unas a otras, a la espera de más.

—¿Cómo se comportó? —preguntó Tiny.

—Humm. —Intenté escoger las palabras con cuidado—. Muy diferente de cómo me esperaba.

Esta vez los murmullos se extendieron por toda la mesa.

—¿Lo haces aposta? —protestó Zoe—. Si es así, es de lo más rastrero.

Negué con la cabeza. ¿Cómo podía explicarlo?

—No, es que...

Pero una serie de ruidos confusos procedentes del otro lado del pasillo me interrumpieron, lo que evitó que tuviera que buscar una respuesta.

Los gritos eran raros. En mi breve estancia en palacio, no había oído ni un sonido que se acercara siquiera a aquel volumen. Acto seguido se oyeron los pasos rítmicos de los guardias en el suelo, las enormes puertas al abrirse y el tintineo de los cubiertos contra los platos. Aquello era un caos absoluto.

La familia real entendió lo que sucedía antes que nosotras.

—¡Al fondo de la sala, señoritas! —gritó el rey Clarkson, que corrió hacia una ventana.

Estábamos confundidas, pero no queríamos desobedecer, y nos trasladamos lentamente hacia la cabecera de la mesa. El rey bajó una persiana, pero no era de las usadas para tapar la luz. Era metálica, y se ajustó en su posición definitiva con un chirrido. Maxon acudió a su lado y bajó otra. Y, a su lado, la encantadora y delicada reina se apresuró a bajar la siguiente.

Entonces llegó una oleada de guardias a la sala. Vi una serie de ellos en formación tras las puertas, que cerraron con llave y aseguraron con barras.

—Han atravesado los muros, majestad, pero los estamos conteniendo. Las señoritas deberían marcharse, pero estamos tan cerca de la puerta...

—Entendido, Markson —respondió el rey, zanjando la cuestión.

Estaba claro lo que había pasado: los rebeldes habían penetrado en el recinto.

Ya me imaginaba que podía pasar algo así, con tantos invitados en palacio y tantos preparativos. Cualquiera podía cometer algún desliz que comprometiera nuestra seguridad. Y aunque no fuera fácil entrar, era un momento ideal para organizar una protesta. Cuando menos, la Selección podía resultar molesta. Estaba segura de que los rebeldes la odiaban, al igual que tanta gente de Illéa.

Comoquiera que fuera, yo no iba a quedarme de brazos cruzados.

Eché la silla atrás tan rápido que se cayó, y corrí hacia la ventana más próxima para bajar la persiana de metal. Algunas otras de las chicas, conscientes del peligro en que nos encontrábamos, hicieron lo mismo.

Tardé solo un momento en bajarla, pero ajustarla era algo más difícil. Apenas había puesto el cierre en posición cuando algo impactó contra la protección metálica desde el exterior, cosa que me hizo retroceder con un grito hasta tropezar con mi silla y caer al suelo.

Maxon apareció inmediatamente.

—¿Te has hecho daño?

Hice una evaluación rápida. Era probable que me saliera un cardenal en la cadera, y estaba asustada, pero nada más.

—No, estoy bien.

—Al fondo de la habitación. ¡Venga! —ordenó, mientras me ayudaba a ponerme en pie.

Él atravesó la sala, agarrando a algunas chicas que se habían quedado paralizadas del miedo y conduciéndolas a la esquina más alejada.

Obedecí y corrí al fondo de la estancia, donde estaban todas las chicas, amontonadas. Algunas lloraban en silencio; otras tenían la mirada perdida. Tiny se había desmayado. Lo más tranquilizador fue ver al rey Clarkson hablando animadamente con un guardia en la pared contraria, lo bastante lejos como para que las chicas no le oyeran. Rodeaba a la reina con el brazo en un gesto protector, y ella se mostraba tranquila y confiada a su lado.

¿A cuántos ataques habría sobrevivido? Había oído que se producían varias veces al año. Aquello debía de ser exasperante. Las probabilidades de sobrevivir eran cada vez menores para ella… y para su marido… y para su único hijo. Con el tiempo, los rebeldes descubrirían cómo aprovechar las circunstancias a su favor y conseguir lo que querían. Y sin embargo, allí estaba, con la cabeza alta, la mirada clara y el rostro sereno.

Eché un vistazo a las chicas. ¿Alguna de ellas tendría la fuerza necesaria para ser reina? Tiny seguía inconsciente en los brazos de alguien. Bariel y Celeste charlaban. Esta última parecía estar tranquila, aunque yo sabía que no era cierto. Aun así, en comparación con otras, ocultaba sus emociones muy bien. Algunas chicas estaban al borde de la histeria, de rodillas y lloriqueando. Otras se habían bloqueado, evadiéndose de aquella pesadilla, y se retorcían las manos con aire ausente, esperando a que acabara.

Marlee estaba llorando un poco, pero no daba la impresión de estar deshecha. La agarré del brazo e hice que se irguiera.

—Sécate los ojos y levanta la cabeza —le grité al oído.

—¿Qué?

—Confía en mí, hazlo.

Marlee se secó la cara con el borde del vestido e irguió un poco el cuerpo. Se tocó la cara en varios sitios, comprobando que no se le hubiera corrido el maquillaje, supuse. Luego se giró y me miró en busca de mi aprobación.

—Buen trabajo. Perdona que me ponga tan mandona, pero confía en mí esta vez, ¿vale? —No me gustaba tener que darle órdenes en medio de aquella situación angustiosa, pero debía mantener el aspecto sereno de la reina Amberly. Sin duda, Maxon apreciaría aquello en una reina, y Marlee tenía que ganar.

Ella asintió.

—No, tienes razón. Quiero decir que de momento todo el mundo está a salvo. No debería estar tan preocupada.

Asentí, aunque sin duda estaba equivocada. «Todo el mundo» no estaba a salvo.

Los guardias montaron guardia junto a las enormes puertas mientras los rebeldes seguían tirando cosas contra la fachada y las ventanas. Allí no había reloj. Yo no tenía ni idea de cuánto tiempo iba a durar el ataque, y aquello no hacía más que aumentar mi ansiedad. ¿Cómo sabríamos si entraban? ¿No nos enteraríamos hasta que empezaran a golpear las puertas? ¿Estarían ya dentro, y no lo sabíamos?

No podía soportar los nervios. Me quedé mirando un jarrón con flores de diverso tipo —cuyos nombres no conocía, por supuesto— y me mordí una de mis uñas de manicura perfecta, concentrándome en aquellas flores como si fueran lo único importante en el mundo.

Al final Maxon vino a interesarse por mí, igual que había hecho con las demás. Se puso a mi lado y también se quedó mirando las flores. Ninguno de los dos sabía bien qué decir.

—¿Estás bien? —preguntó por fin.

—Sí —susurré.

—Pareces alterada —insistió él, tras una breve pausa.

—¿Qué les ocurrirá a mis doncellas? —dije, poniendo en palabras mi mayor preocupación. Yo sabía que estaba a salvo, pero ¿dónde estarían ellas? ¿Y si la incursión de los rebeldes había pillado a alguna de ellas por los pasillos?

—¿Tus doncellas? —preguntó él, con un tono que me dejaba como una idiota.

—Sí, mis doncellas. —Le miré a los ojos, para que se diera cuenta de que en realidad solo una minoría escogida de la multitud de personas que vivían en el palacio estaban a salvo. Estaba a punto de echarme a llorar. No quería hacerlo, y respiraba a gran velocidad para intentar controlar mis emociones.

Me miró a los ojos y pareció entender que en realidad estaba a apenas un paso de ser una sirvienta. Aquel no era el motivo de mi preocupación, pero me parecía extraño que un sorteo marcara la diferencia entre alguien como Anne y como yo.

—Ahora mismo deben de estar escondidas. El servicio tiene sus propios lugares donde ocultarse. Los guardias saben muy bien cómo tomar posiciones rápidamente y alertar a todo el mundo. Deberían estar bien. Tenemos un sistema de alarma, pero, la última vez que entraron, los rebeldes lo desbarataron por completo. Están trabajando para arreglarlo, pero… —Maxon suspiró.

Fijé la mirada en el suelo, intentando aplacar todas mis preocupaciones.

—America, por favor…

Me giré hacia Maxon.

—Están bien. Los rebeldes han sido lentos, y todo el mundo en palacio sabe qué hacer en caso de emergencia.

Asentí. Nos quedamos allí, de pie, un minuto, hasta que noté que se disponía a marcharse.

—Maxon —susurré.

Él se giró, algo sorprendido de que alguien se dirigiera a él de un modo tan informal.

—Sobre lo de anoche… Deja que te explique. Cuando vinieron a casa, a prepararnos para venir aquí, un hombre me dijo que yo nunca debía decirte que no. Pidieras lo que pidieras. En ningún caso.

—¿Qué? —respondió él, atónito.

—Lo dijo de un modo que hacía pensar que podrías pedir ciertas cosas. Y tú me habías dicho que no habías tratado con muchas mujeres. Después de dieciocho años…, y luego pediste a los cámaras que se alejaran. Me asusté cuando te acercaste tanto.

Maxon sacudió la cabeza, intentando procesar todo aquello. La humillación, la rabia y la incredulidad se reflejaban en su rostro, habitualmente sereno.

—¿Eso se lo han dicho a todas? —dijo, horrorizado.

—No lo sé. Supongo que a muchas de las chicas no les hacía falta que se lo advirtieran. Probablemente «ya estén» deseando abalanzarse sobre ti —observé, señalando con un gesto de la cabeza a las demás.

Él chasqueó la lengua, molesto.

—Pero tú no, así que no tuviste ningún reparo en darme un rodillazo en la entrepierna, ¿es eso?

—¡Te di en el muslo!

—Por favor… Un hombre no tarda tanto en recuperarse de un rodillazo en el muslo —respondió, dejando claro su escepticismo.

Se me escapó la risa. Afortunadamente, Maxon también se rio. Pero justo entonces otro proyectil golpeó contra las ventanas, y nos detuvimos en seco. Por un momento se me había olvidado dónde estaba. Era algo que no me sucedía mucho, y que me iría muy bien para conservar la cordura.

—¿Y cómo te vas a enfrentar a una habitación llena de mujeres llorando? —pregunté.

Su expresión de asombro tenía algo de cómico.

—¡No hay nada en el mundo que me descoloque más! —susurró, desesperado—. No tengo ni la más mínima idea de cómo pararlo.

Aquel era el hombre que iba a gobernar nuestro país: un tipo que se venía abajo ante las lágrimas. Divertidísimo.

—Dales unas palmaditas en el hombro o en la espalda y diles que todo irá bien. La mayoría de las veces, cuando las chicas lloran, no esperan que les resuelvas el problema; solo quieren que las consueles.

—¿De verdad?

—Más bien.

—No puede ser tan sencillo —dijo, intrigado.

—He dicho la mayoría de las veces, no siempre. Pero probablemente en esta ocasión a muchas de las chicas les bastaría.

Resopló.

—No estoy seguro. Dos ya me han preguntado si las dejaré marcharse cuando acabe esto.

—Pensaba que eso no nos estaba permitido —dije, aunque no debería haberme sorprendido. Si había accedido a dejar que me quedara como amiga, no debían de importarle mucho los aspectos técnicos—. ¿Qué vas a hacer?

—¿Qué otra cosa puedo hacer? No voy a retener a nadie contra su voluntad.

—A lo mejor luego cambian de opinión.

—Quizá. —Hizo una pausa—. ¿Y tú? ¿También estás asustada y dispuesta a marcharte? —preguntó, casi como en broma.

—La verdad es que estaba convencida de que, en cualquier caso, me enviarías a casa después del desayuno —admití.

—La verdad es que yo también me lo había planteado.

Se produjo un silencio entre nosotros, y los dos sonreímos. Nuestra amistad —si es que podía llamarse así— desde luego era rara e imperfecta, pero al menos era honesta.

—No me has respondido. ¿Quieres marcharte?

Otro proyectil impactó contra la pared, y la idea iba ganando atractivo. El peor ataque que había sufrido en casa había sido el de Gerad, cuando intentó quitarme comida del plato. Aquí las chicas no me apreciaban, los vestidos eran encorsetados, la gente intentaba herir mis sentimientos y la experiencia en conjunto resultaba incómoda. Pero era positiva para mi familia y se comía bien. Maxon parecía un poco perdido, y quizá podría seguir manteniéndolo a raya un poco más. Y, quién sabe, a lo mejor podría ayudarle a escoger a la próxima princesa.

Le miré a los ojos.

—Si tú no me echas, yo no me voy.

—Bien. —Sonrió—. Tendrás que explicarme más trucos, como ese de las palmaditas en la espalda.

Yo también le sonreí. Sí, todo iba mal, pero quizá saliera algo bueno de todo aquello.

—America, ¿podrías hacerme un favor?

Asentí.

—Por lo que sabe la gente, anoche pasamos mucho rato juntos. Si alguien te pregunta, ¿podrías decirles que yo no soy..., que yo nunca haría...?

—Por supuesto. Y siento muchísimo lo que pasó.

—Debería haberme imaginado que, si alguna de vosotras iba a desobedecer una orden, serías tú.

Unos cuantos proyectiles dieron contra la pared, lo cual provocó los chillidos entre las chicas.

—¿Quiénes son? ¿Qué es lo que quieren? —pregunté.

—¿Quiénes? ¿Los rebeldes?

Asentí.

—Depende de a quién se lo preguntes. Y de qué grupo estés hablando —respondió.

—¿Quieres decir que hay más de uno?

Aquello empeoraba mucho las cosas. Si aquello era un solo grupo, ¿qué podrían hacer dos o más juntos? Me parecía increíblemente injusto que nos mantuvieran oculto todo aquello. Por lo que yo sabía, todos los rebeldes eran iguales, pero Maxon hacía que sonara como si los hubiera mejores y peores.

—¿Cuántos hay? —insistí.

—Básicamente dos, los norteños y los sureños. Los norteños atacan con mucha más frecuencia. Están más cerca. Viven en la zona húmeda de Likely, cerca de Bellingham, al norte. Es un lugar en el que nadie quiere vivir (prácticamente está en ruinas), así que lo han convertido en su base, aunque supongo que viajan. Lo de los viajes es una teoría mía a la que nadie hace mucho caso. Pero es mucho menos probable que consigan entrar, y, cuando entran, los ataques son... casi tímidos. Supongo que esto es un ataque de los norteños —dijo, levantando la voz entre el estruendo.

—¿Por qué? ¿Qué los hace tan diferentes de los sureños?

Maxon se lo pensó, como si dudara de si debía contármelo. Miró alrededor para ver si alguien podía oírnos. Yo también miré, y vi que había varias personas que nos observaban. En particular, Celeste parecía querer fundirme con la mirada. No mantuve el contacto visual con ella mucho rato. Aun así, pese a todas las mironas, no había nadie lo suficientemente cerca como para oírnos. Cuando Maxon llegó a la misma conclusión, se acercó y me susurró al oído:

—Sus ataques son mucho más... letales.

—¿Letales? —Me estremecí.

Él asintió.

—Solo vienen una o dos veces al año, por lo que parece. Creo que todos intentan esconderme las estadísticas, pero no soy tonto. Cuando vienen, muere gente. El problema es que a nosotros ambos grupos nos parecen iguales (son tipos desaliñados; la mayoría, hombres, delgados pero fuertes, y sin emblemas reconocibles), así que no sabemos a qué nos enfrentamos hasta que ha acabado.

Recorrí la sala con la mirada. Si Maxon se equivocaba y resultaba que eran sureños, había mucha gente en peligro. Pensé de nuevo en mis pobres doncellas.

—Pero sigo sin entenderlo. ¿Qué es lo que quieren?

Maxon se encogió de hombros.

—Parece que los sureños quieren acabar con nosotros. No sé por qué, pero supongo que porque están hartos de vivir al margen de la sociedad. Técnicamente ni siquiera son Ochos, ya que no participan del tejido social. Pero los norteños son un misterio. Padre dice que solo quieren molestarnos, alterar nuestra labor de gobierno, pero yo no lo creo —dijo, adoptando un aspecto muy digno por un momento—. Sobre eso también tengo otra teoría.

—¿Y me la vas a contar?

Maxon vaciló de nuevo. Supuse que esa vez no se trataba tanto del miedo a asustarme, sino de que se temía que no me lo tomara en serio.

Se me acercó de nuevo y me susurró:

—Creo que están buscando algo.

—¿El qué?

—Eso no lo sé. Pero cada vez que vienen los norteños, siempre es lo mismo: los guardias están fuera de combate, heridos o atados, pero nunca los matan. Es como si no quisieran que los siguieran. Aunque suelen llevarse algún rehén, y eso nos crea muchos problemas. Y luego, las habitaciones (bueno, las habitaciones a las que llegan) están patas arriba: todos los cajones sacados, los estantes revueltos, la alfombra del revés... Rompen muchas cosas. No te creerías la de cámaras que he perdido a lo largo de los años.

—¿Cámaras?

—Sí, bueno —repuso, tímidamente—. Me gusta la fotografía. A pesar de todo, nunca acaban llevándose gran cosa. Padre piensa que mi idea es una tontería, por supuesto. ¿Qué podrían andar buscando un puñado de bárbaros analfabetos? Aun así, creo que debe de haber algo.

Aquello era un misterio. Si yo no tuviera un céntimo y supiera cómo entrar en el palacio, supongo que me llevaría todas las joyas que pudiera, cualquier cosa que lograra vender. Aquellos rebeldes debían de tener algo en la mente cuando llegaban allí, más allá de la reivindicación política o su supervivencia.

—¿Te parece un razonamiento tonto? —preguntó Maxon, sacándome de mis cábalas.

—No, tonto no. Perturbador, pero no tonto.

Intercambiamos una breve sonrisa. Me di cuenta de que si Maxon fuera Maxon Schreave, sin más, y no Maxon, el futuro rey de Illéa, sería el tipo de persona que me gustaría tener como vecino, alguien con quien poder hablar.

Se aclaró la garganta.

—Supongo que tendré que completar mi ronda.

—Sí, imagino que habrá unas cuantas señoritas preguntándose por qué te demoras tanto.

—Bueno, «amiga», ¿alguna sugerencia de con quién debería hablar ahora?

Sonreí y miré hacia atrás, para asegurarme de que mi candidata a princesa seguía manteniendo el tipo. Así era.

—¿Ves a la chica rubia de allí, vestida de rosa? Es Marlee. Es un encanto, muy amable; le encanta el cine. Anda, ve.

Maxon soltó una risita y se fue hacia ella.

El tiempo que pasamos en el comedor nos pareció una eternidad, pero el ataque solo había durado poco más de una hora. Más tarde descubrimos que no habían penetrado en el palacio; solo en el recinto. Los guardias no habían disparado a los rebeldes hasta que estos habían intentado dirigirse a la puerta principal, lo que explicaba lo de los ladrillos —que habían arrancado de la muralla exterior— y la fruta podrida que habían estado lanzando contra la ventana tanto rato. Al final, dos hombres acabaron por acercarse demasiado a las puertas, les dispararon y todos salieron huyendo. Si la distinción hecha por Maxon era correcta, aquellos debían de ser de los norteños.

Nos tuvieron encerradas un poquito más, mientras rastreaban el perímetro del palacio. Cuando se convencieron de que todo estaba como correspondía, dejaron que nos dirigiéramos a nuestras habitaciones. Marlee y yo fuimos cogidas del brazo. A pesar de haber mantenido la calma, la tensión del ataque me había dejado agotada, y estaba encantada de tener a alguien que me distrajera.

—¿Entonces te ha dejado que te pongas pantalones igualmente? —me preguntó.

Yo me había puesto a hablar de Maxon a las primeras de cambio, deseosa de saber cómo había ido su conversación.

—Sí, se mostró muy generoso.

—Es un detalle por su parte, después de haber ganado.

—Es un buen ganador. Incluso es gracioso cuando se le lleva a ciertos extremos. —«Como cuando se le da un rodillazo en la joya de la corona, por ejemplo», pensé.

—¿Qué quieres decir?

—Nada. —Aquello no quería explicárselo—. ¿De qué habéis hablado antes?

—Bueno, me ha preguntado si me gustaría quedar con él esta semana —contestó, ruborizándose.

—¡Marlee! ¡Eso es estupendo!

—¡Calla! —dijo, mirando alrededor, aunque el resto de las chicas ya había subido las escaleras—. Intento no hacerme demasiadas ilusiones.

Nos quedamos calladas un minuto hasta que por fin estalló:

—¿A quién quiero engañar? ¡Estoy tan nerviosa que casi no lo soporto! Espero que no tarde mucho en llamarme.

—Si ya te lo ha pedido, estoy segura de que no dejará pasar mucho tiempo. Quiero decir, en cuanto haya acabado con sus labores de gobierno del día, supongo.

Ella se rio.

—¡No me lo puedo creer! Quiero decir... que sabía que era guapo, pero nunca sabes cómo puede comportarse. Me preocupaba que fuera..., no sé, pomposo, o algo así.

—A mí también. Pero en realidad es... —¿Qué era Maxon, en realidad? Sí, era algo pomposo, pero no tanto que resultara cortante, como me había imaginado. Era innegable que se portaba como un príncipe, pero, aun así, era muy..., muy...—... Es normal —dije por fin.

Marlee ya no estaba mirando. Se había perdido en sus ensoñaciones mientras caminábamos. Esperaba que Maxon estuviera a la altura de la imagen que se estaba haciendo mi amiga de él, y que ella fuera el tipo de chica que él quería. La dejé en su puerta, me despedí con un gesto y me dirigí a mi habitación.

La imagen de Marlee y Maxon desapareció de mi mente en cuanto abrí la puerta. Anne y Mary estaban inclinadas sobre Lucy, que parecía muy agitada. Estaba congestionada, y tenía las mejillas cubiertas de lágrimas; el ligero temblor habitual en ella se había convertido en una gran agitación, y le sacudía todo el cuerpo.

—Cálmate, Lucy, todo va bien —le susurraba Anne, mientras le acariciaba el cabello alborotado.

—Ya ha acabado todo. Nadie ha resultado herido. Estás a salvo, cariño —le decía Mary, sosteniéndole la mano.

Yo estaba tan impresionada que no podía hablar. El difícil momento por el que pasaba Lucy era algo privado; no debería haberlo visto. Di media vuelta, pero Lucy me detuvo antes de que pudiera salir de la habitación.

—Lo…, lo… siento… Lady… Lady… —balbució.

Las otras contemplaron la escena con cara de preocupación.

—No te angusties. ¿Estás bien? —pregunté, cerrando la puerta para que nadie más pudiera vernos.

Lucy intentó seguir hablando, pero no le salían las palabras. Las lágrimas y el temblor tenían dominado aquel cuerpecito tan pequeño.

—Estará bien, señorita —intercedió Anne—. Tardará unas horas, pero, cuando la cosa acaba, siempre se calma. Si sigue mal, podemos llevarla al ala de la enfermería —dijo, y luego bajó la voz—. Solo que Lucy no quiere. Si consideran que no eres apta para el servicio, te mandan a la lavandería o a la cocina. Y a Lucy le gusta ser doncella.

Yo no sabía de quién pensaba Anne que teníamos que ocultarnos. Todas estábamos alrededor de Lucy, y ella podía oírnos claramente, incluso en aquel estado.

—Por…, por… favor, señorita. Yo no…, yo no…

—Chis. Nadie va a delatarte —le aseguré. Miré a Anne y a Mary—. Ayudadme a meterla en la cama.

Entre las tres no debería habernos costado un gran esfuerzo, pero Lucy se retorcía tanto que sus brazos y sus piernas se nos escapaban de las manos. Tuvimos que emplearnos a fondo para conseguirlo. Una vez instalada entre las sábanas, la comodidad de la cama surtió un efecto mayor que todas nuestras palabras. Los espasmos de Lucy fueron remitiendo y ella fijó la mirada en el dosel que había por encima de la cama.

Mary se sentó al borde y empezó a tararear una cancioncilla, que me recordó a cómo solía arrullar yo a May cuando estaba enferma. Me llevé a Anne a un rincón, lejos del alcance de los oídos de Lucy.

—¿Qué ha pasado? ¿Ha entrado alguien? —le pregunté. Si algo así hubiera ocurrido, esperaba que me lo dijeran.

—No, no —aseguró Anne—. Lucy siempre se pone así cuando vienen los rebeldes. El mero hecho de hablar de ellos hace que se ponga a llorar. Ella…

Anne bajó la mirada y la posó en sus brillantes zapatos negros, intentando decidir si debía decirme algo. Yo no quería hurgar en la vida de Lucy, pero sí deseaba entender. Respiró hondo y me explicó:

—Algunas de nosotras hemos nacido aquí. Mary nació en el castillo, y sus padres siguen aquí. Yo era huérfana, y me trajeron porque el palacio necesitaba personal. —Se alisó el vestido, como si así pudiera quitarse de encima aquel pedazo de su historia que parecía pesarle—. Lucy fue vendida al palacio.

—¿Vendida? ¿Cómo puede ser? Aquí no hay esclavos.

—No, legalmente no, pero eso no quiere decir que no pueda pasar. La familia de Lucy necesitaba dinero para una operación que tenía que hacerse su madre. Ofrecieron sus servicios a una familia de Treses a cambio del dinero necesario. Su madre no mejoró y no consiguieron quitarse la deuda de encima, de modo que Lucy y su padre llevaban muchísimo tiempo viviendo con aquella familia. Por lo que yo sé de cómo los trataban, no era mucho mejor que vivir en un granero.

»El hijo de la familia se fijó en Lucy, y ya sé que a veces no importa la diferencia de castas, pero de una Seis a un Tres la distancia es muy grande. Cuando su madre descubrió las intenciones de su hijo, vendió a Lucy y a su padre al palacio. Recuerdo cuando llegó. Se pasó días llorando. Debían de estar terriblemente enamorados.

Miré a Lucy. Por lo menos en mi caso uno de los dos pudo decidir. En el suyo, no tuvo ninguna opción y perdió al hombre al que amaba.

—El padre de Lucy trabaja en los establos. No es muy rápido ni muy fuerte, pero muestra una dedicación increíble. Y Lucy es doncella. Sé que puede parecerle tonto, pero ser una doncella en palacio es un honor. Somos la primera línea. Somos las que han considerado suficientemente preparadas, listas y atractivas como para poder presentarnos ante cualquiera. Nos tomamos nuestro trabajo muy en serio, y con motivo. Si la fastidias, te meten en la cocina, donde te pasas el día trabajando, mal vestida. O te mandan a cortar leña, o a rastrillar el jardín. Se puede servir de muchas formas diferentes.

Me sentía tonta. Para mí, todas eran Seises. Sin embargo, dentro de aquella categoría había clases, distinciones que no alcanzaba a comprender.

—Hace dos años el palacio sufrió un ataque en plena noche. Les quitaron los uniformes a los guardias y se creó una gran confusión. Fue tal el barullo que nadie sabía a quién atacar o defender, y la gente se coló por todas partes… Fue terrible.

Me estremecí solo de pensarlo. La oscuridad, la confusión, las dimensiones del palacio. En comparación con lo de la mañana, parecía obra de los sureños.

—Uno de los rebeldes atrapó a Lucy. —Anne bajó la vista un minuto y luego añadió en voz baja—: No creo que tengan muchas mujeres en sus grupos, no sé si me entiende.

—¡Oh!

—Eso no lo vi personalmente, pero Lucy me contó que el tipo estaba cubierto de suciedad. Me dijo que no paraba de lamerle la cara.

Anne se estremeció solo de pensarlo. A mí se me encogió el estómago, y temí que pudiera devolver el desayuno. Era asqueroso, y entendía perfectamente que alguien que había pasado tanto miedo se viniera abajo ante un ataque similar.

—El tipo se la llevaba a rastras, y ella gritó con todas sus fuerzas. Con el tumulto reinante era difícil oírla. Pero apareció otro guardia, este de verdad. Apuntó y disparó al hombre justo en la cabeza. El rebelde cayó al suelo, con Lucy aún agarrada. Quedó cubierta de sangre.

Me tapé la boca. No podía imaginarme que alguien tan delicado como aquella chica hubiera tenido que pasar por todo aquello. No era de extrañar que hubiera reaccionado así.

—Le curaron unas cuantas heridas, pero nadie se preocupó de su estado emocional. Ahora se pone nerviosa a la mínima, pero intenta ocultarlo lo mejor que puede. Y no solo lo hace por ella, sino también por su padre. Él está orgullosísimo de que su hija se haya ganado el puesto de doncella, y ella no quiere decepcionarle. Intentamos evitar que se angustie, pero cada vez que vienen los rebeldes se pone en lo peor y cree que alguien va a llevársela, a hacerle daño o a matarla.

»Hace lo que puede, señorita, pero no sé hasta cuándo va a poder aguantarlo.

Asentí y miré hacia Lucy, que estaba postrada en la cama. Había cerrado los ojos y se había dormido, aunque aún era bastante temprano.

Me pasé el resto del día leyendo. Anne y Mary limpiaron la habitación, aunque no estaba sucia. Todas mantuvimos silencio mientras Lucy descansaba.

Me prometí a mí misma que, si podía evitarlo, Lucy no volvería a pasar por aquello.

Capítulo 14

Tal como me había imaginado, las chicas que habían solicitado irse a casa cambiaron de opinión cuando las aguas volvieron a su cauce. Ninguna de nosotras sabía exactamente quiénes habían sido las que lo habían pedido, pero había algunas —Celeste en particular— que estaban decididas a descubrirlo. De momento, seguíamos siendo veintisiete.

Según el rey, el ataque registró tan pocos daños que apenas merecía que se hablara de él. No obstante, como aquella mañana estaban llegando a palacio algunos equipos de televisión, parte del ataque se emitió en directo, y por lo visto aquello no le gustó nada al monarca, lo que hizo que me preguntara cuántos ataques habría recibido el palacio de los que nunca nos habíamos enterado. ¿Sería un lugar menos seguro de lo que yo me pensaba?

Silvia nos explicó que, si el ataque hubiera sido mucho peor, nos habrían dejado llamar a nuestras familias para decirles que estábamos bien. Pero tal como habían ido las cosas nos dijeron que era mejor que les mandásemos una carta.

Escribí para decirles que estaba bien y que, tal vez, el ataque había parecido más grave de lo que realmente era. Y que el rey nos había protegido a todas. Les pedí que no se preocuparan por mí, les conté que les echaba de menos y le di la carta a una doncella.

El día posterior al ataque pasó sin incidentes. Pensaba ir a la Sala de las Mujeres para hablar sobre Maxon con las demás, pero, después de ver a Lucy tan agitada, decidí quedarme en mi habitación.

No sé en qué se ocupaban mis tres doncellas mientras yo estaba fuera, pero el tiempo que pasé en la habitación se dedicaron a jugar a las cartas y a charlar, introduciendo algún cotilleo en la conversación.

Me enteré de que por cada docena de personas que yo veía en palacio había un centenar más: los cocineros y las lavanderas de las que ya tenía constancia, pero también gente cuyo único trabajo era el de mantener limpias las ventanas. La brigada de limpiacristales tardaba toda una semana en limpiarlas todas, y para entonces el polvo ya se había colado por las paredes, pegándose a los cristales de nuevo, por lo que tenían que volver a empezar. También había joyeros que elaboraban piezas para la familia y regalos para los visitantes, y equipos de modistas y de compradoras que mantenían elegantemente vestidos a los miembros de la familia real, y ahora también a nosotras.

Asimismo, me enteré de otras cosas: de los guardias que ellas consideraban más guapos y del horrible diseño del nuevo vestido que la jefa del servicio les hacía llevar en las fiestas; de que había gente en palacio que hacía apuestas sobre la chica que saldría seleccionada, y de que yo estaba entre las diez mejor situadas; de que el bebé de una de las cocineras estaba tan enfermo que lo habían desahuciado, lo que le hizo soltar alguna lágrima a Anne. Resultaba que la cocinera en cuestión era muy amiga suya, y que la pareja había estado esperando aquel hijo mucho tiempo.

Mientras las escuchaba, participando en la conversación solo cuando se me ocurría algo que valiera la pena decir, me alegré de haberme quedado con ellas: no se me ocurría que abajo pudieran estar pasándoselo mejor. El ambiente en la habitación era alegre y distendido.

Me lo había pasado tan bien que el día siguiente también me lo pasé allí. Esta vez abrimos la puerta que daba al pasillo y la balconera, y el aire cálido entraba y nos envolvía. Aquello parecía tener un efecto especialmente positivo sobre Lucy, y me pregunté con qué frecuencia debía de salir al exterior.

Anne comentó lo inapropiado de aquella situación —yo, sentada con ellas, jugando a las cartas y con las puertas abiertas—, pero se rindió casi de inmediato. Ya se iba haciendo a la idea de que no podría convertirme en la dama que todos esperaban que fuera.

Estábamos en plena partida de cartas cuando detecté una presencia por el rabillo del ojo. Era Maxon, de pie, en el umbral de la puerta, que nos miraba con gesto divertido. Cuando nuestros ojos se encontraron, vi clara en su rostro la pregunta: ¿qué narices estaba haciendo? Yo me puse en pie, sonreí y me acerqué a él.

—¡Oh, Dios mío! —murmuró Anne, cuando se dio cuenta de que el príncipe estaba en la puerta. Inmediatamente tiró las cartas dentro del costurero y se puso en pie. Mary y Lucy la siguieron.

—Señoritas —se presentó Maxon.

—Alteza —dijo Anne, con una reverencia—. Es un honor, señor.

—El honor es mío —respondió él, sonriendo.

Las doncellas se miraron unas a otras, halagadas. Todos nos quedamos en silencio un momento, sin saber muy bien qué hacer. De pronto Mary reaccionó:

—Nosotras ya nos íbamos.

—¡Sí, eso! —añadió Lucy—. Íbamos..., esto... —soltó, y miró a Anne en busca de ayuda.

—A acabar el vestido de Lady America para el viernes —apostilló Anne.

—Eso es —asintió Mary—. Solo quedan dos días.

Pasaron a nuestro lado y se dirigieron a la puerta, con unas sonrisas enormes en el rostro.

—No querría entretenerlas —dijo Maxon, siguiéndolas con la mirada, absolutamente fascinado con su reacción.

Una vez que estuvieron en el pasillo, hicieron una serie de reverencias mal sincronizadas y se alejaron a paso ligero. En cuanto doblaron la esquina, las risitas de Lucy resonaron por todo el pasillo, y después se oyó a Anne haciéndola callar.

—Menudo grupito de doncellas tienes —observó Maxon, entrando en la habitación y escrutándola con la mirada.

—Se encargan de que siempre esté a punto —respondí, con una sonrisa.

—Es evidente que te tienen afecto. Eso es difícil de encontrar. —Dejó de observar la habitación y me miró a la cara—. No me imaginaba así tu habitación.

Levanté un brazo y lo dejé caer.

—En realidad no es mi habitación, ¿no? Te pertenece a ti; yo solo la ocupo.

Él hizo una mueca.

—Te habrán dicho que puedes hacer cambios, ¿no? Si quieres otra cama, o que la pinten de otro color...

—Una capa de pintura no la haría mía —dije, encogiéndome de hombros—. Las chicas como yo no viven en casas con suelos de mármol —bromeé.

Maxon sonrió.

—¿Cómo es tu habitación, en casa de tus padres?

—Hum... ¿Para qué has venido exactamente?

—¡Oh! Es que he tenido una idea.

—¿Sobre qué?

—Bueno —empezó, poniéndose a caminar por la habitación—, he pensado que, ya que tú y yo no tenemos la típica relación que sí tengo con las otras chicas, quizá deberíamos compartir... medios de comunicación alternativos. —Se detuvo frente a mi espejo y miró las fotografías de mi familia—. Tu hermana es idéntica a ti —observó, divertido.

Me acerqué.

—Nos lo dicen mucho. ¿Qué es eso de los medios de comunicación alternativos?

Maxon acabó de repasar las fotos y se acercó al piano, al fondo de la habitación.

—Dado que se supone que tienes que ayudarme, ser mi amiga y todo eso —prosiguió, mirándome a los ojos—, quizá no deberíamos confiar en las notas de siempre a través de las doncellas y en las invitaciones formales para vernos. Estaba pensando en algo menos ceremonioso. —Cogió una de las partituras que había encima del piano—. ¿Las has traído tú?

—No, esas estaban aquí. Si quiero tocar algo que me apetezca de verdad, me lo sé de memoria.

—Impresionante —dijo, levantando las cejas, y retrocedió, acercándose a mí, sin completar su explicación.

—¿Podrías dejar de curiosear y acabar de explicarme tu idea, por favor?

Maxon suspiró.

—Bueno. Lo que había pensado es que tú y yo podríamos tener una señal, o algo así, algún modo de decirnos que necesitamos hablar sin que nadie más lo sepa. ¿Qué tal frotarnos la nariz? —Y se pasó un dedo adelante y atrás justo por encima del labio.

—Parecerá que estás resfriado. No queda muy bonito.

Se me quedó mirando, algo sorprendido, y asintió.

—Muy bien. ¿Qué tal si nos pasamos los dedos por entre el cabello?

Sacudí la cabeza casi al instante.

—Yo casi siempre llevo el pelo recogido con horquillas. Es prácticamente imposible que pueda pasarme los dedos por en medio. Además, ¿qué pasará si llevas la corona puesta? Se te caería al suelo.

Levantó el dedo y me señaló con él, considerando mi respuesta.

—Muy bien pensado. Hmmm…

Pasó a mi lado, concentrado, y se detuvo cerca de la mesilla de noche.

—¿Qué tal si te tiras suavemente de la oreja?

—Me gusta —respondí, después de pensármelo un momento—. Es lo bastante sencillo como para que se pase por alto, pero no tan frecuente como para que podamos confundirlo con cualquier otra cosa. Nos quedamos con lo del tirón de la oreja.

Maxon estaba mirando algo fijamente, pero se giró y me sonrió.

—Me alegro de que estés de acuerdo. La próxima vez que quieras verme, tírate con suavidad del lóbulo y yo vendré en cuanto pueda. Probablemente después de la cena —concluyó, encogiéndose de hombros.

Antes de que pudiera preguntarle cómo tenía que acudir yo si él me llamaba, Maxon atravesó la habitación con mi frasco en la mano.

—¿Qué diantres es esto?

Suspiré.

—Me temo que es algo imposible de explicar.

Llegó el primer viernes, y con él nuestro debut en el *Illéa Capital Report*. Era algo a lo que estábamos obligadas, pero al menos esa semana lo único que debíamos hacer era estar sentadas. Con la diferencia horaria saldríamos en antena a las cinco, estaríamos allí sentadas una hora y luego podríamos ir a cenar.

Anne, Mary y Lucy se esmeraron especialmente en vestirme. El vestido era de un azul intenso que se acercaba al morado. Me ajustaba por la cadera y luego se abría en unas suaves ondas satinadas por detrás. No podía creerme que pudiera tocar siquiera algo tan bonito. Mis doncellas me abrocharon botón tras botón por la espalda, me pusieron horquillas con perlas en el cabello, unos minúsculos pendientes con perlas y un collar con un cordoncito tan fino y más perlas tan separadas que parecían flotar sobre mi piel.

Miré al espejo. Seguía siendo yo. Era la versión más bonita de mí misma que había visto nunca, pero reconocía aquella cara. Desde que habían seleccionado mi nombre, mi gran temor era convertirme en una persona irreconocible —cubierta en capas de maquillaje y tan cargada de joyas que tuviera que escarbar durante semanas para encontrarme de nuevo—. Pero de momento seguía siendo America.

Y, como era habitual en mí, me encontré cubierta de una pátina de sudor en el momento en que me dirigía a la sala donde grababan los mensajes de palacio. Nos dijeron que llegáramos diez minutos antes de la hora. En mi caso, diez minutos significaban más bien quince. En el caso de Celeste, más bien significaban tres. Así que el grupo fue llegando a trompicones.

Había un enjambre de personas revoloteando a nuestro alrededor, dando los últimos toques al plató —en el que habían instalado unas gradas con asientos para las seleccionadas—. Los presentadores, que reconocía de haber visto el *Report* durante años, estaban ahí, leyendo sus guiones y ajustándose las corbatas. Algunas de las seleccionadas se examinaban en los espejos y se alisaban sus vistosos vestidos con la mano. La actividad era frenética.

Me giré y pillé a Maxon en un momento íntimo. Su madre, la bella reina Amberly, le estaba colocando unos cabellos rebeldes en su sitio. Él se alisó la chaqueta y le dijo algo. Ella asintió y Maxon sonrió. Habría seguido mirándolos un rato, pero apareció Silvia y, con su habitual dinamismo, me llevó a mi sitio.

—Suba a la fila superior, Lady America —me ordenó—. Puede sentarse donde quiera. Es que la mayoría de las chicas han solicitado la fila de delante. —Me lo dijo con voz apenada, como si me estuviera dando una mala noticia.

—Oh, gracias —respondí, y me fui tan contenta a sentarme en la fila de atrás.

No me hacía gracia la idea de subir aquellos escalones tan pequeños con un vestido tan ajustado y aquellos zapatos de tiras. (¿De verdad eran necesarios? ¡Nadie iba a verme los pies!) Pero lo conseguí. Vi entrar a Marlee, que me sonrió y me saludó, y se vino a sentar a mi lado. Para mí significaba mucho que hubiera escogido un lugar a mi lado en lugar de situarse en la segunda fila. Era una amiga fiel. Sería una gran reina.

Su vestido era de un amarillo intenso. Con su cabello rubio y su piel suavemente bronceada, parecía irradiar luz.

—Marlee, me encanta tu vestido. ¡Estás fantástica!

—Oh, gracias. —Se ruborizó un poco—. Tenía miedo de que fuera algo excesivo.

—¡En absoluto! Créeme, te queda perfecto.

—Quería hablar contigo, pero habías desaparecido. ¿Crees que podríamos hablar mañana? —me preguntó, en un susurro.

—Claro. En la Sala de las Mujeres, ¿verdad? Es sábado —respondí usando el mismo tono.

—De acuerdo —respondió, excitada.

Justo delante de nosotras estaba Amy, que se giró:

—Tengo la sensación de que se me salen las horquillas. ¿Podéis echarles un vistazo, chicas?

Sin decir palabra, Marlee metió sus finos dedos entre los rizos de Amy y tanteó en busca de horquillas sueltas.

—¿Mejor?

Amy suspiró.

—Sí, gracias.

—America, ¿tengo pintalabios en los dientes? —me preguntó Zoe.

Me giré a la izquierda y me la encontré con una sonrisa forzada, mostrándome unos dientes de un blanco perla.

—No, estás bien —respondí, comprobando por el rabillo del ojo que Marlee asentía en señal de confirmación.

—Gracias. ¿Cómo puede estar tan tranquilo? —preguntó Zoe, señalando a Maxon, que estaba hablando con un miembro del equipo. Entonces se inclinó hacia delante, metió la cabeza entre las piernas y se puso a hacer ejercicios de respiración controlada.

Marlee y yo nos miramos, desconcertadas, e intentamos no reírnos. Era difícil si seguíamos mirándola, así que echamos un vistazo a la sala y charlamos sobre lo que llevaban puestas las demás. Varias de las chicas llevaban vestidos de un rojo seductor y de alegres tonos verdes, pero ninguna iba de azul. Olivia se había atrevido a vestirse de naranja. Yo, desde luego, no sabía mucho sobre moda, pero Marlee y yo coincidimos en que alguien tendría que haberla advertido. Aquel color le daba a su piel un tono verdoso.

Dos minutos antes de que encendieran las cámaras nos dimos cuenta de que no era el vestido lo que le daba aquel color verde. Olivia vomitó estentóreamente en la papelera más cercana y cayó al suelo. Silvia acudió al momento y aparecieron varias personas para limpiarle el sudor y ayudarla a sentarse. La situaron en la fila de atrás, con un pequeño recipiente a sus pies, por si acaso.

Bariel estaba sentada justo delante de ella. No oí lo que le dijo desde mi posición, pero daba la impresión de que aquella chica estaba dispuesta a lanzarse sobre la pobre Olivia si volvía a tener vómitos cerca de ella.

Supuse que Maxon había visto u oído parte de la escena, y miré en su dirección para ver si reaccionaba de algún modo. Pero él no estaba mirando hacia el lugar del suceso; me observaba a mí. Rápidamente —tanto que cualquier otra persona habría pensado que se estaba rascando— Maxon levantó la mano y se tiró de la oreja. Yo repetí la acción, y ambos nos giramos.

Estaba nerviosa pensando que aquella noche, tras la cena, se pasaría por mi habitación.

De pronto sonó el himno y vi el escudo nacional en unas pequeñas pantallas repartidas por la sala. Levanté la cabeza y erguí el cuerpo. Lo único en lo que podía pensar era en que mi familia iba a verme aquella noche, y quería que estuvieran orgullosos de mí.

El rey Clarkson estaba en el estrado hablando del «breve e infructuoso» ataque al palacio. Yo no lo habría llamado infructuoso, ya que consiguió asustarnos a casi todos. Fueron dando las noticias una tras otra. Intenté prestar atención a todo lo que se decía, pero me costaba. Estaba acostumbrada a ver todo aquello desde la comodidad de mi sofá, con un cuenco de palomitas y entre los comentarios de mi familia.

Muchas de las noticias tenían que ver con los rebeldes, a los que se culpaba de diversos actos sin dejar margen de duda. Las obras de las carreteras que se estaban construyendo en Sumner iban con retraso a causa de los rebeldes, y el número de policías locales en Atlin había disminuido porque se había enviado un grupo de refuerzo para contener los disturbios provocados por los rebeldes en Saint George. Yo no tenía ni idea de que hubiera sucedido ninguna de aquellas dos cosas. Entre todo lo que había visto y oído durante mi infancia y lo que había aprendido desde mi llegada al palacio, empecé a preguntarme cuánto sabíamos exactamente sobre los rebeldes. Quizás estuviera equivocada, pero no me parecía que se les pudiera culpar de todo lo que ocurría en Illéa.

Y de pronto, como si hubiera salido de la nada, apareció Gavril en el plató, presentado por el coordinador de Eventos.

—Buenas noches a todos. Hoy tengo un anuncio especial que hacer. Se cumple una semana de Selección y ocho señoritas ya se han vuelto a casa, dejando atrás a veintisiete bellas jóvenes entre las que tendrá que escoger el príncipe Maxon. La semana que viene, pase lo que pase, dedicaremos la mayor parte del *Illéa Capital Report* a conocer a estas asombrosas jóvenes.

Sentí el sudor en las sienes. Estar ahí sentada y poner buena cara..., eso podía hacerlo, pero ¿responder preguntas? Sabía que no iba a ganar aquel jueguecito; aquella no era la cuestión. Sin embargo, desde luego, no quería quedar como una tonta delante de todo el país.

—Antes de pasar a las señoritas, hablemos un momento con el hombre de moda. ¿Cómo está, príncipe Maxon? —dijo Gavril, cruzando el plató.

Aquello era una emboscada. Maxon no tenía micrófono ni se había preparado la respuesta.

Justo entonces crucé una mirada con él y le guiñé el ojo. Aquella tontería bastó para que sonriera.

—Estoy muy bien, Gavril, gracias.

—¿Está disfrutando de la compañía hasta el momento?

—¡Sí, claro! Ha sido un placer conocer a estas señoritas.

—¿Son todas ellas tan dulces y amables como parecen? —preguntó Gavril. Y antes de que Maxon respondiera, la respuesta me hizo sonreír. Porque sabía que sería un sí..., más o menos.

—Hummm... —Maxon miró más allá de Gavril, en mi dirección—. Casi.

—¿Casi? —preguntó Gavril, sorprendido. Y se giró hacia nosotras—. ¿Alguna de ellas ha hecho alguna travesura?

Por fortuna, todas las chicas soltaron unas risitas, de modo que yo me uní a ellas. ¡El muy traidor!

—¿Qué es lo que han hecho exactamente estas chicas para portarse mal? —insistió Gavril.

—Bueno, te diré. —Maxon cruzó las piernas y se puso cómodo. Probablemente era la vez que más relajado lo veía, ahí sentado, divirtiéndose a mi costa. Me gustaba esa faceta suya. Me habría gustado verla más a menudo—. Una de ellas tuvo el valor de gritarme bastante la primera vez que nos vimos. ¡Me gané una dura regañina!

Por detrás de Maxon, el rey y la reina intercambiaron una mirada. Daba la impresión de que era la primera vez que oían aquella historia. A mi lado, las chicas se miraban unas a otras, asombradas. No lo entendí hasta que Marlee dijo algo.

—Yo no recuerdo que nadie le gritara en el Gran Salón, ¿no?

Maxon parecía haber olvidado que nuestro primer encuentro debía permanecer en secreto.

—Supongo que está diciendo eso para gastar una broma. Yo le dije algunas cosas muy en serio. Puede que se refiera a mí.

—¿Una regañina, dice? ¿Por qué? —prosiguió Gavril.

—La verdad es que no estoy muy seguro. Creo que fue un arranque de nostalgia, motivo por el que se lo perdoné, por supuesto —dijo Maxon. Se le veía muy suelto, hablando con Gavril como si fuera la única persona de la sala. Se me ocurrió que tendría que decirle más tarde lo bien que lo había hecho.

—¿Así que es una de las chicas que sigue entre nosotros? —Gavril miró en nuestra dirección con una gran sonrisa en el rostro, y luego volvió a mirar a su príncipe.

—Oh, sí, continúa aquí —respondió Maxon, sin apartar la mirada de Gavril—. Y espero que nos acompañe un tiempo.

Capítulo 15

La cena fue decepcionante. Me propuse decirles a mis doncellas que la semana siguiente me dejaran algo de espacio en el vestido para poder comer.

Ya en la habitación, Anne, Mary y Lucy querían ayudarme a desvestirme, pero les expliqué que aún no, que tenían que esperar un poco. Anne fue la primera en imaginarse el motivo —que Maxon iba a venir a verme—, pues yo siempre estaba deseando quitarme aquellas ropas tan apretadas.

—¿Quiere que nos quedemos hasta más tarde? Por nosotras no hay problema —se ofreció Mary, quizás ilusionada ante la perspectiva.

Tras el alboroto provocado con la anterior visita de Maxon, decidí hacer que se fueran lo antes posible. Además, no podía soportar la idea de tenerlas allí, mirándome, hasta que él llegara.

—No, no, estoy bien. Si tengo algún problema con el vestido más tarde, ya llamaré.

Se fueron a regañadientes y me dejaron esperando a Maxon. Yo no sabía cuánto tardaría, y no quería empezar un libro y tener que dejarlo a medias, o sentarme en el piano y que me diera un sobresalto. Acabé por echarme en la cama, esperando. Dejé vagar la mente. Pensé en Marlee y su amabilidad. Me di cuenta de que, salvo por algunos detalles, sabía muy poco de ella. Sin embargo, tenía la certeza de que su modo de actuar conmigo era sincero. Y luego pensé en las chicas que no lo eran en absoluto. Me pregunté si Maxon distinguiría a unas de las otras.

La experiencia que tenía Maxon con las mujeres daba la impresión de ser enorme y muy reducida a la vez. Era todo un caballero, pero cuando llegaba a las distancias cortas se venía abajo. Daba la impresión de que sabía cómo tratar a una dama, pero no si era la chica con la que tenía que salir.

Todo lo contrario que Aspen.

Aspen.

Su nombre, su rostro y su recuerdo me golpearon de repente. Aspen. ¿Qué sería de él en aquel momento? En Carolina estaría a punto de empezar el toque de queda. Aún estaría trabajando, si es que tenía trabajo. O quizás estuviera con Brenna, o con quienquiera con que hubiera decidido salir después de romper conmigo. Una parte de mí se moría por saberlo…, pero otra se entristecía con solo pensar en ello.

Miré mi frasco. Lo cogí y vi cómo se deslizaba el céntimo por la pared de vidrio, tan solo en el mundo.

—Como yo —murmuré—. Como yo.

¿Era una tonta por guardar aquello? Le había devuelto todo lo demás, así que… ¿de qué servía conservar un céntimo? ¿Era eso lo único que me iba a quedar? ¿Un céntimo en un frasco, para que pudiera enseñárselo a mi hija un día y hablarle de mi primer novio, del que nadie supo nada?

No tuve tiempo de regodearme con mis preocupaciones. Solo unos minutos más tardes Maxon llamó a la puerta con decisión y fui corriendo hacia allí.

Abrí la puerta con gran ímpetu. Maxon se me quedó mirando, sorprendido.

—¿Dónde están tus doncellas? —preguntó, mirando al interior de la habitación.

—No están. Les mando que se vayan cuando vuelvo de la cena.

—¿Cada día?

—Sí, claro. Puedo quitarme la ropa sola, gracias.

Maxon levantó las cejas y sonrió. Yo me ruboricé. No pretendía decirlo de aquel modo.

—Coge algo de abrigo. Fuera hace fresco.

Recorrimos el pasillo. Aún estaba algo ausente, perdida en mis pensamientos, y ya sabía que Maxon no era un experto en iniciar conversaciones. Eso sí, le pasé la mano por el brazo inmediatamente. Me gustaba que se hubiera creado cierta familiaridad entre nosotros.

—Si insistes en no tener doncellas cerca, voy a tener que ponerte un guardia en la puerta —dijo.

—¡No! No quiero que me vigilen como a una niña.

Él chasqueó la lengua.

—Estaría fuera de la puerta. Ni siquiera te enterarías de que está ahí.

—Sí que me enteraría. Sentiría su presencia.

Maxon soltó un suspiro en señal de agotamiento, pero sonreía. Yo estaba tan enfrascada en la discusión que no oí los susurros hasta que prácticamente las tuve delante: Celeste, Emmica y Tiny se cruzaron con nosotros en dirección a sus habitaciones.

—Señoritas —saludó Maxon, con una leve inclinación de la cabeza.

Quizás había sido una ingenua pensando que nadie nos vería. Sentí un calor que se me subía a la cabeza, pero no sabía muy bien por qué. Todas las chicas hicieron una reverencia y siguieron adelante. Miré por encima del hombre mientras nos dirigíamos a las escaleras. Emmica y Tiny parecían curiosas. Al cabo de unos minutos ya se lo habrían contado a las demás. Al día siguiente seguro que se me echaban todas encima. Celeste me atravesó con la mirada. No cabía duda de que se lo iba a tomar como una afrenta personal.

Me giré y dije lo primero que se me pasó por la cabeza.

—Ya te dije que las chicas que se pusieron tan nerviosas durante el ataque acabarían quedándose.

No sabía exactamente quiénes habían pedido marcharse, pero, según los rumores, Tiny era una de ellas. Se había desmayado. Alguien había señalado a Bariel, pero sabía que eso era mentira. Antes habría que arrancarle la corona de las manos.

—No te puedes imaginar qué alivio —repuso él. Parecía sincero.

Tardé un momento en saber qué responder, como si aquello no fuera exactamente lo que me esperaba, y además estaba muy concentrada en no caerme. No sabía muy bien cómo bajar escaleras cogida del brazo de alguien. Los tacones no ayudaban nada. Por lo menos, si me resbalaba, alguien me agarraría.

—Yo diría que habría resultado útil —dije, cuando llegamos al primer piso y recuperé la estabilidad—. Quiero decir que tiene que ser complicado escoger a una chica de entre tantas. Si las circunstancias eliminaran a algunas de la criba, ¿no haría eso más fácil la elección?

Maxon se encogió de hombros.

—Supongo que sí. Pero yo no lo vi así, te lo aseguro. —De algún modo, parecía dolido—. Buenas noches, caballeros —saludó a los guardas, que abrieron las puertas del jardín sin vacilar.

Quizá tuviera que replantearme la oferta de Maxon de decirles que me gustaba salir. La idea de poder escapar con aquella facilidad resultaba de lo más atractiva.

—No lo entiendo —dijo, mientras me conducía a un banco (a nuestro banco) y me hacía sentar de cara a las luces del palacio.

Él se sentó con el cuerpo orientado en dirección contraria, de modo que estábamos prácticamente encarados. Así era fácil hablar.

No parecía muy seguro de compartir sus pensamientos, pero tomó aire y habló:

—A lo mejor he pecado de orgulloso, pero se me ha ocurrido pensar que quizá valga la pena correr algún riesgo para estar conmigo. No es que se lo desee a nadie, claro —precisó—. No quiero decir eso. Pero... no sé. ¿No veis todas el riesgo que corro yo?

—Hmmm, no. Tú tienes aquí a tu familia para pedirle consejo, y todas nosotras vivimos siguiendo tus horarios. En tu vida no ha cambiado nada, y la nuestra cambia constantemente de la noche a la mañana. ¿Qué riesgo podrías estar corriendo?

Maxon parecía estupefacto.

—America, yo tendré a mi familia, pero imagínate lo embarazoso que puede ser tener a tus padres observándote mientras tú intentas empezar a salir con una chica. Y no solo a tus padres: ¡todo el país! Peor aún, ni siquiera se trata de salir con alguien de un modo normal.

»¿Y lo de vivir siguiendo mis horarios? Cuando no estoy con vosotras, estoy organizando a las tropas, legislando, ajustando presupuestos..., y últimamente eso lo hago solo, mientras mi padre observa cómo voy dando palos de ciego, como un tonto, porque no tengo su experiencia. Y cuando hago algo diferente de cómo lo haría él, algo que parece inevitable, él me corrige. Y todo eso con la mente puesta en vosotras, que sois lo único en lo que puedo pensar: ¡me tenéis emocionado pero a la vez aterrado!

Movía las manos al hablar, más que nunca, agitándolas y pasándoselas por el pelo.

—¿Y tú crees que mi vida no está cambiando? ¿Qué oportunidades crees que tengo de encontrar a mi alma gemela entre vuestro grupo? Tendré suerte si encuentro a alguien capaz de soportarme toda la vida. ¿Y si es una de las que ya he enviado a casa pensando que debía de haber una química que no sentía? ¿Y si resulta que la elegida me deja a la primera adversidad? ¿Y si no aparece la persona ideal? ¿Qué hago entonces, America?

Había empezado a hablar con rabia y con pasión, pero al final sus preguntas habían perdido toda su retórica. En realidad lo que quería saber era una sola cosa: ¿qué iba a hacer si entre las chicas no había ninguna que pudiera llegar a despertar en él, aunque solo fuera, el amor más pequeño? Aunque parecía que su principal preocupación no era esa; lo que más le preocupaba era que ninguna pudiera llegar a quererle.

—En realidad, Maxon, creo que sí encontrarás aquí a tu alma gemela. De verdad.

—¿De verdad? —En contra de lo que pensaba, reaccionó con cierta esperanza.

—Seguro. —Le puse una mano en el hombro. Daba la impresión de que aquel simple contacto le reconfortaba. Me pregunté cuántas veces habría sentido ese simple contacto humano—. Si tu vida es tan caótica como dices, tendrá que estar en algún sitio. Por lo que yo sé, el amor verdadero suele aparecer siempre donde menos te lo esperas —dije, esbozando una sonrisa.

Aquellas palabras parecieron tener un efecto positivo en él, y a mí también me consolaban. Porque creía en lo que decía. Y si no podía encontrar el amor, lo mejor que podía hacer era ayudar a Maxon a encontrar el suyo.

—Espero que te vaya bien con Marlee. Es encantadora.

Maxon hizo una mueca rara.

—Sí, lo parece.

—¿Cómo? ¿Tiene algo de malo ser encantadora?

—No, no. Está bien —dijo, sin ir más allá—. ¿Qué es lo que andas buscando? —me preguntó de pronto.

—¿Cómo?

—Da la impresión de que no puedes mantener la mirada fija en un punto. Me escuchas, pero parece como si estuvieras buscando algo.

Me di cuenta de que tenía razón. Todo el tiempo que había durado su exposición, había estado escrutando el jardín y las ventanas, e incluso las torretas de la muralla. Me estaba volviendo paranoica.

—La gente..., las cámaras... —me excusé, negando con la cabeza y fijando la vista en la oscuridad.

—Estamos solos. Solo está el guardia junto a la puerta —me aseguró, señalando a la solitaria figura a la luz del farol, junto al palacio.

Tenía razón: no nos habían seguido; en todas las ventanas había luz, pero no parecía haber nadie. Me tranquilizó que me lo confirmara.

Sentí que mi cuerpo adoptaba una postura algo más relajada.

—No te gusta que te mire la gente, ¿eh? —preguntó.

—En realidad no. Prefiero pasar desapercibida. Es a lo que estoy acostumbrada, ¿sabes? —dije, siguiendo con la vista los surcos tallados en el bloque de piedra que tenía bajo los pies para evitar su mirada.

—Tendrás que acostumbrarte. Cuando salgas de aquí, la gente te mirará el resto de tu vida. Mi madre aún tiene contacto con algunas de las mujeres con las que estuvo durante la Selección. A todas se las considera mujeres importantes. Aún hoy.

—¡Genial! —refunfuñé—. Una cosa más que me animará cuando vuelva a casa.

Maxon se disculpó con la mirada, pero yo tuve que apartar la vista. Me acababa de recordar lo mucho que me iba a costar aquella estúpida competición, que nunca recuperaría lo que era para mí una vida normal. No me parecía justo…

Sin embargo, me lo pensé mejor. No debía culpar a Maxon. En aquella situación, él era tan víctima como el resto de nosotras, aunque de un modo muy diferente. Suspiré y volví a mirarle. Por su expresión, supe que había tomado una decisión.

—America, ¿puedo preguntarte algo personal?

—Quizá —respondí, a la defensiva.

Él me miró, sonriente.

—Es que…, bueno, está claro que esto no te gusta. Odias las normas y la competición, y el tener siempre a alguien encima, y la ropa, y la…, bueno, no, la comida te gusta. —Sonrió. Yo también—. Echas de menos tu casa y a tu familia…, y sospecho que a alguien más. Mucho. Tus sentimientos están a flor de piel.

—Sí, lo sé —concedí, levantando la vista al cielo.

—Pero prefieres sufrir la nostalgia y pasarlo mal «aquí» en lugar de volver a casa. ¿Por qué?

Sentí que se me hacía un nudo en la garganta, pero tragué saliva.

—No lo paso mal…, y tú sabes por qué.

—Bueno, a veces parece que estás bien. Cuando hablas con alguna de las chicas te veo sonreír, y pareces estar muy a gusto durante las comidas, eso sí. Pero hay otras ocasiones en las que se te ve muy triste. ¿No quieres contarme por qué? ¿Toda la historia?

—No es más que otra historia de amor fracasada. Nada espectacular ni interesante, de verdad —respondí, pero lo que pensé fue otra cosa: «Por favor, no me presiones. No quiero llorar».

—Sea como sea, me gustaría conocer alguna otra historia de amor de verdad, aparte de la de mis padres, una que se haya desarrollado fuera de estos muros y de estas normas… Por favor.

Lo cierto era que había cargado con el secreto durante tanto tiempo que no podía imaginarme contarlo en voz alta. Y me dolía muchísimo pensar en Aspen. ¿Podría siquiera pronunciar su nombre? Respiré hondo. Maxon era mi amigo. Hacía todo lo posible para que me sintiera bien. Y había sido tan sincero conmigo…

—Ahí fuera —dije, señalando al otro lado de las murallas— las castas se cuidan unas a otras. A veces. Por ejemplo, mi padre tiene tres familias que le compran al menos un cuadro cada año, y yo tengo familias que siempre me llaman para que cante en sus fiestas de Navidad. Son como nuestros patrones, ¿entiendes?

»Bueno, pues nosotros somos como patrones de su familia. Ellos son Seises. Cuando podemos permitirnos contratar a alguien para que limpie, o si necesitamos ayuda con el inventario, siempre llamamos a su madre. A él lo conocí cuando éramos niños, aunque él es mayor que yo, de la edad de mi hermano. Eran un poco brutos jugando, así que no solía ir con ellos.

»Mi hermano mayor, Kota, es un artista, como mi padre. Hace unos años vendió una escultura de metal en la que llevaba trabajando años por una cantidad enorme de dinero. Puede que hayas oído hablar de él.

—Kota Singer —dijo Maxon.

Pasaron algunos segundos, y de pronto vi que establecía la conexión cerebral.

Me aparté el cabello de los hombros y crucé los brazos.

—Estábamos todos muy contentos por Kota; había trabajado enormemente en esa pieza. Y en aquella época necesitábamos mucho el dinero, así que toda la familia estaba encantada. Pero Kota se quedó casi todo el dinero. Aquella escultura lo catapultó a la fama; la gente empezó a pedirle obras constantemente. Ahora tiene una lista de espera interminable y cobra precios astronómicos, porque puede. Creo que se ha vuelto adicto a la fama. Los Cincos raramente destacamos tanto.

Nuestras miradas se cruzaron por un momento, y yo sabía que, a sus ojos, ya no podría pasar desapercibida nunca más.

—En cualquier caso, en cuanto empezó a recibir pedidos, Kota decidió alejarse de la familia. Mi hermana mayor se acababa de casar, así que perdimos los ingresos que nos reportaba. Y justo cuando Kota empieza a ganar dinero de verdad, va y nos deja. —Apoyé las manos en el pecho de Maxon para subrayar la importancia de aquello—. Eso no se hace. Uno no deja a su familia así como así. Mantenerse unidos… es el único modo de sobrevivir.

En su mirada vi que me entendía.

—¿Se lo quedó todo él? ¿Quiso usar el dinero para ascender de casta?

Asentí.

—Se ha propuesto llegar a ser un Dos. Si le bastara con ser un Tres o un Cuatro, podía haber comprado el título y ayudarnos, pero está obsesionado. En realidad es estúpido. Vive muy cómodamente, pero lo que quiere es esa estúpida etiqueta. No parará hasta que la consiga.

Maxon sacudió la cabeza.

—Podría tardar toda la vida.

—Mientras consiga que en su lápida pongan que era un Dos, supongo que no le importa.

—Imagino que ya no tenéis tanto contacto...

—Ahora no —suspiré—. Al principio pensaba que se me había pasado algo por alto. Tal vez lo que estaba haciendo Kota era independizarse, no separarse de nosotros. Al principio, estaba de su lado. Así que, cuando consiguió su apartamento y su estudio, fui a ayudarle. Y él llamó a la misma familia de Seises a la que siempre recurríamos; el hijo mayor estaba disponible y encantado de trabajar con Kota unos días, ayudándole a instalarse.

Hice una pausa, recordando aquello.

—Así que ahí estaba yo, sacando cosas de las cajas..., y ahí estaba él. Nuestras miradas se cruzaron, y ya no me pareció tan mayor ni tan bruto. Hacía mucho que no nos habíamos visto. Ya no éramos críos.

»Todo aquel día íbamos tocándonos «accidentalmente» al mover las cosas de un lado al otro. Él me miraba y me sonreía, y yo me sentía viva por primera vez. Yo estaba..., estaba loca por él.

Por fin se me quebró la voz, y empezaron a salir las lágrimas que tanto tiempo había retenido.

—Vivíamos bastante cerca el uno del otro, así que a veces me iba de paseo solo para ver si me lo encontraba. Cuando su madre venía a ayudarnos, a veces él la acompañaba. Y nos limitábamos a mirarnos: era todo lo que podíamos hacer. —Se me escapó un sollozo imperceptible—. Él es un Seis, y yo una Cinco, y hay leyes... ¡Y mi madre! Ella se habría puesto furiosa. No podía saberlo nadie.

Las manos se me movían como espasmódicamente, con la tensión de haber mantenido aquel secreto durante tanto tiempo.

—Muy pronto empezaron a aparecer notas anónimas en mi ventana, que me decían lo guapa que era, o que cantaba como un ángel. Y yo sabía que eran suyas. La noche de mi decimoquinto cumpleaños mi madre dio una fiesta; su familia estaba invitada. Él vino a mi encuentro en un rincón y me dio una felicitación; me dijo que la leyera cuando estuviera sola. Cuando por fin pude hacerlo, vi que no llevaba su nombre, ni siquiera un «Feliz cumpleaños». Solo decía: «Casa del árbol. Medianoche».

Maxon abrió bien los ojos.

—¿Medianoche? Pero...

—Deberías saber que yo violo el toque de queda de Illéa con bastante frecuencia.

—Podías haber acabado en la cárcel, America —exclamó, agitando la cabeza.

Me encogí de hombros.

—En aquel momento, aquello no me pareció importante. La primera vez me sentí como si volara. Conocía su caligrafía por todas las otras notas, y me alegraba de haber sido lo suficientemente lista como para mantenerlo todo en secreto. Y él, por su parte, había estado buscando un modo para que nos pudiéramos ver. No podía creerme que quisiera estar a solas conmigo.

»Aquella noche esperé en mi habitación, mirando hacia la casa del árbol del patio. Hacia la medianoche, vi que alguien trepaba y se metía dentro. Recuerdo que fui a cepillarme los dientes de nuevo, por si acaso. Me escabullí por la puerta de atrás y fui hasta el árbol. Y ahí estaba él. No... podía creérmelo.

»No recuerdo cómo empezó, pero muy pronto los dos nos habíamos confesado nuestros sentimientos, y no lográbamos dejar de reír de lo contentos que estábamos de que nuestro sentimiento fuera correspondido. Ni siquiera podía pensar en lo que suponía violar el toque de queda o mentir a mis padres. Me daba igual ser una Cinco y que él fuera un Seis. No me preocupaba el futuro. Porque lo único que me importaba era que me quisiera...

»Y me quería, Maxon, me quería...

Más lágrimas. Me eché una mano al pecho, sintiendo la ausencia de Aspen como nunca antes. Hablar de ella la volvía más real. Ahora ya no podía hacer otra cosa más que acabar el relato.

—Nos vimos en secreto durante dos años. Éramos felices, pero a él siempre le preocupaba que tuviéramos que vernos a escondidas, así como no poder darme lo que consideraba que me merecía. Cuando nos enteramos de lo de la Selección, insistió en que me apuntara.

Maxon se quedó boquiabierto.

—Lo sé. Fue un tontería. Pero él se habría sentido culpable toda la vida si no lo intentaba. Y yo pensaba, la verdad, que no me escogerían. ¿Cómo iban a elegirme?

Levanté las manos al aire y las dejé caer. Aún estaba anonadada por todo lo sucedido.

—Por su madre me enteré de que había estado ahorrando para casarse con una chica misteriosa. Me emocioné. Le preparé una cena sorpresa, pensando que así conseguiría que se me declarara. Estaba esperándolo.

»Pero cuando vio todo el dinero que me había gastado en la cena, se disgustó. Es muy orgulloso. Quería ser él quien me diera todos los caprichos, no al revés, y supongo que entonces vio que nunca podría hacerlo. Así que decidió romper conmigo... Una semana más tarde, hicieron público mi nombre como una de las seleccionadas.

Oí que Maxon murmuraba algo ininteligible.

—La última vez que lo vi fue en mi despedida —recordé, con la voz entrecortada—. Iba con otra chica.

—¡¿Cómo?! —exclamó Maxon.

Hundí la cara entre las manos.

—Lo que me saca de mis casillas es que sé que hay otras chicas que le van detrás, siempre las ha habido, y que ahora no tiene ningún motivo para decirles que no. Puede que incluso siga aún con aquella del día de mi despedida. No lo sé. Y no puedo hacer nada al respecto. Pero la idea de volver a casa y encontrarme cara a cara con eso… No puedo, Maxon, no puedo…

Lloré y lloré, y él no me apremió para que dejara de hacerlo. Cuando por fin las lágrimas empezaron a desaparecer, proseguí:

—Maxon, espero que encuentres alguien que te haga sentir que no puedes vivir sin ella. De verdad. Y espero que nunca experimentes lo que puede ser vivir sin esa persona, todo el esfuerzo que conlleva.

El rostro de Maxon era como un reflejo de mi propio dolor. Parecía completamente desolado. Es más, furioso.

—Lo siento, America. Yo no… —Ladeó un poco la cabeza—. ¿Es buena ocasión para darte unas palmaditas en el hombro?

Su inseguridad me hizo sonreír.

—Sí. Es una ocasión perfecta.

Parecía igual de vacilante que el otro día, pero esta vez, en lugar de limitarse a darme unas palmaditas en el hombro, se acercó y, sin saber muy bien cómo, me abrazó.

—En realidad la única persona a la que he abrazado en mi vida es a mi madre. ¿Lo hago bien? —preguntó.

Me reí.

—Es difícil dar un abrazo y hacerlo mal. —Pasado un rato, añadí—: Sé lo que quieres decir. En realidad, yo tampoco suelo abrazar a nadie, salvo a mi familia.

Me sentí agotada tras aquel día tan largo, con aquel vestido, el *Report*, la cena y la charla. Era agradable sentir el abrazo de Maxon, e incluso sus palmaditas. No estaba tan perdido como parecía. Esperó pacientemente a que me calmara y entonces se separó y me miró a los ojos.

—America, te prometo que te mantendré aquí todo lo que pueda. Sé que quieren que reduzca las opciones a tres chicas y que luego elija. Pero te juro que reduciré la elección a dos y que te mantendré hasta entonces. No te obligaré a marcharte hasta que no me resulte inevitable. O hasta que tú estés lista. Lo que llegue antes.

Asentí.

—Sé que nos acabamos de conocer, pero creo que eres maravillosa. Y me duele verte herida. Si ese tipo estuviera aquí, yo…, yo… —Maxon se agitó, frustrado, y luego suspiró—. Lo siento muchísimo, America.

Volvió a abrazarme, y apoyé la cabeza en su hombro. Sabía que Maxon cumpliría su promesa. Así que me dispuse a acomodarme en el último sitio en el que jamás habría pensado que hubiera podido encontrarme cómoda de verdad.

Capítulo 16

Cuando me desperté, a la mañana siguiente, me pesaban los párpados. En el momento en que me los frotaba para desentumecerlos, me alegré de haberle contado todo aquello a Maxon. Se me hacía raro que el palacio —aquella jaula de oro— fuera precisamente el lugar donde pudiera abrirme y comunicar todo lo que sentía.

La promesa de Maxon se había ido afianzando en mi interior, y ahora me sentía segura. Todo aquel proceso de eliminación que tenía que hacer, partiendo de treinta y cinco hasta dejar solo una, le llevaría semanas, o quizá meses. Y tiempo era justo lo que yo necesitaba. No estaba segura de superar nunca lo de Aspen. Había oído decir a mi madre que el primer amor es el que llevas contigo toda la vida. Aunque tal vez, con el paso de los días, antes o después conseguiría que no me afectara. Mis doncellas no me preguntaron por mis ojos hinchados; se limitaron a disimular la hinchazón. No dijeron nada sobre mi cabello enmarañado; simplemente lo desenredaron y lo suavizaron. Y eso me gustó. No era como en casa, donde todo el mundo se daba cuenta de cuándo estaba triste, aunque no hacían nada al respecto. Aquí tenía la sensación de que todos se preocupaban por mí y de lo que me pasaba. Y respondían tratándome con sumo cuidado.

A media mañana ya estaba lista para empezar el día. Era sábado, así que no había rutinas ni horarios, pero era el día de la semana en el que todas teníamos que estar en la Sala de las Mujeres. El palacio recibía invitados los sábados, y se nos había advertido de que alguien podía querer conocernos. A mí aquello no me hacía demasiada gracia, pero por lo menos me dejaron ponerme mis vaqueros nuevos por primera vez. Por supuesto, nunca unos pantalones me habían quedado tan bien. Esperaba que, con la buena relación que tenía con Maxon, me permitiera quedármelos cuando me fuera.

Bajé despacio, algo cansada tras la noche anterior. Antes de llegar siquiera a la Sala de las Mujeres oí el murmullo de sus conversaciones y, cuando entré, Marlee me agarró y se me llevó hacia un par de sillas en la parte trasera de la sala.

—¡Por fin! ¡Te estaba esperando! —exclamó.

—Lo siento, Marlee. Me acosté tarde y tenía sueño.

Ella se me quedó mirando, probablemente consciente del rastro de tristeza que quedaba en mi voz, pero decidida a dirigir la conversación hacia mis vaqueros.

—¡Son fantásticos!

—¿Verdad? Nunca me he puesto nada tan cómodo —dije, algo más animada. Había decidido volver a mi máxima de antes: Aspen tenía prohibida la entrada en aquel lugar. Lo aparté de mi mente y me centré en mi segunda persona favorita del palacio—. Siento haberte hecho esperar. ¿De qué querías hablar?

Marlee dudó. Se mordió el labio y se sentó. No había nadie alrededor. Debía de ser un secreto.

—En realidad, ahora que lo pienso, quizá no debería decírtelo. A veces se me olvida que aquí estamos compitiendo las unas contra las otras.

Oh. Tenía secretos relacionados con Maxon. Eso me interesaba.

—Sé cómo te sientes, Marlee. Creo que podríamos ser muy buenas amigas. No puedo verte como una rival, ¿sabes?

—Sí. Eres un encanto. Y a la gente le gustas. Quiero decir, que es muy posible que ganes... —dijo, algo desanimada.

Tuve que hacer un esfuerzo para no hacer una mueca o reírme al oír aquello.

—Marlee, ¿te puedo contar un secreto? —le pregunté, con voz suave y sincera. Esperaba que me creyera.

—Claro que sí, America. Lo que sea.

—No sé quién ganará esto. En realidad, podría ser cualquiera de las que estamos en esta sala. Supongo que cada una piensa que puede ser ella misma, pero sé que, si no puedo ser yo, quiero que seas tú. Pareces generosa y justa. Creo que serías una gran princesa. De verdad. —De hecho, prácticamente todo aquello era verdad.

—Y yo creo que tú eres inteligente y un encanto —susurró ella—. También serías una princesa estupenda.

Incliné la cabeza. Le agradecía que tuviera tan alto concepto de mí. Pero me sentía algo incómoda cuando la gente me decía cosas así..., mamá, May, Mary... Era difícil de creer que tanta gente pensara que yo pudiera ser una buena princesa. ¿Acaso era la única que veía mis defectos? No era una persona refinada. No sabía dar órdenes ni era muy organizada. Era egoísta y tenía un carácter terrible, y no me gustaba aparecer en público. Y no era valiente. Había que ser valiente para ocupar aquel cargo. Y de eso se trataba. No de un matrimonio, sino de un cargo.

—Pienso cosas así de muchas de las chicas —confesó—. Como si todas tuvieran alguna cualidad de la que yo careciera y que las hiciera mejores.

—De eso se trata, Marlee. Es probable que encontraras algo especial en cada una de las chicas de esta sala. Pero ¿quién sabe qué es lo que busca exactamente Maxon?

Ella meneó la cabeza.

—Pues no nos preocupemos de eso. Puedes contarme todo lo que quieras. Yo te guardaré los secretos si tú guardas los míos. Yo te apoyaré y, si tú quieres, tú me puedes apoyar a mí. Estará bien tener una amiga aquí dentro.

Ella sonrió; luego recorrió la sala con la mirada, asegurándose de que nadie nos oyera.

—Maxon y yo hemos tenido una cita —susurró.

—¿De verdad? —pregunté. Sabía que mi reacción sonaba demasiado ilusionada, pero no pude evitarlo. Quería saber si había conseguido mostrarse algo menos tieso con ella, y si Marlee le había gustado.

—Envió una carta a una de mis doncellas preguntando si podía verme el jueves. —Sonreí mientras Marlee me iba contando aquello y pensé en que el día anterior había hecho lo mismo conmigo. Maxon y yo habíamos decidido eliminar aquellas formalidades—. Yo le envié otra nota diciendo que sí, por supuesto. ¡Como si pudiera decirle que no! Él vino a buscarme y fuimos a dar un paseo por el palacio. Empezamos a hablar de cine, y resulta que hay muchas películas que nos gustan a los dos. Así que nos fuimos al sótano. ¿Has visto el cine que tienen allí?

—No. —De hecho, nunca había estado en ningún cine, y estaba impaciente por que me lo describiera.

—¡Oh, pues es perfecto! Las butacas son anchas y se reclinan, e incluso puedes hacerte tus propias palomitas: tienen una máquina. ¡Maxon preparó unas cuantas para nosotros! Fue monísimo, America. Midió mal el aceite y las primeras salieron quemadas. Llamó a alguien para que lo limpiara y tuvo que volver a hacerlas de nuevo.

Puse los ojos en blanco. Genial, Maxon, genial. Por lo menos a Marlee aquello le parecía encantador.

—Así que vimos la película, y, cuando llegamos a la parte romántica, hacia el final, ¡me cogió la mano! Yo pensaba que me desmayaba. Bueno, le había cogido del brazo durante el paseo, pero se supone que eso tienes que hacerlo. Pero eso de cogerme la mano... —Suspiró y se dejó caer contra el respaldo de la silla.

Solté una risita. Marlee parecía entusiasmada. ¡Sí, sí, sí!

—No veo el momento de que vuelva a visitarme. ¡Es tan atractivo! ¿No te parece?

Me lo pensé un momento.

—Sí, es mono.

—¡Venga ya, America! ¿No te has fijado en esos ojos, y en esa voz...?

—¡Salvo cuando se ríe! —Solo de recordar la carcajada de Maxon, me daba a mí la risa. Era graciosa, pero rara. Iba soltando aire entre risas, y luego hacía un ruido entrecortado al aspirar que era como otra carcajada en sí misma.

—Sí, vale. Tiene una risa un poco rara, pero es mono.

—Sí, claro, si te gusta oír el ruido de un ataque de asma al oído cada vez que le cuentas un chiste.

Marlee se partía de la risa.

—De acuerdo, vale —concedió, recuperando el aliento—. Pero seguro que tendrá algo que te guste.

Abrí la boca y la cerré dos o tres veces. Me sentí tentada de lanzar otro ataque contra Maxon, pero no quería que Marlee le encontrara nuevos defectos. Así que me lo pensé.

¿Qué tenía Maxon de atractivo?

—Bueno, cuando baja la guardia está bien. Quiero decir, cuando habla sin rebuscar las palabras o cuando lo pillas con la mirada perdida en algo, como si..., como si estuviera buscando la belleza en ello.

Marlee sonrió, y supe que ella también había notado aquello.

—Y me gusta porque parece que se implica de verdad cuando te escucha, ¿sabes? Aunque tenga que dirigir un país y gestionar mil cosas... Es como si se olvidara de todo eso cuando está contigo. Se dedica de lleno a lo que tiene entre manos. Eso me gusta.

»Y... bueno, no se lo digas a nadie, pero sus brazos..., me gustan sus brazos.

Al final me ruboricé. Idiota... ¿Por qué no me había limitado a hablar de los detalles positivos sobre su personalidad? Por suerte, Marlee no tuvo ningún problema en hacer suyo el comentario.

—¡Es verdad! Se le notan los brazos bajo esos trajes tan gruesos, ¿verdad? Debe de ser increíblemente fuerte —suspiró Marlee.

—Me pregunto por qué. Quiero decir..., ¿por qué tendría que ser tan fuerte? Trabaja sentado tras una mesa. Es raro.

—A lo mejor le gusta hacer posturitas delante del espejo —propuso Marlee, haciendo una mueca y flexionando sus bracitos.

—¡Ja, ja! Seguro que es eso. ¿A que no se lo preguntas?

—¡Ni hablar!

Parecía ser que Marlee se lo había pasado estupendamente. Me pregunté por qué no me lo había mencionado Maxon la noche anterior. Por su reacción, daba la impresión de que no la había visto siquiera. ¿Sería por timidez?

Miré por la sala y vi que más de la mitad de las chicas parecían tensas o de mal humor. Janelle, Emmica y Zoe escuchaban atentamente algo que les estaba contando Kriss. Esta sonreía y parecía animada, pero Janelle estaba nerviosa y preocupada, y Zoe se mordía las uñas. Emmica estaba hurgándose un granito justo por debajo de la oreja, con la cabeza en otra parte y con una expresión de cierto dolor en el rostro. A su lado, Celeste y Anna, muy diferentes entre sí, mantenían una charla intensa. Como era típico en ella, Celeste hablaba con petulancia. Marlee se dio cuenta de qué estaba mirando y me aclaró lo que sucedía.

—Las que están malhumoradas son las que no han salido aún con él. Me dijo que yo era su segunda cita del jueves. Parece que está intentando salir con todas.

—¿De verdad? ¿Tú crees?

—Sí. Bueno, míranos a nosotras. Estamos bien, y es porque ha quedado con ambas a solas. Sabemos que le hemos gustado lo suficiente como para quedar con nosotras y no darnos la patada después. Se va sabiendo con quién ha salido y con quién no. Algunas están preocupadas al ver que se toma tanto tiempo, y piensan que quizá sea por desinterés, y que, cuando por fin quede con ellas, las echará.

¿Por qué no me había contado a mí todo eso? ¿No éramos amigos? Un amigo hablaría de esas cosas. Había quedado al menos con una docena de chicas, y las había elegido basándose en su sonrisa. Habíamos pasado mucho tiempo juntos la noche anterior, y se había limitado a verme llorar. ¿Qué amigo es el que se guarda esos secretos y hace que tú se lo cuentes todo?

Tuesday, que había estado escuchando a Camille con gesto tenso, se levantó de su asiento y paseó la mirada por la sala. Dio con Marlee y conmigo, en la esquina, y se acercó a paso ligero.

—¿Qué habéis hecho vosotras en vuestras citas? —preguntó, sin más.

—¡Hola, Tuesday! —la saludó Marlee alegremente.

—¡Venga, va! —nos apremió, y se giró hacia mí—. Di, America, cuenta.

—Ya te lo conté.

—No. ¡La de anoche! —Una doncella se acercó y nos ofreció té, que yo habría aceptado, pero Tuesday se la quitó de encima.

—¿Cómo...?

—Tiny os vio juntos y nos lo ha contado —dijo Marlee, intentando justificar los nervios de Tuesday—. Eres la única que ha estado con él a solas dos veces. Muchas de las chicas que aún no han quedado con él se han quejado. Creen que es injusto. Pero no es culpa tuya que le gustes.

—Pero es completamente injusto —protestó Tuesday—. Yo aún no le he visto fuera de las comidas, ni siquiera de paso. ¿Qué es lo que hiciste mientras estabas con él?

—Nosotros..., eh..., volvimos al jardín. Sabe que me gusta estar al aire libre. Y solo hablamos —dije, nerviosa, como si tuviera que defenderme.

Tuesday me miraba con tanto interés que aparté la mirada. Y al hacerlo vi que unas cuantas chicas nos escuchaban desde las mesas cercanas.

—¿Solo hablasteis? —preguntó, escéptica.

Me encogí de hombros.

—Pues sí.

Tuesday soltó un resoplido y se fue hasta la mesa de Kriss para pedirle, con bastante vehemencia, que esta volviera a contarle su historia. Yo, por mi parte, estaba estupefacta.

—¿Estás bien, America? —preguntó Marlee, haciendo que volviera a la realidad.

—Sí. ¿Por qué?

—Pareces contrariada —dijo ella, frunciendo el ceño, con preocupación.

—No. No estoy contrariada. Todo va bien.

De pronto, con un movimiento tan rápido que me lo habría perdido de no haber estado tan cerca, Anna Farmer —una Cuatro que se ganaba la vida trabajando la tierra— se puso en pie y le soltó una bofetada a Celeste.

Varias de las chicas exclamaron de la impresión, yo entre ellas. Las que se lo habían perdido se giraron y preguntaron qué había pasado, en particular Tiny, cuya voz aguda atravesó el silencio reinante.

—Oh, Anna, no —exclamó Emmica, con un suspiro.

Al momento Anna entendió las consecuencias de lo que había hecho. La enviarían a casa; no podíamos agredir físicamente a ninguna otra de las seleccionadas. A Emmica se le escaparon las lágrimas, mientras Anna se sentaba de nuevo, absorta. Ambas eran chicas de campo y habían conectado desde el principio. Pensé en cómo me sentiría si Marlee tuviera que irse de pronto.

No había tenido un trato personal con Anna, pero siempre me había sorprendido su carácter efervescente. Sabía que no era una persona que pudiera querer hacer daño a nadie. Se había pasado gran parte del ataque de los rebeldes de rodillas, rezando.

Sin duda había caído en una provocación, pero no había nadie lo suficientemente cerca como para oír la conversación y testificar en su favor. Sería su palabra contra la de Celeste. Además, por otra parte, todas las presentes podían constatar que la había golpeado. Quizás hasta apremiaran a Maxon para que enviara a Anna a casa, como ejemplo para las demás.

Anna, con lágrimas en los ojos, tuvo que oír a Celeste, que le susurró algo al oído y se apresuró a salir de la sala.

A la hora de la cena, Anna ya no estaba.

Capítulo 17

—¿Quién fue el presidente de Estados Unidos durante la Tercera Guerra Mundial? —preguntó Silvia.

Esa no me la sabía, y aparté la mirada, esperando que no me señalara. Afortunadamente, Amy levantó la mano y respondió.

—El presidente Wallis.

Estábamos de nuevo en el Gran Salón, empezando la semana con una clase de historia. Bueno, era más bien un examen. Esa era una de las materias en las que siempre daba la impresión de que los conocimientos que tenía la gente eran muy variados, en cuanto a la cantidad de datos y a la veracidad de la información. Mamá siempre nos había enseñado historia, ella misma, de viva voz. Teníamos libros y fichas para aprender lengua y matemáticas, pero en lo referente a la historia que componía nuestro pasado había muy poco de lo que pudiera estar segura al cien por cien.

—Correcto. El presidente Wallis era presidente antes de la invasión china y siguió dirigiendo Estados Unidos durante toda la guerra —confirmó Silvia.

Me repetí el nombre: «Wallis, Wallis, Wallis». Quería memorizarlo para contárselo a May y a Gerad cuando volviera a casa, pero estábamos aprendiendo tanto que era difícil recordarlo todo.

—¿Cuál fue el motivo de la invasión? ¿Celeste?

Celeste sonrió.

—El dinero. Estados Unidos les debía un montón de dinero que no podía pagar.

—Excelente, Celeste —respondió Silvia, con una sonrisa de aprobación. ¿Cómo hacía Celeste para engatusar a todo el mundo? Era irritante—. Cuando Estados Unidos se vio incapaz de pagar la enorme deuda, los chinos lanzaron la invasión. Por desgracia para ellos, así no recuperaron el dinero, ya que Estados Unidos estaba en la bancarrota. Eso sí, consiguieron mano de obra americana. Y cuando invadieron Estados Unidos, ¿qué nombre pusieron los chinos al país?

Levanté la mano, pero no fui la única.

—¿Jenna?

—Estados Americanos de China.

—Sí. Los Estados Americanos de China conservaron la misma imagen, pero no era más que una fachada. Los chinos tiraban de los hilos, haciendo valer su influencia en los grandes actos políticos y condicionando la aprobación de leyes en su favor.

Silvia pasó por entre los pupitres a paso lento. Me sentía como un ratón a la vista del halcón que va trazando círculos cada vez más cerca.

Eché un vistazo por la sala. Unas cuantas chicas parecían confundidas. Yo pensaba que aquello, en particular, lo sabía todo el mundo.

—¿Alguien más tiene algo que añadir? —preguntó Silvia.

—La invasión china hizo que varios países, en particular en Europa, se alinearan y establecieran alianzas —reaccionó Bariel.

—Sí —respondió Silvia—. No obstante, los Estados Americanos de China no tenían tantos amigos en aquella época. Habían tardado cinco años en reagruparse, y aquello ya había sido suficiente trabajo; no habían tenido ocasión de establecer alianzas —explicó; puso cara de agotamiento para expresar la dureza de aquel proceso—. Los E. A. C. pensaban devolver el golpe a China, pero entonces se encontraron con que tenían que afrontar otra invasión. ¿Qué país intentó ocupar los E. A. C. entonces?

Esta vez se levantaron muchas manos.

—Rusia —respondió alguien, sin esperar a que le dieran la palabra.

Silvia se giró en busca de la infractora, pero no pudo localizar la fuente.

—Correcto —dijo, algo molesta—. Rusia intentó expandirse en ambas direcciones y fracasó miserablemente, pero su falta de éxito dio a los E. A. C. la ocasión de contraatacar. ¿Cómo?

Kriss levantó la mano y respondió:

—Toda Norteamérica se unió para combatir contra Rusia, ya que parecía evidente que tenía los ojos puestos más allá de los E. A. C. Y combatir contra Rusia resultaba más fácil, ya que China también los estaba atacando por intentar invadir su territorio.

Silvia sonrió, orgullosa.

—Bien. ¿Y quién encabezó el ataque contra Rusia?

Todas las voces se unieron en una respuesta:

—¡Gregory Illéa!

Algunas de las chicas incluso aplaudieron.

Silvia asintió.

—Y aquello llevó a la fundación del país. Los aliados que componían los E. A. C. hicieron un frente común, y la reputación de Estados Unidos estaba tan dañada que nadie quería volver a adoptar ese nombre. Así que se formó una nueva nación bajo el liderazgo de Gregory Illéa, y adoptó su nombre. Él salvó este país.

Emmica levantó la mano. Silvia le dio la palabra.

—En cierto modo, somos un poco como él. Quiero decir, que tenemos ocasión de servir a nuestro país. Él era un simple ciudadano que donó su dinero y sus conocimientos. Y lo cambió todo —dijo, efusiva.

—Ese es un bonito planteamiento —concedió Silvia—. Y, al igual que él, una de vosotras alcanzará la realeza. En el caso de Gregory Illéa, se convirtió en rey por matrimonio con una familia real, y en el vuestro, será por matrimonio con esta. —Silvia se había dejado llevar por la emoción, de modo que, cuando Tuesday levantó la mano, tardó un momento en darse cuenta.

—Humm... ¿Por qué no nos dan todo esto en un libro, para que podamos estudiarlo? —dijo, dejando entrever un leve rastro de irritación.

Silvia sacudió la cabeza.

—Queridas niñas, la historia no es algo que debáis estudiar. Es algo que simplemente deberíais saber.

—Y que, evidentemente, no sabemos —me susurró Marlee, girándose hacia mí. Se sonrió ante su propia broma y luego volvió a prestar atención a Silvia.

Me quedé pensando en aquello, en que todas sabíamos cosas diferentes, o que teníamos que hacer cábalas sobre la verdad. ¿Por qué no nos daban libros de historia?

Recordé una vez, años atrás, cuando entré en la habitación de mis padres, porque mamá me había dicho que podía elegir lo que quería leer para mi clase de lengua. Mientras contemplaba mis opciones, descubrí un libro grueso y raído en un rincón y lo cogí. Trataba sobre la historia de Estados Unidos. Papá entró unos minutos más tarde, vio lo que estaba leyendo y me dijo que le parecía bien, siempre que no se lo contara a nadie.

Cuando él me pedía que mantuviera un secreto, yo lo hacía sin preguntar, y me encantó curiosear por todas aquellas páginas. Bueno, las que aún estaban legibles. Muchas estaban arrancadas, y parecía como si hubieran quemado el lomo del libro, pero fue allí donde vi una imagen de la antigua Casa Blanca y me enteré de cómo solían ser las vacaciones.

Nunca pensé en cuestionar la verdad oficial sobres las cosas hasta que me las encontré de frente. ¿Por qué permitía el rey que no paráramos de elucubrar?

Las luces se apagaron de nuevo, dejando a la vista a Maxon y a Natalie, que lucían una gran sonrisa.

—Natalie, baja un poquito la barbilla, por favor. Así. —El fotógrafo tomó otra instantánea, con lo que llenó la sala de luz—. Creo que ya basta. ¿Quién va ahora?

Apareció Celeste por un lado, con un grupo de doncellas revoloteando a su alrededor, y el fotógrafo volvió al ataque. Natalie, que aún estaba junto a Maxon, dijo algo y echó el pie atrás en un gesto pícaro. Él respondió en voz baja, y ella se alejó conteniendo una risita.

El día anterior, tras la clase de historia, ya nos habían dicho que aquella sesión fotográfica no era más que para entretener al público, pero no podía evitar pensar que tendría cierta importancia. Alguien había escrito un editorial en una revista sobre el aspecto que debía tener una princesa. No había leído el artículo personalmente, pero Emmica y algunas otras sí. Según decía, hablaba de que Maxon necesitaba a una chica que tuviera un aspecto regio y que diera bien con él cuando los fotografiaran juntos, alguien que quedara bien en un sello.

Y ahí estábamos nosotras, en fila, ataviadas con vestidos idénticos, de color crema, con mangas cortas sobre los hombros y cintura baja, con una gran banda roja sobre el hombro, tomándonos fotos con Maxon. Las fotos se imprimirían en la misma revista, y el personal de la publicación haría su elección. Todo aquello me resultaba incómodo. Era justo lo que me había molestado más desde el principio, que Maxon no buscara más que una cara bonita. Ahora que lo conocía estaba segura de que no era el caso, pero me daba rabia que hubiera gente que pensara que él era así.

Suspiré. Algunas de las chicas caminaban arriba y abajo, picoteando algún tentempié y charlando, pero la mayoría de nosotras esperábamos de pie por el perímetro del estudio montado en el Gran Salón. Una enorme cortina dorada —que me recordaba las telas que usaba papá para proteger el suelo cuando pintaba— colgaba de una pared y se extendía por el suelo. En un lado había un pequeño sofá; en el otro, una columna. Y en el centro se veía el escudo de Illéa, que le daba a todo el tinglado un aire patriótico. Nosotras íbamos mirando cómo pasaban las seleccionadas para que las fotografiaran, y entre las que esperaban se oían susurros de lo que les gustaba o lo que no, o de sus planes personales.

Celeste se acercó a Maxon con un brillo en los ojos, y él le sonrió. En el momento en que llegó a su altura, situó sus labios junto al oído de él y le susurró algo. No sé qué sería, pero Maxon echó la cabeza atrás, soltó una carcajada y asintió, aceptando así su pequeño secreto. Resultaba raro verlos así. ¿Cómo podía ser que alguien que se llevaba tan bien conmigo se llevara bien también con alguien como ella?

—Muy bien, señorita, gírese hacia la cámara y sonría, por favor —dijo el fotógrafo.

Celeste obedeció al instante.

Se volvió hacia Maxon y apoyó una mano en su pecho, inclinó la cabeza un poco y mostró una sonrisa bien ensayada. Parecía saber cómo sacar el máximo partido a las luces y al set, e iba variando la posición de Maxon unos centímetros aquí y allá, o insistía en que cambiaran de pose. Mientras otras se tomaban su tiempo e intentaban simplemente alargar el momento, para estar más con Maxon —en particular las que aún no habían quedado con él en privado—, Celeste parecía querer demostrar su dominio de la situación.

Cuando acabó, el fotógrafo llamó a la siguiente. Yo estaba tan absorta viendo cómo Celeste recorría el brazo de Maxon con la punta de los dedos al marcharse que una de las doncellas tuvo que recordarme que era mi turno.

Sacudí un poco la cabeza y me centré en la tarea que tenía por delante. Recogí el vestido con las manos y me acerqué a Maxon. Apartó la mirada de Celeste y me miró, y, quizá fueron imaginaciones mías, pero me pareció que se le iluminaba un poco la cara.

—Hola, querida —dijo, con voz cantarina.

—¡No empieces! —le advertí, pero él se limitó a chasquear la lengua y extendió las manos.

—Espera un momento. Tienes la banda torcida.

—No es de extrañar. —Aquella cosa pesaba tanto que sentía que se me movía a cada paso que daba.

—Creo que ya está —dijo él, bromeando.

—A ti, por tu parte, podrían colgarte con las lámparas de araña —contraataqué, señalando la ristra de relucientes medallas que llevaba en el pecho. Su uniforme, que recordaba al de los guardias, solo que mucho más elegante, también tenía unas cosas doradas en los hombros y llevaba una espada colgada del cinto. Era excesivo.

—Miren a la cámara, por favor —advirtió el fotógrafo.

Levanté la vista y vi no solo sus ojos, sino también el rostro de las chicas que nos miraban, y me puse de los nervios.

Me sequé el sudor de las manos en el vestido y resoplé.

—No te pongas nerviosa —susurró Maxon.

—No me gusta que me mire todo el mundo.

Él tiró de mí y me rodeó la cintura con la mano. Quise dar un paso atrás, pero el brazo de Maxon me retuvo con fuerza.

—Tú mírame como si no pudieras resistirte a mis encantos —dijo, poniendo morritos y forzando una mueca, lo cual hizo que se me escapara la risa.

La cámara disparó justo en aquel momento, y nos pilló a los dos riéndonos.

—¿Lo ves? —dijo Maxon—. No es para tanto.

—Supongo —contesté. Seguí tensa unos minutos, mientras el fotógrafo nos daba instrucciones y Maxon iba pasando de una postura a otra, soltándome un poco, o girándome, situando mi espalda contra su pecho.

—Excelente —intervino el fotógrafo—. ¿Podemos hacer unas más en el sofá?

Me sentía mejor ahora que ya quedaba poco; tomé asiento junto a Maxon con la mejor postura que pude adoptar. De vez en cuando, él me hacía cosquillas, haciéndome sonreír hasta casi provocarme la risa. Yo esperaba que el fotógrafo disparara justo en el momento previo a mis ataques de risa, o todo aquello sería un desastre.

Por el rabillo del ojo vi una mano que se agitaba, y un momento más tarde Maxon también se giró. Era un hombre vestido de traje, que evidentemente necesitaba hablar con el príncipe. Maxon asintió, pero el tipo dudó, mirándole a él y luego a mí, como si cuestionara mi presencia.

—No pasa nada —dijo Maxon, y el hombre se acercó y se arrodilló ante él.

—Ataque rebelde en Midston, alteza —informó. Maxon suspiró y dejó caer la cabeza en un gesto de preocupación—. Han quemado hectáreas de cosechas y han matado a una docena de personas.

—¿En qué parte de Midston?

—En el oeste, señor, cerca de la frontera.

Maxon asintió lentamente y se quedó pensando, como si estuviera juntando aquella información a otras que ya tenía en la cabeza.

—¿Qué dice mi padre?

—En realidad, alteza, quiere saber qué piensa usted.

Maxon se mostró sorprendido por un instante:

—Sitúen las tropas al sureste de Sota y por todo Tammins. No las lleven más al sur, hasta Midston; no valdría de nada. Veamos si podemos interceptarlos.

El hombre se puso en pie e hizo una reverencia.

—Excelente, señor.

Y tan rápido como había aparecido, desapareció.

Yo sabía que, supuestamente, debíamos volver a las fotos, pero Maxon ya no parecía tan interesado.

—¿Estás bien? —le pregunté.

Él asintió, apagado.

—Sí. Es por toda esa gente.

—Quizá debiéramos dejarlo —sugerí.

Él sacudió la cabeza, irguió el cuerpo y sonrió, apoyando su mano sobre la mía.

—Una cosa que debes aprender en esta profesión es a parecer tranquilo cuando no lo estás. Sonríe, America, por favor.

Levanté la cabeza y sonreí tímidamente a la cámara mientras el fotógrafo iba haciendo su trabajo. Cuando tomaba aquellas últimas instantáneas, Maxon me apretó la mano, y yo apreté la suya. En aquel momento sentí que había una conexión entre nosotros, algo profundo y verdadero.

—Muchas gracias. La siguiente, por favor —dijo el fotógrafo.

Nos pusimos en pie, y me cogió la mano.

—Por favor, no digas nada. Es imprescindible que seas discreta.

—Por supuesto.

El sonido de un par de tacones acercándose me recordó que no estábamos a solas, pero me habría gustado quedarme. Él me apretó la mano por última vez y me soltó y, mientras me alejaba, me planteé varias cosas. Resultaba agradable que Maxon confiara en mí lo suficiente como para compartir conmigo su secreto, y por un momento me había sentido como si estuviéramos solos. Luego pensé en los rebeldes, y en cómo solía hablar el rey de su traición, pero me había comprometido a no decirle nada a nadie. No tenía mucho sentido.

—Janelle, querida —dijo Maxon, al acercarse la siguiente. Sonreí para mis adentros al oír aquel saludo tan manido. Maxon bajó la voz, pero yo seguía oyéndolo—. Antes de que se me olvide, ¿estás libre esta tarde?

Sentí una especie de nudo en el estómago. Supuse que aún sería efecto de los nervios.

—Debe de haber hecho algo terrible —insistió Amy.

—No es eso lo que dijo ella —rebatió Kriss.

Tuesday tiró a Kriss del brazo.

—¿Qué es lo que dijo?

Janelle había sido expulsada.

Comprender por qué había sido eliminada era crucial para nosotras, porque había sido la primera expulsión que se había producido de forma individual y sin haber roto ninguna regla. No había sucedido debido a una primera impresión, ni había sido un abandono a causa del miedo. Había hecho algo mal, y todas queríamos saber de qué se trataba.

Kriss, que ocupaba la habitación justo enfrente de la de Janelle, la había visto entrar; era la única persona con la que había hablado antes de marcharse. Suspiró y volvió a contar la historia por tercera vez.

—Maxon y ella habían salido de caza, pero eso ya lo sabéis —dijo, agitando la mano como si intentara aclararse las ideas.

La cita de Janelle era *vox populi.* Tras la sesión de fotos del día anterior, se lo había estado contando a todo el que la quisiera escuchar.

—Era su segunda cita con Maxon. Es la única que ha salido dos veces con él —señaló Bariel.

—No, no lo es —murmuré.

Unas cuantas cabezas se giraron hacía mí, pero ¡es que era cierto! Pero, bueno, Janelle era la única chica que había salido dos veces con Maxon, sin contarme a mí. Aunque no es que yo contara, claro.

—Cuando volvió, estaba llorando —prosiguió Kriss—. Le pregunté qué le pasaba, y me respondió que se iba, que Maxon le había dicho que se fuera. La abracé, porque la vi muy abatida, y le pregunté qué había sucedido. Me dijo que no me lo podía contar. No lo entendí. ¿Será que no podemos hablar de los motivos de nuestra expulsión?

—Eso no estaba en las normas, ¿no? —preguntó Tuesday.

—A mí nadie me dijo nada de eso —respondió Amy, y muchas otras sacudieron la cabeza, confirmándolo.

—Pero ¿qué te dijo? —insistió Celeste.

Kriss suspiró de nuevo.

—Dijo que más me valía ir con cuidado con lo que decía. Luego se echó atrás y cerró la puerta de un portazo.

Se hizo un silencio generalizado, mientras todas pensábamos.

—Debe de haberle insultado —intervino Elayna.

—Bueno, si ese es el motivo por el que se fue, no es justo, puesto que Maxon ya dijo que «alguna» de las que estamos aquí le insultó la primera vez que se vieron —protestó Celeste.

Todas empezaron a mirar alrededor, intentando descubrir a la culpable, quizá para hacer que también la expulsaran —me expulsaran—. Eché una mirada nerviosa a Marlee, y ella reaccionó de inmediato.

—¿No diría algo sobre el país? ¿De política, o algo así?

Bariel chasqueó la lengua.

—Por favor… Tendría que ser muy aburrida la cita para que se pusieran a hablar de política. ¿Es que alguna de vosotras ha hablado con Maxon sobre algo que tenga que ver con el gobierno del país?

Nadie respondió.

—Claro que no —confirmó Bariel—. Maxon no busca a una colega de trabajo; busca una esposa.

—¿No crees que lo estás infravalorando? —objetó Kriss—. ¿No crees que quizá Maxon pueda querer a alguien con ideas y opiniones propias?

Celeste echó la cabeza atrás y se rio.

—Maxon puede gobernar el país solito perfectamente. Ha sido educado para hacerlo. Además, tiene montones de personas a su alrededor para ayudarle a tomar decisiones. ¿Para qué iba a querer que alguien más le dijera qué hacer? Yo, en tu lugar, aprendería a mantener la boca cerrada. Al menos, hasta que te cases con él.

Bariel unió filas con Celeste:

—Lo cual no ocurrirá.

—Exactamente —ratificó Celeste con una sonrisa—. ¿Por qué iba a fijarse Maxon en una Tres paranoica cuando puede escoger a una Dos?

—¡Eh! —exclamó Tuesday—. A Maxon no le importan los números.

—Claro que sí —replicó Celeste, con un tono que bien podría haber usado con una niña pequeña—. ¿Por qué te crees que todas las que estaban por debajo del Cuatro han sido eliminadas?

—Yo sigo aquí —dije, levantando la mano—. Así que si te crees que sabes cómo funciona esto, vas muy equivocada.

—¡Oh, es la chica que nunca sabe cuándo callarse! —me rebatió Celeste, fingiendo divertirse.

Apreté el puño, intentando decidir si valía la pena atizarle. ¿Sería parte de su plan? Pero antes de que tuviera ocasión de moverme, la puerta se abrió de pronto y apareció Silvia.

—¡Correo, señoritas! —anunció, y la tensión desapareció de la sala.

Todas nos quedamos inmóviles, deseosas de echar mano a las cartas que traía consigo. Llevábamos en el palacio casi dos semanas, y, salvo por las noticias que habíamos tenido de nuestras familias el segundo día, era nuestro primer contacto real con nuestras casas.

—Veamos —dijo Silvia, echando un vistazo a los montones de cartas, completamente ajena al conato de discusión que había tenido lugar apenas unos segundos antes—. ¿Lady Tiny? —llamó, buscando con la vista por la sala.

Tiny levantó la mano y se adelantó.

—¿Lady Elizabeth? ¿Lady America?

Prácticamente corrí hacia ella y le arranqué la carta de la mano. Estaba ansiosa por tener noticias de mi familia. En cuanto la tuve en mi poder, me retiré a un rincón para estar un momento a solas.

> Querida America:
>
> Espero con impaciencia que llegue el viernes. ¡No puedo creerme que vayas a hablar con Gavril Fadaye! Qué suerte tienes.

Yo, desde luego, no me sentía afortunada. Al día siguiente, Gavril nos iba a bombardear a preguntas, y no tenía ni idea de qué podía preguntarnos. Estaba segura de que quedaría como una idiota.

> Nos gustará mucho volver a oír tu voz. Echo de menos oírte cantando por casa. Mamá no lo hace, y desde que tú te has ido aquí reina el silencio. ¿Me mandarás un saludo por televisión?
>
> ¿Cómo va la competición? ¿Tienes muchas amigas? ¿Has hablado con alguna de las chicas que se han marchado? Mamá ahora no para de decir que tampoco pasa nada si pierdes. La mitad de las chicas que han vuelto a casa ya están prometidas con hijos de alcaldes o de famosos. Dice que seguro que habrá alguien que te quiera, si es que Maxon no se decide. Gerad espera que te cases con un jugador de baloncesto y no con un aburrido príncipe. Pero a mí no me importa lo que digan los demás. ¡Maxon es guapísimo!
>
> ¿Ya le has besado?

¿Besarle? ¡Acabábamos de conocernos! Y Maxon tampoco tenía ningún motivo para besarme.

> Estoy segura de que besa mejor que nadie en el mundo. ¡Yo creo que, si eres príncipe, tienes que besar de maravilla!
>
> Tengo muchas más cosas que contarte, pero mamá quiere que me ponga a pintar. Escríbeme una carta de verdad en cuanto puedas. ¡Una bien larga! ¡Con muchos muchos detalles!
>
> Te quiero. Todos te queremos.
>
> MAY

Así que las chicas eliminadas iban cayendo en manos de tipos ricos. No había pensado que ser la descartada de un futuro rey te pudiera convertir en un artículo de valor. Recorrí la sala, pensando en las palabras de May.

Quería saber qué estaba pasando. Me pregunté qué era lo que había sucedido exactamente con Janelle y sentía curiosidad por saber si Maxon tenía alguna otra cita aquella noche. Tenía muchas ganas de verle.

El cerebro me iba a cien por hora, intentando buscar un modo para hablar con él. Mientras pensaba, fijé la vista en el papel que sujetaba entre las manos.

La segunda página de la carta de May estaba casi en blanco. Arranqué un trozo mientras seguía andando sin rumbo fijo. Algunas de las chicas estaban absortas en páginas y más páginas de cartas de sus familias, y otras comentaban las noticias. Tras una vuelta entera, me detuve junto al libro de visitas de la Sala de las Mujeres y cogí la pluma.

En el pedazo de papel que llevaba, garabateé rápidamente una nota.

> Alteza:
> Me tiro de la oreja. Cuando sea.

Salí de la sala como si fuera al baño y miré a ambos lados del pasillo. Estaba vacío. Me quedé allí, de pie, esperando, hasta que una doncella giró la esquina con una bandeja de té en las manos.

—Perdone —la llamé, en voz baja. En aquellos pasillos enormes cualquier voz resonaba.

La chica se detuvo frente a mí con una leve reverencia.

—¿Sí, señorita?

—¿No irá por casualidad a llevar eso al príncipe?

—Sí, señorita —dijo ella, sonriendo.

—¿Podría llevarle esto de mi parte? —pregunté, entregándole mi nota plegada.

—¡Por supuesto, señorita!

La cogió y se fue, más sonriente aún que antes. Sin duda la abriría en cuanto no la viera, pero me sentía segura con aquel lenguaje en clave.

Aquellos pasillos eran fascinantes; cada uno de ellos tenía más elementos decorativos que toda mi casa. El papel de las paredes, los espejos dorados, los gigantescos jarrones con flores frescas, todo era precioso. Las alfombras eran lujosas y estaban inmaculadas, las ventanas estaban relucientes y los cuadros de las paredes eran encantadores.

Vi algunos cuadros de pintores que conocía —Van Gogh, Picasso—, pero otros no sabía quiénes eran. Había fotografías de edificios que había visto antes, incluida una de la legendaria Casa Blanca. Comparado con las fotos y con lo que yo había leído en mi viejo libro de historia, el palacio era infinitamente mayor y más lujoso, pero, aun así, me habría gustado que continuara en pie para verla.

Seguí por el pasillo y llegué hasta un retrato de la familia real. Parecía antiguo; en aquella imagen, Maxon era más bajo que su madre. Ahora, en cambio, era mucho más alto.

En el tiempo que llevaba en palacio, solo los había visto juntos en las cenas y durante la emisión del *Illéa Capital Report*. ¿Serían muy reservados? A lo mejor no les gustaba tener a tantas chicas en su casa, y lo aguantaban solo porque no les quedaba otro remedio. Yo no sabía qué pensar de aquella familia invisible.

—¿America?

Al oír mi nombre me giré. Maxon se me acercaba a paso ligero por el pasillo.

Me sentí como si lo viera por primera vez.

Se había quitado la casaca, y llevaba la camisa blanca arremangada. La corbata, que era azul, la llevaba floja, y el cabello, siempre tan engominado, se le movía un poco con cada movimiento. A diferencia de la imagen de uniforme del día anterior, tenía un aspecto más joven, más real.

Me quedé inmóvil. Maxon se me acercó y me cogió de las muñecas.

—¿Estás bien? ¿Qué te pasa?

—Nada, estoy bien —respondí.

Maxon resopló. No me había dado cuenta de que estaba conteniendo la respiración.

—Gracias a Dios. Al recibir tu nota, he pensado que estarías enferma o que le habría pasado algo a tu familia.

—¡Oh! Oh, no, Maxon, lo siento. Ya sabía que era una tontería. Es solo que no sabía si estarías a la hora de la cena, y quería verte.

—Bueno, ¿para qué? —preguntó. Aún me miraba con el ceño fruncido, como si quisiera asegurarse de que no hubiera roto nada.

—Solo quería verte.

Maxon dejó de moverse. Me miró a los ojos, como maravillado.

—¿Solo querías verme? —respondió, agradablemente sorprendido.

—No te sorprendas tanto. Los amigos suelen pasar tiempo juntos —dije, y con el tono de mi voz se sobreentendía el «por supuesto».

—Ah, estás enfadada conmigo porque he estado ocupado toda la semana, ¿no? No pretendía descuidar nuestra amistad, America. —Ahora ya volvía a ser el Maxon correcto y diplomático.

—No, no estoy enfadada. Solo me estaba explicando. Pareces ocupado. Vuelve a tu trabajo, y ya te veré cuando estés libre. —Me di cuenta de que aún me tenía cogida por las muñecas.

—Bueno, ¿te importa si me quedo unos minutos? Arriba están celebrando una reunión sobre presupuestos, y detesto esas cosas —dijo. Y sin esperar respuesta me arrastró hacia un pequeño y mullido sofá hacia la mitad del pasillo, bajo una ventana, y yo solté una risita al sentarnos—. ¿Qué es tan divertido?

—Tú —respondí, sonriendo—. Es gracioso ver cómo te escaqueas del trabajo. ¿Qué tienen de malo esas reuniones?

—¡Oh, America! —repuso, mirándome de nuevo a la cara—. No paran de dar vueltas a las cosas. A papá se le da bien apaciguar a los asesores, pero es muy duro orientar a cada comisión en una dirección determinada. Mamá siempre le insiste para que dedique más recursos a educación (considera que cuanto más educado estés, menos probable será que te conviertas en un delincuente, y yo estoy de acuerdo), pero papá nunca consigue que se retire financiación de otras áreas que podrían pasar perfectamente con menos presupuesto. ¡Es frustrante! Y yo desde luego no mando, así que mi opinión suele pasarse por alto. —Maxon apoyó los codos en las rodillas, y la cabeza en las manos. Parecía cansado.

Ahora comprendía un poco de su mundo, aunque, en el fondo, me resultaba igual de inimaginable que antes. ¿Cómo podían no hacerle caso al futuro soberano?

—Lo siento. Lo bueno es que en el futuro tendrás más influencia —dije, frotándole la espalda para intentar darle ánimos.

—Ya. Siempre me lo digo a mí mismo. Pero es frustrante saber que podríamos cambiar cosas solo con que nos escucharan —se lamentó.

Me costaba un poco oír su voz cuando la dirigía hacia la alfombra.

—Bueno, no te desanimes. Tu madre va por el buen camino, pero la educación por sí sola no arreglará nada.

Maxon levantó la cabeza.

—¿Qué quieres decir? —preguntó, casi como acusándome. Y tenía razón. Me acababa de exponer una idea que había estado madurando, y yo se la había echado por tierra. Intenté dar marcha atrás.

—Bueno, en comparación con los elegantes tutores que tiene alguien como tú, el sistema educativo para los Seises y los Sietes es terrible. Creo que darles mejores profesores o mejores instalaciones les haría un bien enorme. Pero ¿y los Ochos? ¿No es esa casta la responsable de la mayoría de los delitos? Ellos no reciben ninguna educación. Creo que si tuvieran la sensación de que se les da algo, lo que fuera, quizá sería un estímulo para ellos.

»Además… —Hice una pausa. No sabía si un chico que lo había tenido todo en la vida podría entender aquello—. ¿Alguna vez has pasado hambre, Maxon? No quiero decir que tengas ganas de que llegue la cena. Quiero decir «morirte de hambre». Si no tuvierais nada de comida, ni para tu madre ni para tu padre, y supieras que si le quitaras algo a alguien que dispone de más comida al día de la que tú tendrías en toda tu vida podrías comer… En fin, ¿qué harías entonces? Si tu familia dependiera de ti, ¿qué no harías por tus seres queridos?

Se quedó en silencio un momento. Ya había habido una ocasión —cuando habíamos hablado sobre mis doncellas, durante el ataque— en el que habíamos constatado la enorme distancia que nos separaba. Aquel tema era mucho más polémico, y estaba claro que él quería evitarlo.

—America, no estoy diciendo que algunos no tengan una vida difícil, pero robar es…

—Cierra los ojos, Maxon.

—¿Qué?

—Cierra los ojos.

Él frunció el ceño, pero obedeció. Esperé a que a que se le relajara el rostro antes de empezar:

—En algún lugar, en este palacio, hay una mujer que se convertirá en tu esposa.

Vi que le temblaba la boca, esbozando una sonrisa esperanzada.

—A lo mejor aún no sabes qué cara tiene, pero piensa en las chicas que están en esa sala. Imagínate la que más te quiere de todas. Imagina a tu «querida».

Tenía las manos apoyadas en el asiento, junto a las mías, y sus dedos rozaron los míos por un segundo. Aparté la mano.

—Lo siento —murmuró, mirándome.

—¡Los ojos cerrados!

Tragó saliva y recuperó la postura.

—Esa chica… Imagina que depende de ti. Necesita que la cuides y que le hagas sentir que la Selección ni siquiera tuvo lugar. Que la habrías encontrado aunque te hubieras hallado en medio del país y hubieras tenido que irla buscando puerta por puerta. Que desde el principio era la persona destinada para ti.

La sonrisa esperanzada empezó a transformarse en una expresión seria.

—Necesita que la cuides y la protejas. Y si llegara un momento en que no hubiera absolutamente nada que comer, y ni siquiera pudieras dormir por la noche oyendo el ruido de sus tripas…

—¡Para! —Maxon se puso en pie. Cruzó el pasillo y se quedó allí, de pie, de cara a la pared.

Me sentí algo incómoda. No me había imaginado que aquello pudiera contrariarle tanto.

—Lo siento —susurré.

Él asintió, pero siguió mirando a la pared. Al cabo de un momento se giró. Sus ojos buscaron los míos, tristes e inquisitivos.

—¿De verdad es así? —preguntó.

—¿El qué?

—Ahí afuera… ¿Ocurre? ¿La gente pasa tanta hambre?

—Maxon, yo…

—Dime la verdad. —Su boca trazaba una línea recta y firme.

—Sí. Ocurre. Conozco a familias en las que los mayores dejan de comer para que puedan hacerlo sus hijos o sus hermanos pequeños. Sé de un chico al que azotaron en la plaza del pueblo por robar comida. A veces, cuando estás desesperado, cometes locuras.

—¿Un chico? ¿De qué edad?

—De nueve años. —Me estremecí. Aún recordaba las cicatrices sobre la pequeña espalda de Jemmy.

Maxon estiró su propia espalda, como si sintiera el dolor.

—¿Tú…? —Se aclaró la garganta—. ¿Alguna vez has estado así?

—¿Si he pasado hambre?

Bajé la cabeza, evitando responder. En realidad no quería hablarle de aquello.

—¿Hasta qué punto?

—Maxon, eso solo te hará sentir peor.

—Probablemente —repuso, con gravedad—. Pero hasta ahora no me había dado cuenta de todo lo que no sé de mi propio país. Por favor.

Suspiré.

—Lo hemos pasado bastante mal. La mayoría de las veces, cuando tenemos que escoger, nos quedamos con la comida y prescindimos de la electricidad. Recuerdo en especial una vez, era casi en Navidad. Hacía mucho frío, así que teníamos que ponernos un montón de ropa y quedarnos en casa. May no entendía por qué no había regalos. Como norma general, en mi casa nunca sobra nada. Siempre hay alguien que quiere más.

Vi que se ponía pálido. No quería verlo contrariado. Necesitaba darle la vuelta a aquello, hablar de algo positivo.

—Sé que los cheques que hemos recibido durante las últimas semanas han sido de gran ayuda, y mi familia sabe administrarse muy bien el dinero. Estoy segura de que lo habrán guardado bien para que dure mucho tiempo. Has hecho muchísimo por nosotros, Maxon. —Intenté sonreírle de nuevo, pero su expresión no cambió.

—Cielo santo. Cuando me dijiste que lo que más te interesaba de estar aquí era la comida, no estabas de broma, ¿verdad? —preguntó él, meneando la cabeza.

—La verdad, Maxon, últimamente nos hemos defendido bastante bien. Yo… —Pero no pude acabar la frase.

Maxon se me acercó y me besó en la frente.

—Te veré en la cena.

Se marchó, arreglándose la corbata mientras caminaba.

Capítulo 18

Maxon me había dicho que nos veríamos a la hora de la cena, pero no estaba allí. La reina entró sola, y nosotras la esperamos tras nuestras sillas. Hicimos una leve reverencia en el momento en que tomó asiento y luego nos sentamos.

Miré por toda la mesa en busca de alguna silla vacía, suponiendo que Maxon tendría alguna cita, pero no faltaba ninguna chica.

Me había pasado la tarde dándole vueltas a lo que le había dicho. Estaba claro por qué no tenía amigos. Evidentemente se me daban fatal.

Entonces entraron Maxon y el rey. Él ya se había puesto la americana, pero seguía despeinado. Comentaban algo mientras andaban. Nos apresuramos a ponernos en pie. Parecían tener una conversación animada. Maxon gesticulaba para expresarse mejor, y el rey asentía, registrando las palabras de su hijo, pero aparentemente algo incómodo. Cuando llegaron a la cabecera de la mesa, el rey Clarkson le dio a su hijo una firme palmada en la espalda, con el gesto adusto.

Cuando el rey se giró hacia nosotras, de pronto su rostro se llenó de entusiasmo.

—Oh, por Dios, señoritas, siéntense, por favor. —Le dio un beso a la reina en la cabeza y él también se sentó.

Pero Maxon se quedó en pie.

—Señoritas, tengo un anuncio que hacerles. —Todas las miradas se fijaron en él. ¿Qué podía tener que comunicarnos?—. Sé que a todas se les prometió una compensación económica por su participación en la Selección —dijo, con un tono autoritario que en realidad solo le había oído usar una vez, la noche que me había llevado al jardín. Estaba mucho más atractivo cuando hacía uso de su autoridad con un objetivo—. No obstante, ha habido modificaciones en los presupuestos. Las que sean Dos o Tres de nacimiento no recibirán financiación.

Las Cuatros y las Cincos seguirán recibiendo su compensación, pero será ligeramente inferior a la cantidad asignada hasta ahora.

Observé que algunas de las chicas estaban boquiabiertas de la sorpresa. El dinero era parte del trato. Celeste, por ejemplo, estaba furiosa. Supuse que, cuando tienes mucho dinero, te acostumbras a acumularlo. Y la idea de que alguien como yo siguiera cobrando algo probablemente no le había sentado muy bien.

—Pido disculpas por las molestias que pueda suponer; lo explicaré todo mañana por la noche, en el *Capital Report*. Pero es algo innegociable. Si alguna tiene algún problema con esta nueva situación y ya no desea participar, puede marcharse después de la cena.

Se sentó y se puso a hablar de nuevo con el rey, que parecía más interesado en la comida que en las palabras de Maxon. Lamentaba que mi familia fuera a recibir menos dinero, pero seguirían cobrando algo. Intenté concentrarme en la cena, pero sobre todo me preguntaba qué significaba aquello, y no era la única. Los murmullos se extendieron por la sala.

—¿De qué creéis que se trata? —preguntó Tiny en voz baja.

—A lo mejor es una prueba —propuso Kriss—. Apuesto a que habrá alguna que está aquí únicamente por el dinero.

Mientras la escuchaba, vi que Fiona le daba un codazo a Olivia y me señalaba con un gesto de la cabeza. Me giré para que no supiera que me había dado cuenta.

Las chicas fueron planteando sus teorías, y yo me quedé mirando a Maxon. Intenté captar su atención para poder tirarme de la oreja, pero él no miró en mi dirección.

Mary y yo estábamos solas en mi habitación. Aquella noche me enfrentaría a Gavril (y al resto de la nación) en el *Illéa Capital Report*. Por no mencionar que las otras chicas estarían ahí todo el rato, observándose unas a otras y criticando en silencio. Decir que estaba nerviosa sería quedarse muy corta. Hacía gestos con las manos mientras Mary me hacía una lista de preguntas posibles, cosas que consideraba que querría saber el público en general.

¿Me gustaba el palacio? ¿Qué era lo más romántico que había hecho Maxon por mí? ¿Echaba de menos a mi familia? ¿Había besado ya a Maxon?

Cuando Mary formuló aquella pregunta, me la quedé mirando. Yo había ido buscando respuestas a las preguntas, intentando no pensar demasiado. Pero era evidente que aquella pregunta nacía de su curiosidad. La sonrisa que tenía en la cara la delataba.

—¡No! ¡Por Dios! —intenté parecer enfadada, pero era algo demasiado ridículo como para enojarse. Acabé riéndome. Y Mary también soltó una risita nerviosa—. Venga, déjalo... ¿Por qué no te pones a limpiar algo?

Entonces soltó una carcajada, y, antes de que pudiera decirle que parara, Anne y Lucy aparecieron en la puerta con una bolsa de la sastrería.

Lucy parecía más nerviosa de lo que la había visto en el momento de mi llegada, el primer día, y Anne lucía una sonrisa taimada, como si escondiera algo.

—¿Y eso? —pregunté, en cuanto Lucy se situó delante de mí y me hizo una ostentosa reverencia.

—Hemos acabado su vestido para el *Report*, señorita —respondió.

Fruncí el ceño.

—¿Uno nuevo? ¿Por qué no el azul del armario? ¿No lo habíais terminado hace poco? A mí me encanta.

Las tres se miraron entre sí.

—¿Qué habéis hecho? —pregunté, señalando la bolsa que Anne estaba colgando en el gancho junto al espejo.

—Nosotras hablamos con todas las demás doncellas, señorita. Oímos muchas cosas —se explicó Anne.

—Sabemos que usted y Lady Janelle son las únicas dos que se han visto más de una vez con su alteza y, por lo que sabemos, habría un punto en común entre las dos.

—¿Ah, sí?

—Por lo que hemos oído —prosiguió Anne—, el motivo de que se la expulsara fue que habló bastante mal de usted. Al príncipe no le sentó bien y la echó inmediatamente.

—¿Qué? —exclamé, llevándome una mano a la boca, intentando ocultar mi sorpresa.

—Estamos seguras de que es usted su favorita, señorita. Casi todas lo dicen —suspiró Lucy, encantada.

—Creo que os han informado mal —repliqué.

Anne se encogió de hombros sin dejar de sonreír, indiferente a lo que yo pensara.

Entonces recordé de dónde venía todo aquello:

—¿Qué tiene que ver todo esto con mi vestido?

Mary fue hasta donde estaba Anne y abrió la larga bolsa, dejando a la vista un impresionante vestido rojo que brillaba a la luz del atardecer que entraba por la ventana.

—¡Oh, Anne! —dije, absolutamente impresionada—. Te has superado.

Ella agradeció mi comentario con un gesto de la cabeza.

—Gracias, señorita. Aunque las tres hemos participado en la confección.

—Es precioso. Pero aún no entiendo qué tiene que ver con nada de lo que habéis dicho.

Mary sacó el vestido de la bolsa y lo aireó, mientras Anne proseguía:

—Como le decía, hay mucha gente en palacio que cree que es la favorita del príncipe. Hace comentarios amables sobre usted y prefiere su compañía a la de las demás. Y parece ser que las otras chicas se han dado cuenta.

—¿Qué quieres decir?

—La mayor parte del trabajo de costura lo hacemos en un taller. Allí hay un almacén de material y un taller de zapatería, y también acuden las otras doncellas. Todas han pedido un vestido azul para esta noche. Las doncellas creen que es porque ese es el color que usted viste casi a diario, y las demás están intentando copiarla.

—Es cierto —intervino Lucy—. Hoy Lady Tuesday y Lady Natalie no se han puesto ninguna joya. Igual que usted.

—Y la mayoría de las señoritas piden vestidos más sencillos, como los que le gustan a usted —constató Mary.

—Eso no explica por qué me habéis hecho un vestido rojo.

—Para que se la vea, por supuesto —respondió Mary—. Oh, Lady America, si de verdad le gusta, tendrá que seguir destacándose. Ha sido muy generosa con nosotras, especialmente con Lucy —dijo.

Todas miramos a Lucy, que asintió con la cabeza y añadió:

—Usted… es muy buena persona; sería ideal como princesa. Lo haría de maravilla.

No sabía cómo poner fin a aquello. Odiaba ser el centro de atención.

—Pero ¿y si todas las demás tienen razón? ¿Y si el motivo por el que le gusto a Maxon es porque no soy tan vistosa como todas las demás? ¿Y si al ponerme algo tan espectacular lo estropeamos todo?

—Todas las chicas tienen que destacar de vez en cuando. Y nosotras conocemos a Maxon desde que era un niño. Esto le encantará —afirmó Anne, con tal seguridad que me dejó claro que no me quedaba alternativa.

No sabía cómo explicarles que las notas que me enviaba, que el tiempo que pasábamos juntos, se debía, simplemente, a que éramos amigos. No podía decírselo. Sería una gran decepción para ellas y, además, tenía que mantener las apariencias si quería quedarme. Y quería. Necesitaba quedarme.

—De acuerdo. Voy a probármelo —accedí, con un suspiro.

Lucy se puso a dar saltitos de emoción hasta que Anne le instó a que mantuviera la compostura. Me puse aquel sedoso vestido por la cabeza y ellas le dieron las últimas puntadas. Las hábiles manos de Mary me sostenían el pelo de diferentes modos para ver qué peinado le iría mejor al vestido, y a la media hora ya estaba lista.

El estudio estaba dispuesto de un modo algo diferente para el programa especial de aquella noche. Los tronos de la familia real estaban en un lado, como siempre, y nuestros asientos seguían en el lado contrario. Pero el estrado no estaba centrado, para dejar espacio a dos butacas altas. Sobre una de ellas había un micrófono, para que lo usáramos cuando nos tocara hablar con Gavril. Solo de pensar en ello me ponía de los nervios.

Como era de esperar, la sala estaba llena de vestidos en todos los tonos posibles de azul. Algunos se acercaban más al verde, otros al violeta, pero estaba claro que había una tendencia general. Me sentí incómoda al instante. Crucé la mirada con la de Celeste y decidí mantenerme alejada de ella hasta que no quedara más remedio que dirigirse a los asientos.

Kriss y Natalie pasaron a mi lado después de haber comprobado el estado de su maquillaje por última vez. Ambas parecían algo desilusionadas, aunque en el caso de Natalie a veces era difícil de saber. Por lo menos Kriss también se distinguía un poco de las demás. Su vestido azul se tornaba en blanco, como si estuviera surcado por unas tiras de hielo que se iban abriendo paso en dirección al suelo.

—Estás impresionante, America —dijo, con un tono que hacía que pareciera más una acusación que un cumplido.

—Gracias. Llevas un vestido precioso.

Ella se pasó las manos por el torso, alisándose arrugas imaginarias.

—Sí, a mí también me gustó cuando lo vi.

Natalie pasó la mano por encima de una de las tiras del hombro de mi vestido.

—¿Qué tela es? Esto va a brillar mucho bajo los focos.

—En realidad no tengo ni idea. Las Cincos no solemos tener ocasión de ponernos vestidos tan bonitos —dije, encogiéndome de hombros. Había tenido al menos otro vestido hecho con el mismo tipo de tela, pero no me había molestado en aprender el nombre.

—¡America!

Levanté la vista y vi a Celeste a mi lado. Sonriendo.

—Celeste.

—¿Podrías venir un momentito? Necesito ayuda.

Sin esperar que respondiera, me apartó de Kriss y Natalie, y me llevó tras la pesada cortina azul que hacía de telón de fondo del plató del *Report*.

—Quítate el vestido —me ordenó, al tiempo que empezaba a bajarse la cremallera del suyo.

—¿Qué?

—Quiero tu vestido. Quítatelo. ¡Agh! Maldito cierre —dijo, intentando desvestirse.

—No voy a quitármelo —contesté, y me dispuse a alejarme.

Pero no llegué muy lejos, ya que Celeste me clavó las uñas en el brazo y me hizo volver atrás de un tirón.

—¡Auch! —grité, agarrándome el brazo. Me lo miré; seguramente me quedarían marcas, pero con un poco de suerte no sangraría.

—Cállate. Quítate el vestido. Venga.

Me quedé allí, mirándola fijamente, negándome a moverme. Celeste tendría que superar no ser el centro de atención de toda Illéa.

—Si quieres, te lo quito yo —se ofreció, con un tono glacial.

—No te tengo miedo, Celeste —dije, cruzándome de brazos—. Este vestido me lo han hecho para mí, y voy a llevarlo. La próxima vez que escojas un modelito, tal vez debieras intentar ser tú misma en lugar de copiarme. Ay, espera, no, que quizás entonces Maxon vería la niña malcriada que eres y te enviaría a casa. ¿Es eso?

Sin dudarlo un segundo, Celeste alargó la mano, me arrancó una manga del vestido y se fue. Yo estaba furiosa, pero me había quedado sin palabras. Bajé la vista y vi una tira de tela rota que me colgaba del pecho en una imagen patética. Oí que Silvia nos llamaba a todas para que ocupáramos nuestros asientos, así que hice acopio de valor y salí de detrás de la cortina.

Marlee me había guardado un asiento a su lado, y observé la cara de asombro cuando me vio llegar.

—¿Qué le ha pasado a tu vestido? —susurró.

—Celeste —respondí indignada.

Emmica y Samantha, que estaban sentadas delante de nosotras, se giraron.

—¿Te ha roto el vestido? —preguntó Emmica.

—Sí.

—Ve a Maxon y chívate —sugirió—. Esa chica es una pesadilla.

—Lo sé —dije, con un suspiro—. Se lo diré la próxima vez que le vea.

—¿Quién sabe cuándo será eso? —preguntó Samantha, con tristeza en la voz—. Yo pensaba que pasaríamos más tiempo con él.

—America, levanta el brazo —dijo Marlee, que introdujo hábilmente los restos de mi manga bajo el lateral del vestido, al tiempo que Emmica arrancaba unos cuantos hilos sueltos. Quedó como si no le hubiera pasado nada. En cuanto a las marcas de las uñas, bueno, al menos las tenía en el brazo izquierdo, en el lado más alejado de la cámara.

Ya era casi la hora de empezar. Gavril estaba repasando sus notas cuando llegó por fin la familia real. Maxon llevaba un traje azul oscuro y lucía una insignia en la solapa con el escudo nacional. Parecía atento a todo lo que sucedía, pero tranquilo.

—Buenas noches, señoritas —dijo, sonriente y desenfadado.

Todas respondimos con un «alteza» a coro.

—Quería informarlas de que haré un breve anuncio y luego presentaré a Gavril. Será agradable cambiar el orden por una vez: ¡siempre es él quien me presenta a mí! —Soltó una risita corta y todas correspondimos—. Supongo que algunas de ustedes estarán un poco nerviosas, pero no tienen por qué. Limítense a ser ustedes mismas. La gente quiere conocerlas.

Nuestros ojos se encontraron unas cuantas veces mientras hablaba, pero no lo suficiente como para poder leer en ellos. No parecía que le llamara la atención mi vestido. Mis doncellas se llevarían una decepción.

Se volvió hacia el estrado y nos deseó suerte por encima del hombro.

Yo notaba que algo estaba pasando. Supuse que aquel anuncio que iba a hacer tendría que ver con lo que nos había dicho el día anterior, pero no me imaginaba qué podía ser. El pequeño misterio de Maxon me distrajo, por lo que ya no me sentía tan nerviosa. Cuando sonó el himno y la cámara enfocó el rostro de Maxon, ya me encontraba mejor. Había visto el *Report* cada semana desde que era una cría. Era la primera vez que Maxon se dirigía al país de aquel modo. En aquel momento pensé que me habría gustado poder desearle buena suerte también a él.

—Buenas noches, damas y caballeros de Illéa. Sé que esta es una noche muy emocionante para todos nosotros, ya que por fin todo el país podrá saber algo de las veinticinco señoritas que quedan en la Selección. No tengo palabras para describir la emoción que supone para mí. Estoy seguro de que estarán de acuerdo en que cualquiera de estas asombrosas jovencitas sería una magnífica líder y una estupenda princesa.

»Pero antes de llegar a eso, me gustaría anunciarles un nuevo proyecto en el que estoy trabajando y que es de gran importancia para mí.

Conocer a estas señoritas me ha servido para entrar en contacto con el mundo que se extiende fuera de nuestro palacio, un mundo que pocas veces tengo ocasión de ver. Me han hablado de sus grandes valores y me han señalado sus inimaginables zonas oscuras. Hablando con estas jóvenes, me he dado cuenta de la importancia de las masas que viven más allá de estos muros. He abierto los ojos al sufrimiento de nuestras castas inferiores y he decidido hacer algo al respecto.

¿El qué?

—Tardaremos al menos tres meses en organizar esto correctamente, pero para Año Nuevo habrá un servicio público de entrega de alimentos en todas las Oficinas Provinciales de Servicios. Cualquier Cinco, Seis, Siete u Ocho que lo desee podrá pasarse por allí para disfrutar de una comida nutritiva de forma gratuita. Tengan en cuenta que estas señoritas han sacrificado su compensación económica en su totalidad o en parte para contribuir a la financiación de este importante programa. Y aunque puede que esta asistencia no dure eternamente, la mantendremos en activo mientras podamos.

Hice un esfuerzo para no dejar traslucir la gratitud y la emoción que me embargaban, pero alguna lágrima sí se me escapó. No había perdido tanto de vista lo que venía después como para no preocuparme de mi maquillaje, pero desde luego ya no era lo que ocupaba el centro de mis pensamientos.

—Creo que un buen líder no puede permitir que su pueblo pase hambre. Las castas inferiores componen la mayor parte de Illéa, y creo que hemos descuidado a esta gente demasiado tiempo. Por eso tomo la iniciativa y solicito la colaboración de los demás. Doses, Treses, Cuatros…, las carreteras por las que pasan no se asfaltan solas. Sus casas no se limpian por arte de magia. Ahora tienen la oportunidad de adquirir conciencia de ello haciendo sus donativos a la Oficina Provincial de Servicios. —Hizo una pausa—. La posición que tienen desde el nacimiento es una bendición, y es hora de dar gracias por ello. A medida que el proyecto vaya progresando iré dando información actualizada. Les agradezco a todos su atención. Y ahora pasemos al motivo principal por el que están aquí esta noche. ¡Damas y caballeros, el señor Gavril Fadaye!

Todos los presentes aplaudieron, aunque era evidente que el anuncio de Maxon no ilusionaba a todo el mundo. El rey, por ejemplo, aplaudía sin emoción; sin embargo, la reina estaba radiante de orgullo. Los asesores tampoco parecían tener claro si aquello era una buena idea.

—¡Muchas gracias por esa presentación, alteza! —dijo Gavril, entrando en el plató—. ¡Lo ha hecho muy bien! Si todo este asunto del reinado no le convence, podría plantearse trabajar en la televisión.

Maxon se rio sonoramente mientras se dirigía a su asiento. Las cámaras enfocaban a Gavril, pero yo me quedé mirando a Maxon y a su padre. No entendía el porqué de aquellas reacciones tan dispares.

—¡Público de Illéa, hoy tenemos un programa especial para ustedes! Esta noche van a averiguar cómo son todas estas jovencitas. Sabemos que se mueren de impaciencia por conocerlas y por saber cómo les van las cosas con nuestro príncipe Maxon, así que esta noche... ¡se lo preguntaremos! Vamos a empezar. —Gavril miró las fichas donde llevaba sus anotaciones—. ¡La señorita Celeste Newsome de Clermont!

Celeste bajó sinuosamente los escalones desde su asiento, en la fila superior. Incluso le dio dos besos a Gavril en las mejillas antes de sentarse frente a él. La entrevista fue predecible, al igual que la de Bariel. Ambas intentaron resultar atractivas, inclinándose mucho hacia delante para que se vieran bien sus vestidos. Resultaba artificioso. En los monitores podía ver sus rostros: no dejaban de mirar a Maxon y de guiñarle el ojo. En algunas ocasiones, como cuando Bariel intentó humedecerse los labios en un gesto sensual, Marlee y yo nos miramos y tuvimos que apartar rápidamente la mirada para no reírnos.

Otras mostraron una mayor compostura. Tiny tenía un hilo de voz, y parecía ir encogiéndose a medida que avanzaba la entrevista. Pero sabía que era un encanto, y esperaba que Maxon no la expulsara simplemente por no ser una gran oradora. Emmica mostró una gran desenvoltura, y también Marlee: la diferencia era que esta parecía tan llena de entusiasmo que cada vez hablaba más alto.

Gavril formuló preguntas muy variadas, pero había dos que se repetían con casi todas: «¿Qué piensas del príncipe Maxon?» y «¿Eres tú la que le gritó?». Yo no tenía especial interés en contarle al país que había regañado al futuro rey. Y menos mal que todos pensaban que eso solo había sucedido una vez.

Todas las chicas se mostraron orgullosas al decir que no eran la que había gritado al príncipe. Y todas pensaban que Maxon era muy agradable. Aquella fue la palabra que más se repitió: agradable. Celeste dijo que era muy atractivo. Bariel aseguró que le veía una gran fuerza interior, lo cual, personalmente, me sonó bastante forzado. A algunas de las chicas les preguntaron si Maxon ya las había besado. Todas se ruborizaron y dijeron que no. Tras el tercer o cuarto no, Gavril se dirigió a Maxon

—¿Aún no ha besado a ninguna de ellas? —preguntó, sorprendido.

—¡Solo llevan aquí dos semanas! ¿Qué tipo de hombre crees que soy? —respondió Maxon. Lo dijo con aire desenfadado, pero me pareció que se agitaba ligeramente en la silla. Me pregunté si había besado a alguien alguna vez.

Samantha acababa de decir que se lo estaba pasando estupendamente, y entonces Gavril me llamó a mí. Mientras me ponía en pie, las otras chicas aplaudieron, al igual que se había hecho con las demás. Miré a Marlee y le sonreí, nerviosa. Al acercarme me concentré en mis pies, pero cuando llegué a la silla no me resultó difícil mirar por encima del hombro de Gavril hacia donde estaba Maxon. Él me lanzó un breve guiño mientras yo cogía el micrófono. Al momento me sentí más tranquila. No tenía que ganarme a nadie.

Le di la mano a Gavril y me senté frente a él. Así, de cerca, pude ver por fin la insignia que llevaba en la solapa. Por la tele se perdía el detalle, obviamente, pero ahora me daba cuenta de que no eran un simple signo de *forte*, sino que tenía una pequeña X grabada en el centro, lo que casi convertía el signo en una estrella. Era bonito.

—America Singer. Es un nombre interesante. ¿Esconde alguna historia? —preguntó Gavril.

Suspiré, aliviada. Esta era fácil.

—De hecho, sí. Al parecer, cuando aún estaba en el vientre de mi madre daba muchas patadas. Ella decía que llevaba dentro una luchadora, así que me puso el nombre del país que tanto había luchado por mantener unido este territorio. Resulta raro, pero hay que decir que tenía razón: desde entonces siempre nos hemos peleado.

Gavril se rio.

—Ella también debe de ser una mujer de carácter fuerte.

—Sí que lo es. Todo lo tozuda que soy, lo he heredado de ella.

—¿Así que eres tozuda? Tienes carácter, ¿eh?

Vi que Maxon se tapaba la boca con las manos para ocultar la risa.

—A veces.

—Si tienes tanto carácter, ¿no serás la que le gritó a nuestro príncipe?

Suspiré.

—Sí, fui yo. Y ahora mismo mi madre está sufriendo un ataque al corazón.

Maxon se dirigió a Gavril:

—¡Haz que te cuente toda la historia!

Gavril miró atrás y adelante con un rápido movimiento del cuello.

—¡Oh! ¿Y cuál es la historia?

Intenté mirar a Maxon, pero la situación era tan tonta que no sirvió de nada.

—La primera noche tuve... un pequeño ataque de claustrofobia, y estaba desesperada por salir al exterior. Los guardias no me dejaban salir. De hecho, estaba a punto de desmayarme en los brazos de uno de ellos, pero el príncipe pasaba por allí y les ordenó que me abrieran las puertas.

—¡Ah! —dijo Gavril, ladeando un poco la cabeza.

—Sí, y luego me siguió para asegurarse de que estaba bien... Pero me sentía muy tensa, así que, cuando me habló, básicamente acabé acusándole de engreído y superficial.

Gavril se sonrió al oír aquello. Miré más allá, hacia donde estaba Maxon, que no podía contener la risa. Pero lo más embarazoso fue que el rey y la reina también se reían. No me giré hacia las chicas, pero también oí alguna risita mal contenida entre ellas. Bueno, quizá fuera mejor así, y por fin dejarían de verme como una especie de amenaza. Al fin y al cabo, Maxon simplemente me encontraba divertida.

—¿Y te perdonó? —preguntó Gavril, ya algo más serio.

—Curiosamente, sí. —Me encogí de hombros.

Gavril volvió a los temas que le interesaban:

—Bueno, dado que habéis recuperado la buena relación, ¿qué tipo de actividades habéis hecho juntos?

—Solemos salir a pasear por el jardín. Sabe que me gusta estar al aire libre. Y hablamos —dije. Sonaba patético, sobre todo después de lo que habían dicho algunas de las otras chicas. Las salidas al cine, de caza o para montar a caballo parecían impresionantes en comparación con mi historia.

Sin embargo, de pronto comprendí por qué tenía tanta prisa en salir con todas las chicas la última semana. Las chicas debían tener algo que contar a Gavril, así que Maxon se había encargado de que lo tuvieran. Aun así, me parecía raro que no me lo hubiera dicho, aunque al menos todo aquello ya tenía una explicación.

—Suena muy relajante. ¿Dirías que el jardín es lo que más te gusta del palacio?

—Quizá. —Sonreí—. Pero la comida es exquisita, así que...

Gavril volvió a reír.

—Eres la última Cinco que queda en competición, ¿verdad? ¿Crees que eso limita tu posibilidades de llegar a ser la princesa?

—¡No! —respondí, sin pensármelo ni un momento.

—¡Vaya! ¡Desde luego tienes confianza! —Gavril parecía satisfecho de haber obtenido una respuesta tan entusiasta—. ¿Así que crees que ganarás a todas las demás? ¿Que llegarás al final?

—No, no —rectifiqué—. No es eso. No creo que sea mejor que ninguna de las otras: todas son estupendas. Es solo que... no creo que Maxon hiciera eso, que descartara a alguien solo por su casta.

Oí un murmullo de asombro generalizado. Repasé mentalmente lo que acababa de decir. Tardé un minuto en descubrir mi error: le había llamado Maxon. Llamarle así en conversaciones privadas con las chicas era una cosa, pero decir en público su nombre sin la palabra «príncipe» delante quedaba increíblemente informal. Y acababa de soltarlo en un programa de televisión en directo.

Miré a Maxon para ver si estaba enfadado. Tenía una sonrisa tranquila en el rostro. Así que no se había enfadado..., pero yo me sentía avergonzada. Me puse coloradísima.

—Ah, da la impresión de que has tenido ocasión de conocer de verdad a nuestro príncipe. Dime, ¿qué te parece «Maxon»?

Había pensado varias respuestas mientras esperaba mi turno. Iba a gastar una broma sobre su modo de reír o sobre el apodo cariñoso que querría que usara su esposa con él.

Daba la impresión de que el único modo de salvar la situación era darle un tono cómico. Pero cuando levanté la vista, dispuesta a hacer uno de mis comentarios, vi el rostro de Maxon. Parecía interesado en conocer mi opinión.

Y no podía tomarle el pelo, ahora que tenía ocasión de decir lo que empezaba a pensar de él, ahora que era mi amigo. No podía bromear sobre la persona que me había salvado de tener que afrontar el mayor desengaño de mi vida en casa, que enviaba cajas de pasteles a mi familia, que corría a mi encuentro en cuanto le llamaba para preguntarme si me había ofendido.

Un mes antes, en la pantalla de la tele, veía a una persona estirada, distante y aburrida, alguien que no creía que nadie pudiera llegar a querer. Y aunque no se parecía lo más mínimo a la persona a la que aún amaba, se merecía tener a alguien que le quisiera.

—Maxon Schreave es la personificación de todo lo bueno. Será un rey fenomenal. Deja que unas chicas que deberían ir todo el día con vestidos se pongan vaqueros y no se enfada cuando alguien que no conoce le cuelga etiquetas evidentemente erróneas. —Miré a Gavril, que sonrió. Y tras él, Maxon parecía intrigado—. La que se case con él será una chica afortunada. Y sea lo que sea lo que me depare el futuro, será para mí un honor ser súbdita suya.

Vi que Maxon tragaba saliva, y bajé la mirada.

—America Singer, muchísimas gracias —dijo Gavril, que se acercó a darme la mano—. A continuación tenemos a la señorita Tallulah Bell.

No me enteré de nada de lo que dijeron las chicas que pasaron después de mí, aunque no aparté la mirada de los dos asientos. Aquella entrevista se había vuelto mucho más personal de lo que yo pretendía. No podía mirar a Maxon a la cara. Solo podía permanecer ahí, dándole vueltas una y otra vez a todo lo que había dicho.

Hacia las diez llamaron a mi puerta. La abrí, y ahí estaba Maxon, que levantó la mirada hacia el techo.

—Por la noche tendrías que tener una doncella en la habitación.

—¡Maxon! Lo siento muchísimo. No quería llamarte así delante de todo el mundo. He sido una tonta.

—¿Crees que estoy enfadado contigo? —preguntó, mientras entraba y cerraba la puerta—. America, me llamas por mi nombre tan a menudo que era fácil que se te escapara. Sí, ojalá hubiera sido en un entorno algo más privado —añadió, con una sonrisa socarrona—, pero no te lo tengo en cuenta.

—¿De verdad?

—Claro. De verdad.

—¡Agh! Esta noche me he sentido como una tonta. ¡No puedo creerme que me hicieras contar esa historia! —exclamé, dándole un suave cachete en la mejilla.

—¡Eso ha sido lo mejor de toda la noche! Mamá se ha divertido de lo lindo. En sus días, las chicas eran más reservadas incluso que Tiny, y vas tú y me llamas superficial… No podía creérselo.

Genial. Ahora hasta la reina pensaba que era una inadaptada. Atravesamos la habitación y acabamos en el balcón. Soplaba una suave brisa templada que nos hacía llegar el olor de los miles de flores del jardín. En lo alto brillaba una luna llena, cuya luz se sumaba a las del palacio y le daba a Maxon un brillo misterioso.

—Bueno, me alegro de que te hayas divertido —dije, pasando los dedos por la baranda.

Maxon dio un salto y se sentó sobre la baranda, aparentemente muy relajado.

—Siempre me diviertes. Me estoy acostumbrando.

Hmm. Casi resultaba cómico.

—Y… sobre eso que has dicho…

—¿Qué parte? ¿La de las cosas que te he llamado en público o la de las peleas con mi madre, o cuando he dicho que la comida era mi principal motivación? —dije, poniendo los ojos en blanco.

Él se rio.

—Lo de que yo era bueno…

—Ah, sí. ¿Qué hay de eso? —Aquellas pocas frases de pronto me parecieron lo más embarazoso del mundo. Bajé la cabeza y empecé a darle vueltas a un trozo de tela del vestido.

—Te agradezco que quieras hacerlo creíble, pero no hacía falta que fueras tan lejos.

Levanté la cabeza de pronto. ¿Cómo podía pensar eso?

—Maxon, eso no lo dije por el programa. Si me hubieras pedido mi opinión sincera hace un mes, habría sido muy diferente. Pero ahora te conozco, y sé la verdad, y eres todo lo que dije que eras. Y más.

Se quedó en silencio, pero había una tímida sonrisa en su rostro.

—Gracias —soltó por fin.

—No hay de qué.

Maxon se aclaró la voz.

—Él también tendrá suerte —afirmó, bajando de la baranda y acercándose al lado del balcón donde estaba yo.

—¿Eh?

—Tu novio. Cuando recupere la lucidez y te ruegue que le dejes volver —añadió, con toda naturalidad.

No pude evitar reírme. Aquello no sucedería jamás.

—Ya no es mi novio. Y dejó bastante claro que habíamos acabado. —Hasta yo misma noté el minúsculo rastro de esperanza en mi voz.

—Eso no es posible. Ahora te habrá visto en la tele y habrá vuelto a caer prendado de ti. Aunque en mi opinión sigue sin merecerte. —Maxon hablaba casi como si estuviera aburrido, como si hubiera visto cosas así un millón de veces—. Y eso me recuerda... —añadió, levantando un poco la voz—. Si no quieres que me enamore de ti, vas a tener que dejar de estar tan encantadora. Mañana a primera hora haré que tus doncellas te cosan unos vestidos hechos con sacos de patatas.

Le di un golpe en el brazo.

—Calla.

—No bromeo. Eres tan guapa que corres peligro. Cuando te vayas, tendremos que enviar guardaespaldas para que te sigan. Nunca sobrevivirías por tu cuenta, pobrecilla —dijo, fingiendo compasión.

—No puedo evitarlo —suspiré—. ¡Qué voy a hacerle, si he nacido perfecta! —Y eché la cabeza atrás, como si estuviera agotada de ser tan guapa.

—Nada, supongo que no puedes hacer nada.

Me reí, sin darme cuenta de que Maxon no hablaba tan en broma.

Me quedé contemplando el jardín y por el rabillo del ojo vi que me miraba. Su cara estaba increíblemente cerca de la mía. Cuando me giré para preguntarle qué era lo que miraba tanto, me sorprendió notar que estaba tan cerca que podría haberme besado.

Y más aún me sorprendió que lo hiciera.

Di un paso atrás enseguida, apartándome. Maxon también retrocedió.

—Lo siento —murmuró, ruborizado.

—¿Qué estás haciendo? —susurré, sorprendida.

—Lo siento —repitió, girando la cara, evidentemente avergonzado.

—¿Por qué has hecho eso? —Me llevé una mano a la boca.

—Es que… con lo que has dicho antes, y al ver que ayer me buscabas…, tu forma de actuar…, pensé que tus sentimientos habrían cambiado. E igual que tú…, pensé que lo habrías notado. —Se giró hacia mí—. Bueno… ¿Tan terrible ha sido? Pareces hasta molesta.

Intenté borrar cualquier expresión de mi rostro. Maxon parecía estar pasándolo fatal.

—Lo siento muchísimo. Nunca había besado a nadie. No sé lo que hago. Solo… Lo siento, America. —Soltó un profundo suspiro y se pasó la mano por el pelo varias veces, apoyándose en la baranda.

No lo esperaba, pero me sentí halagada.

Me había elegido a mí para su primer beso.

Pensé en el Maxon al que había descubierto últimamente —el que siempre tenía un cumplido a punto, el que me concedía el premio de una apuesta aunque la hubiera perdido, el que me perdonaba cuando le hacía daño, física o emocionalmente— y descubrí que mi opinión había cambiado.

Sí, aún sentía algo por Aspen. Aquello no podía evitarlo. Pero si no podía estar con él, ¿qué era lo que me impedía estar con Maxon? Nada más que mis ideas preconcebidas sobre él, que no se acercaban en absoluto a la realidad.

Me acerqué y le acaricié la frente con la mano.

—¿Qué estás haciendo?

—Estoy borrando ese recuerdo. Creo que podemos hacerlo mejor. —Bajé la mano y me apoyé en él, de cara a la habitación.

Maxon no se movió…, pero sonrió.

—America, no creo que se pueda cambiar la historia —dijo, pero al mismo tiempo cierta esperanza le iluminó el rostro.

—Claro que podemos. Además, ¿quién más va a saberlo, aparte de ti y de mí?

Me miró un momento, preguntándose si aquello estaba bien. Poco a poco vi que su expresión iba pasando de la prudencia a la confianza. Nos quedamos así, mirándonos a los ojos, hasta que recordé lo que acababa de decir.

—Qué voy a hacerle, si he nacido perfecta —susurré.

Él se acercó, me pasó un brazo alrededor de la cintura, poniéndose justo delante de mí. Su nariz me hacía cosquillas en la mía. Me pasó los dedos por la mejilla con tal suavidad que por un momento temí venirme abajo.

—Nada, supongo que no puedes hacer nada —murmuró.

Maxon me cogió la cara con la mano y acercó sus labios a los míos, dándome el más suave de los besos.

Aquella sensación de inseguridad hacía que el momento fuera aún más bonito. Sin necesidad de decir una palabra, entendí la emoción que suponía para él disfrutar de aquel momento, pero también el miedo que le provocaba. Y, por encima de todo eso, supe que me adoraba.

Así que aquella era la sensación que producía ser una dama.

Al cabo de un momento, se separó y preguntó:

—¿Mejor?

Solo pude que asentir. Maxon parecía estar a punto de dar una voltereta hacia atrás. Yo sentía algo parecido dentro del pecho. Era algo absolutamente inesperado, demasiado rápido, demasiado extraño. Mi estado de confusión debía de reflejárseme en la cara, porque Maxon se puso serio.

—¿Puedo decir algo?

Volví a asentir.

—No soy tan tonto como para creer que te habrás olvidado por completo de tu exnovio. Sé por lo que has pasado y que aquí no te encuentras precisamente en circunstancias normales. Sé que crees que hay otras más preparadas para mí y para esta vida, y no quiero presionarte para que intentes adaptarte a todo esto. Yo solo… Solo quiero saber si es posible.

Era una pregunta difícil de responder. ¿Estaría dispuesta a llevar una vida que nunca había deseado? ¿A observar cómo iba quedando con las otras para asegurarse de que no se equivocaba? ¿A aceptar la responsabilidad que tenía él como príncipe? ¿Estaría dispuesta a quererle?

—Sí, Maxon —susurré—. Es posible.

Capítulo 19

No le conté a nadie lo que había sucedido entre Maxon y yo, ni siquiera a Marlee ni a mis doncellas. Era como un secreto maravilloso que podía recordar en medio de alguna de las aburridas clases de Silvia o en alguna larga jornada en la Sala de las Mujeres. Y, para ser sincera, pensaba en nuestros besos —tanto en el incómodo como en el dulce— con mayor frecuencia de lo que me esperaba.

Sabía que no me iba a enamorar de Maxon de la noche a la mañana. Mi corazón no me lo permitiría. Pero de pronto me encontré con que era algo que deseaba. Así que me planteé la posibilidad, solo para mí, aunque en más de una ocasión sentí la tentación de explicar mi secreto a los cuatro vientos.

En particular tres días más tarde, cuando, con la Sala de las Mujeres medio llena, Olivia anunció que Maxon la había besado.

No podía creerme lo destrozada que me sentía. Me quedé mirando a Olivia y preguntándome qué tenía ella que fuera tan especial.

—¡Cuéntanoslo todo! —la apremió Marlee.

La mayoría de las otras chicas también sentían curiosidad, pero Marlee era la más entusiasta. En el poco tiempo que había pasado desde su última cita con Maxon, cada vez demostraba un mayor interés por los progresos de las demás. No entendía cuál era el motivo de aquel cambio, y no tenía valor para preguntárselo.

Olivia no necesitaba que se lo pidieran. Se sentó en uno de los sofás y se colocó bien el vestido. Tenía la espalda muy erguida, sobre todo en comparación con su estado, habitualmente relajado, y colocó las manos sobre el regazo. Era como si estuviera practicando para ser princesa. Me venían ganas de decirle que un beso no significaba que fuera a ganar.

—No quiero entrar en detalles, pero fue bastante romántico —suspiró, bajando la barbilla hasta el pecho—. Me llevó a la azotea. Tienen un lugar que es como un balcón, pero me parece que lo usan los guardias. No sé. Desde allí se veía más allá de los muros, y la ciudad brillaba hasta donde se perdía la vista. En realidad no dijo nada. Simplemente me cogió y me besó —dijo, henchida de orgullo.

Marlee suspiró. Celeste parecía estar a punto de romper algo. Yo me quedé ahí sentada.

No paraba de repetirme que no debía preocuparme tanto; todo aquello formaba parte de la Selección. Además, ¿cómo podía estar segura de querer acabar con Maxon? La verdad era que tenía que estar contenta. Estaba claro que la maldad de Celeste había encontrado un nuevo objetivo, y después de todo aquel episodio con mi vestido —que, por cierto, había olvidado contar a Maxon— estaba encantada de ver que alguien me iba a tomar el relevo.

—¿Crees que será la única a la que ha besado? —me susurró Tuesday al oído.

Kriss, que estaba de pie a mi lado, oyó la pregunta y se apresuró a contestar:

—Él no besaría a cualquiera. Olivia debe de estar haciendo algo bien.

—¿Y si ha besado ya a la mitad de las chicas y todas se lo callan? A lo mejor es parte de su estrategia —se preguntó Tuesday.

—No creo que, si alguna se lo calla, eso tenga que considerarse necesariamente una estrategia —rebatí—. A lo mejor solo están siendo discretas.

Kriss aspiró con fuerza.

—¿Y si el hecho de que Olivia nos cuente esto no es más que algún juego? Ahora todas están preocupadas, y ninguna de nosotras se negaría a recibir un beso de Maxon. No hay modo de saber si está mintiendo o no.

—¿Creéis que lo haría? —pregunté.

—Si es así, ojalá se me hubiera ocurrido a mí primero —se lamentó Tuesday.

Kriss suspiró.

—Esto es mucho más complicado de lo que pensaba.

—Dímelo a mí —murmuré.

—A mí casi todas las chicas me caen bien, pero cuando oigo que Maxon hace algo con otra solo pienso en cómo podría hacerlo mejor que ella —confesó—. No me sale el instinto competitivo con vosotras.

—Algo así le decía yo a Tiny el otro día —dijo Tuesday—. Sé que es algo tímida, pero es muy elegante y creo que sería una gran princesa. No puedo enfadarme con ella si tiene más citas que yo, aunque desee la corona para mí.

Kriss y yo cruzamos una breve mirada, y me di cuenta de que ambas habíamos pensado lo mismo. Tuesday había dicho «corona» no «a él». Pero lo dejé estar, porque el resto de su planteamiento me resultaba familiar.

—Marlee y yo hablamos de eso todo el rato. De las cualidades que vemos la una en la otra.

Nos miramos las unas a las otras, y algo había cambiado. De pronto no sentí tantos celos de Olivia, ni siquiera me caía tan mal Celeste. Todas vivíamos aquello de un modo diferente, y quizás incluso por motivos distintos, pero al menos todas lo vivíamos juntas.

—Quizá tuviera razón la reina Amberly —dije—. Lo único que hay que hacer es ser una misma. Preferiría que Maxon me enviara a casa por ser yo misma a que me eligiera por ser quien no soy.

—Es verdad —coincidió Kriss—. Y al final treinta y cuatro tendrán que irse. Si yo fuera la última que queda, querría saber que cuento con el apoyo de las demás, así que deberíamos apoyarnos las unas a las otras.

Asentí. Tenía razón, y esperaba poder hacerlo.

En aquel momento, Elise entró en la sala como una exhalación, seguida de Zoe y Emmica. Solía ser muy tranquila y sosegada, y nunca levantaba la voz. No obstante, esta vez se dirigió a nosotras con un chillido.

—¡Mirad esto! —gritó, señalando dos bonitas peinetas cubiertas en piedras preciosas que debían valer miles de dólares—. Me las ha regalado Maxon. ¿No son preciosas?

Aquello hizo que una nueva oleada de excitación (y de decepción) se extendiera por la sala: mi recién conquistada confianza desapareció.

Intenté no sentirme decepcionada. Al fin y al cabo, ¿no había recibido regalos yo también? ¿No me había besado? Aun así, a medida que la habitación se iba llenando de chicas y las historias iban pasando de boca en boca, sentí que lo único que quería era esconderme. Quizá fuera un buen día para pasarlo a solas con mis doncellas.

Justo en el momento en que me planteaba abandonar la sala, entró Silvia, algo agitada e ilusionada al mismo tiempo.

—¡Señoritas! —dijo, pidiendo silencio—. Señoritas, ¿están todas aquí?

Todas respondimos con un sonoro «sí».

—Gracias a Dios —añadió, calmándose un poco—. Sé que es algo precipitado, pero acabamos de enterarnos de que el rey y la reina de Swendway vienen tres días de visita y, como sabrán, estamos en buenas relaciones con su familia real. Además, al mismo tiempo, la familia de nuestra reina vendrá a conocerlas, así que vamos a tener el palacio bastante lleno. Tenemos muy poco tiempo para prepararnos, así que libérense las tardes de obligaciones. Clases en el Gran Salón inmediatamente después del almuerzo —anunció, y dio media vuelta para marcharse.

Era como si el personal de palacio hubiera tenido meses para los preparativos. Levantaron unas carpas enormes en los jardines, con mesas llenas de comida y vino repartidas por el césped. El número de guardias era mayor del habitual, y a ellos se les unieron numerosos soldados de Swendway que habían traído consigo los reyes. Supuse que hasta ellos sabían la amenaza que se cernía sobre el palacio.

Había otra carpa con tronos para el rey, la reina y Maxon, así como para los reyes de Swendway. La reina de Swendway —cuyo nombre no podría pronunciar ni aunque en ello me fuera la vida— era casi tan guapa como la reina Amberly, y ambas parecían ser buenas amigas. Todos se instalaron cómodamente bajo la carpa, salvo Maxon, que estaba ocupado saliendo con todas las chicas y con sus familiares recién llegados.

Parecía encantado de ver a sus primos, incluso a los pequeños, que no dejaban de tirarle de la casaca y salir corriendo. Llevaba una de sus muchas cámaras e iba persiguiendo a los críos, haciéndoles fotos. Casi todas las chicas de la Selección lo contemplaban encandiladas.

—America —me llamó alguien. Me giré y a mi derecha vi a Elayna y Leah hablando con una mujer casi idéntica a la reina—. Ven a conocer a la hermana de la reina —dijo Elayna. Había algo en su tono que no podía definir, pero que me puso algo nerviosa.

Me acerqué y le hice una reverencia a la dama, que se rio.

—Deja eso, cariño. Yo no soy la reina. Soy Adele, la hermana mayor de Amberly.

Me tendió la mano y se la estreché. En ese momento se le escapó el hipo. La mujer tenía algo de acento, y había en ella algo reconfortante, que me recordaba a mi casa. Estaba algo inclinada hacia delante y sostenía una copa de vino casi vacía en la mano. Por la pesadez de su mirada era evidente que no era la primera que se tomaba.

—¿De dónde es usted? Me encanta su acento —dije.

Entre las chicas había alguna del sur que hablaba de forma parecida, y aquellas voces me parecían increíblemente románticas.

—Honduragua. En la costa. Nos criamos en una casa diminuta —afirmó, mostrando un espacio de un centímetro entre el pulgar y el índice—. Y mírala ahora. Mírame a mí —dijo, señalando su vestido—. Menudo cambio.

—Yo vivo en Carolina, y mis padres me llevaron a la costa una vez. Me encantó —respondí.

—Oh, no, no, no, niña —intervino ella, agitando la mano. Elayna y Leah parecían estar aguantándose la risa. Evidentemente no les parecía correcto que la hermana de la reina nos hablara con tanta familiaridad—. Las playas del centro de Illéa son una basura comparadas con las del sur. Tienes que ir a verlas algún día.

Sonreí y asentí, pensando que me encantaría viajar más por el país, aunque dudaba que pudiera hacerlo. Poco después, uno de los muchos hijos de Adele se acercó y se la llevó, y Elayna y Leah estallaron de risa.

—¿No es graciosísima? —preguntó Leah.

—No sé. Parece agradable —respondí, encogiéndome de hombros.

—Es vulgar —respondió Elayna—. Deberías haber oído todo lo que dijo antes de que llegaras tú.

—¿Qué es lo que tiene de malo?

—Yo pensaba que con el paso de los años le habrían dado unas cuantas clases para que aprendiera a mantener la compostura. ¿Cómo es que Silvia no se ha encargado de ella? —preguntó Leah, con una sonrisita socarrona.

—No olvides que es una Cuatro de nacimiento. Igual que tú —le espeté.

De pronto, la sonrisa socarrona desapareció, y debió de recordar que Adele y ella no eran tan diferentes. Elayna, en cambio, siempre había sido una Tres y siguió hablando.

—Puedes estar segura de que, si gano, haré que mi familia reciba la educación pertinente o que los deporten. No permitiría que ninguno de ellos me hiciera pasar esa vergüenza.

—¿Qué es lo que ha sido tan embarazoso? —pregunté.

Elayna chasqueó la lengua.

—Está borracha. El rey y la reina de Swendway están aquí. Deberían de haberla metido entre rejas.

Decidí que ya tenía bastante y me alejé a buscar una copa de vino. Cuando la tuve, miré a mi alrededor y la verdad es que no veía ni un solo lugar al que me apeteciera retirarme. La recepción era preciosa, de lo más interesante y, para mí, un motivo de tensión insoportable.

Pensé en lo que había dicho Elayna. Si acabara viviendo en el palacio, ¿esperaría que mi familia cambiara? Miré a los niños que correteaban, a la gente reunida en pequeños corrillos. ¿No querría que

Kenna fuera exactamente como era, que sus hijos disfrutaran de todo aquello como mejor les pareciera?

¿Hasta qué punto me cambiaría la vida en palacio?

¿Querría Maxon que cambiara? ¿Por eso iba por ahí besando a otras chicas? ¿Porque había algo en mí que no acababa de encajarle del todo?

¿Iba a resultar igual de irritante el resto de la Selección?

—Sonríe.

Me giré, y Maxon me tomó una foto. Di un respingo de la sorpresa. Aquella fotografía inesperada acabó con la poca paciencia que me quedaba, y aparté la cara.

—¿Algún problema? —preguntó Maxon, bajando la cámara.

Me encogí de hombros.

—¿Qué pasa?

—Solo que hoy no me apetece formar parte de la Selección —me limité a responder.

Maxon no pilló la indirecta. Se acercó y bajó la voz:

—¿Necesitas hablar con alguien? Yo podría tirarme de la oreja ahora mismo —se ofreció.

Suspiré e intenté mostrar una sonrisa educada.

—No, solo necesito pensar —respondí, y me dispuse a alejarme.

—America —dijo, en voz baja. Me detuve y me di la vuelta—. ¿He hecho algo malo?

Dudé. ¿Debería preguntarle por el beso a Olivia? ¿Tendría que decirle la tensión que sentía entre las chicas ahora que las cosas habían cambiado entre nosotros? ¿Debería decirle que no quería cambiar ni obligar a mi familia a que cambiara para entrar a formar parte de esto? Estaba a punto de soltarlo todo cuando oí una voz aguda detrás de nosotros.

—¿Príncipe Maxon?

Nos giramos, y ahí estaba Celeste, hablando con la reina de Swendway. Estaba claro que quería mantener aquella conversación colgada del brazo del príncipe. Le hizo un gesto, invitándole a que se uniera a ellas.

—¿Por qué no vas corriendo? —le pregunté, sin poder evitar un tono de fastidio en la voz.

Maxon me miró. La expresión de su rostro me recordó que aquello era parte del trato. Se suponía que tenía que compartirlo.

—Ten cuidado con esa. —Le hice una reverencia rápida y me alejé.

Me dirigí hacia el palacio. Por el camino me encontré a Marlee, que estaba sentada. No me apetecía estar con nadie, ni siquiera con ella, pero observé que estaba sola, en un banco junto a la fachada trasera del palacio, bajo un sol implacable. Como única compañía tenía a un joven soldado montando guardia a apenas unos metros.

—Marlee, ¿qué haces aquí? Ponte bajo una carpa antes de que se te queme la piel.

—Estoy bien aquí —respondió, con una sonrisa educada.

—No, de verdad —insistí, pasándole una mano bajo el brazo—. Acabarás del color de mi pelo. Deberías…

Marlee quitó la mano para que no la agarrara, pero habló con suavidad.

—Prefiero quedarme aquí, America. Lo prefiero.

Había una tensión en su rostro que intentaba enmascarar. Estaba segura de que no estaba enfadada conmigo, pero le pasaba algo.

—Como quieras. Pero ponte a la sombra enseguida. Las quemaduras pueden ser dolorosas —le advertí, intentando disimular mi frustración, y me dirigí hacia el palacio.

Una vez dentro, decidí ir a la Sala de las Mujeres. No podía desaparecer demasiado tiempo, y al menos aquella sala estaría vacía. Pero cuando entré me encontré a Adele sentada cerca de la ventana viendo la escena que se desarrollaba en el exterior. Al oírme entrar se giró y esbozó una sonrisa.

Me acerqué y me senté cerca.

—¿Escondiéndose?

—Algo así —repuso, sonriendo—. Quería conoceros a todas y ver a mi hermana otra vez, pero odio cuando estas cosas se convierten en funciones teatrales. Me ponen tensa.

—A mí tampoco me gusta. No me puedo imaginar haciendo cosas así toda la vida.

—Supongo —repuso, resignada—. Tú eres la Cinco, ¿verdad?

No fue un insulto, sino que más bien me estaba preguntando si era de las suyas.

—Sí, soy yo.

—Recordaba tu cara. Estuviste encantadora en el aeropuerto. Eso es lo típico que habría hecho ella —dijo, señalando con un gesto de la cabeza hacia la reina. Suspiró—. No sé cómo lo hace. Es más fuerte de lo que se imagina la gente —añadió, y dio un sorbo a su copa de vino.

—Sí que parece fuerte, pero también elegante.

A Adele se le iluminaron los ojos.

—Sí, pero es más que eso. Mírala ahora.

Observé a la reina. Vi que escrutaba el jardín con la vista. Seguí su mirada; estaba observando a Maxon, que hablaba con la reina de

Swendway, con Celeste al lado, y con uno de sus primos colgado de su pierna.

—Maxon habría sido estupendo como hermano —dijo—. Amberly tuvo tres abortos. Dos antes de él y uno después. Aún piensa en ello; de vez en cuando me lo dice. Y yo tengo seis hijos. Me siento culpable cada vez que vengo.

—Estoy segura de que ella no se lo toma así. Apuesto a que está encantada cada vez que la visita.

Ella se giró.

—¿Sabes lo que la hace feliz? Vosotras. ¿Sabes lo que ve en vosotras? Una hija. Sabe que, cuando todo esto acabe, habrá ganado una hija.

Me giré de nuevo y miré a la reina otra vez.

—¿Usted cree? Parece un poco distante. Yo ni siquiera he hablado con ella.

Adele asintió.

—Tú espera. Le aterra cogeros cariño y luego tener que ver como os vais. Ya lo verás cuando el grupo sea más pequeño.

Volví a mirar a la reina. Y luego a Maxon. Y luego al rey. Y de nuevo a Adele.

Me pasaban un montón de cosas por la cabeza: que las familias son familias, independientemente de la casta; que las madres tienen siempre sus propias preocupaciones; que en realidad no odiaba a ninguna de las chicas, por muy equivocadas que estuvieran; que todo el mundo debía de estar poniendo al mal tiempo buena cara, por un motivo u otro; y, por último, que Maxon me había hecho una promesa.

—Discúlpeme. Tengo que hablar con alguien.

Ella dio otro sorbito al vino y se despidió con un gesto de la mano. Salí corriendo de allí y volví a la luz cegadora de los jardines. Busqué un momento, hasta que vi al primo menor de Maxon corriendo tras él alrededor de los arbustos. Sonreí y me acerqué despacio.

Por fin Maxon se detuvo, levantando las manos, admitiendo su derrota. Aún entre risas, se giró y me vio. Siguió sonriendo, pero cuando nuestras miradas se cruzaron la sonrisa se borró. Me miró a la cara, intentando averiguar de qué humor estaba.

Me mordí el labio y bajé la vista. Estaba claro que, si me importaba mi futuro como participante en la Selección, debía ser capaz de procesar muchas sensaciones nuevas. Por mal que me sentaran algunas cosas, tenía que intentar que no me afectaran en la relación con otras personas, especialmente con Maxon.

Pensé en la reina, atendiendo, al mismo tiempo, a todos a la vez, a unos monarcas extranjeros, a sus familiares y a un grupo de chicas revolucionadas. Organizaba eventos y respaldaba causas benéficas. Ayudaba a su marido, a su hijo y al país. Y en su interior seguía siendo una Cuatro, con todas sus preocupaciones, y no permitía que su antigua posición ni los dolores de cabeza propios de la actual interfirieran en su labor.

Sin levantar la cabeza miré a Maxon y sonreí. Él también me sonrió y le susurró algo al niño, que inmediatamente se giró y salió corriendo. Se puso en pie y se tiró de la oreja. Igual que yo.

Capítulo 20

La familia de la reina se quedó solo unos días, mientras que los invitados de Swendway permanecieron allí toda una semana. Les dedicaron una sección en el *Report*, en la que hablaron de relaciones internacionales y de las iniciativas para reafirmar la paz en ambas naciones.

Cuando se fueron, llegó otra cosa: la tranquilidad. Ya llevaba un mes en palacio, y me sentía como en casa. Mi cuerpo se había acostumbrado al nuevo clima. La calidez del palacio era estupenda, como estar de vacaciones. Septiembre ya casi había acabado, y por las noches refrescaba mucho, pero hacía mucho más calor que en casa. Aquel enorme lugar, con sus diferentes espacios, ya no era un misterio para mí. El sonido de los zapatos de tacón sobre el mármol, de las copas de cristal al brindar, de los guardias desfilando…, todo aquello empezaba a ser tan normal como el zumbido de la nevera o las patadas que le daba Gerad a la pelota de fútbol junto a mi casa.

Las comidas con la familia real y los ratos pasados en la Sala de las Mujeres eran elementos habituales de mi día a día, pero los momentos intermedios siempre eran nuevos. Pasaba más tiempo ensayando mi música; los instrumentos de palacio eran mucho mejores que los que tenía en casa. Debía admitir que me estaban malacostumbrando. La calidad del sonido era infinitamente mejor. Y la Sala de las Mujeres había adquirido un poco más de interés, ya que la reina se había presentado un par de veces. En realidad aún no había hablado con ninguna, pero se sentaba en una cómoda butaca con sus doncellas al lado, observando cómo leíamos o conversábamos.

En general, los ánimos también se habían calmado. Nos estábamos acostumbrando las unas a las otras. Por fin descubrimos las preferidas de la revista que había publicado nuestras fotografías. Me quedé impresionada al ver que era de las que iba en cabeza. Marlee era la primera de la clasificación, seguida de Kriss, Tallulah y Bariel. Cuando Celeste se enteró, no le habló a Bariel durante días, pero nadie hizo ni caso.

Lo que aún provocaba tensión eran ciertos rumores que corrían por ahí. Si una había estado con Maxon recientemente, enseguida corría a contar su breve encuentro. Por el modo en que hablaban todas, daba la impresión de que Maxon iba a tomar seis o siete esposas. Pero no todas estaban tan eufóricas ante sus encuentros.

Por ejemplo, Marlee había salido varias veces con Maxon, lo cual tenía a muchas chicas intranquilas. Aun así, nunca volvió tan emocionada de ninguna de esas citas como tras la primera.

—America, si te cuento esto, tienes que jurar que no se lo dirás a nadie —me dijo un día mientras salíamos al jardín.

Debía ser algo importante. Esperó a que estuviéramos a una distancia prudencial de la Sala de las Mujeres y fuera de la vista de los guardias.

—Por supuesto, Marlee. ¿Estás bien?

—Sí, estoy bien. Es solo… que quiero que me des tu opinión sobre una cosa —soltó, con aspecto preocupado.

—¿Qué pasa?

Ella se mordió el labio y me miró.

—Es Maxon. No estoy segura de que vaya a funcionar —confesó, y bajó la mirada.

—¿Qué te hace pensar eso? —pregunté, preocupada. Ahora que ya lo había soltado, seguimos caminando.

—Bueno, para empezar, yo no… No «siento» nada, ¿sabes? No hay chispa, no hay química.

—Maxon puede ser un poco tímido. Tienes que darle tiempo. —Era cierto. Me sorprendía que ella no lo supiera.

—No, quiero decir que… no creo que «a mí» me guste.

—Oh. —Eso era muy diferente—. ¿Ya lo has intentado? —Qué pregunta más idiota.

—¡Sí! ¡Con todas mis fuerzas! No paro de buscar el momento en que diga o haga algo que me haga sentir que tenemos algo en común, pero nunca llega. Creo que es guapo, pero eso no basta como base para una relación. Tampoco sé siquiera si le atraigo. ¿Tú tienes alguna idea de lo que…, de lo que le gusta?

Lo pensé.

—En realidad no. Nunca hemos hablado de lo que busca, en cuanto al aspecto físico.

—¡Y eso es otra cosa! Nunca charlamos. Él habla y habla, pero nunca parece que tengamos nada que decirnos. Nos pasamos mucho tiempo en silencio, viendo alguna película o jugando a las cartas.

Parecía cada vez más preocupada.

—A veces a mí también me pasa. Nos sentamos y nos quedamos callados, sin decir nada. Además, sentimientos así no siempre surgen de la noche a la mañana. A lo mejor los dos os lo estáis tomando con calma —dije, intentando infundirle seguridad.

Marlee parecía estar a punto de echarse a llorar.

—Sinceramente, America, creo que el único motivo de que yo siga aquí es que le gusto mucho a la gente. Creo que a él le importa demasiado la opinión pública.

Aquello no se me había ocurrido, pero ahora que lo había dicho sonaba plausible. Tiempo atrás yo no habría dado importancia a lo que pensara el público, pero Maxon adoraba a su pueblo. Seguro que, a la hora de escoger a la que tenía que ser su princesa, lo tendría en cuenta mucho más de lo que la gente pensaba.

—Además —susurró—, todo entre nosotros parece tan… vacío.

Entonces llegaron las lágrimas.

Suspiré y la abracé. Lo cierto era que yo quería que se quedara, que estuviera allí, conmigo, pero si no quería a Maxon…

—Marlee, si no quieres estar con Maxon, creo que tendrías que decírselo.

—Oh, no. No creo que pueda.

—Tienes que hacerlo. Él no desea casarse con alguien que no le ame. Si no sientes nada por él, tiene que saberlo.

Ella negó con la cabeza.

—¡No puedo pedirle que me eche! Necesito quedarme. No podría volver a casa… Ahora no.

—¿Por qué, Marlee? ¿Qué es lo que te retiene?

Por un momento me pregunté si las dos compartíamos el mismo oscuro secreto. A lo mejor ella también necesitaba distanciarse de alguien. La única diferencia entre nosotras era que Maxon conocía mi secreto. ¡Yo quería que lo dijera! Deseaba saber que no era la única que había acabado allí por un cúmulo de ridículas circunstancias.

Sin embargo, las lágrimas de Marlee cesaron casi con la misma rapidez que habían empezado. Se sorbió la nariz un par de veces y levantó la cabeza. Se alisó su vestido, echó los hombros atrás y se giró hacia mí. Se esforzó en sonreír y por fin habló:

—¿Sabes qué? Supongo que tienes razón —dijo, echando a andar—. Estoy segura de que, si le doy tiempo, funcionará. Tengo que irme. Tiny me espera.

Marlee volvió al palacio casi a la carrera. ¿Qué bicho le había picado?

Al día siguiente, me evitó. Y el siguiente también. Decidí sentarme en la Sala de las Mujeres a una distancia prudencial y saludarla cada vez que nos cruzáramos. Quería que supiera que podía confiar en mí; no la obligaría a hablar.

Tardó cuatro días en dedicarme una sonrisa triste, ante la que me limité a asentir. Daba la impresión de que eso era todo lo que tenía que decir de lo que le rondaba por la cabeza.

El mismo día, mientras estaba en la Sala de las Mujeres, vinieron a decirme que Maxon solicitaba mi presencia. Mentiría si no admitiera que estaba flotando cuando salí de la sala y fui a echarme en sus brazos.

—¡Maxon! —suspiré, lanzándome hacia él.

Cuando me eché atrás, él se mostró vacilante y yo supe por qué. El día que nos habíamos alejado de la recepción preparada para los reyes de Swendway y habíamos entrado en palacio para hablar le había confesado lo que me costaba gestionar mis sentimientos. Le pedí que no volviera a besarme hasta que estuviera más segura. Me di cuenta de que aquello le dolía, pero había aceptado mi decisión y aún no había roto su promesa. Era demasiado difícil descifrar aquellos sentimientos cuando actuaba como si fuera mi novio, y evidentemente no lo era.

Aún quedaban veintidós chicas después de que Camille, Mikaela y Laila hubieran vuelto a casa. Camille y Laila, simplemente, eran incompatibles con el príncipe, y se fueron sin hacer mucho ruido. Mikaela tuvo un ataque de nostalgia tan intenso que dos días más tarde se echó a llorar durante el desayuno. Maxon la acompañó mientras salía del comedor, dándole palmaditas en el hombro. No parecía que le importara que se marcharan, y enseguida se dedicó a otras cosas, yo entre ellas. Pero ambos sabíamos que sería una tontería que pusiera todas sus esperanzas en mí, cuando ni siquiera yo sabía dónde tenía el corazón.

—¿Cómo estás hoy? —preguntó, dando un paso atrás.

—Perfectamente. ¿Qué haces aquí? ¿No deberías estar trabajando?

—El presidente del Comité de Infraestructuras está enfermo, así que han aplazado la reunión. Tengo libre toda la tarde —anunció, con un brillo en los ojos—. ¿Qué quieres hacer? —preguntó, tendiéndome su brazo.

—¡Lo que sea! ¡Hay tantos rincones del palacio que aún no he visto! Hay caballos, ¿no? Y el cine. ¡Aún no me has llevado!

—Pues hagamos eso. Me irá bien un poco de calma. ¿Qué tipo de películas te gusta más? —preguntó, mientras nos dirigíamos hacia donde imaginaba que estaba la escalera que conducía al sótano.

—La verdad es que no lo sé. No he tenido ocasión de ver muchas películas. Pero me gustan los libros románticos. ¡Y también las comedias!

—¿Te gusta lo romántico, dices? —Y levantó las cejas como si fuera a hacer una travesura.

No pude evitar reírme.

Giramos una esquina y seguimos charlando. Al irnos acercando, un grupo de soldados de la guardia de palacio se echaron a un lado del pasillo y saludaron. Debía de haber más de una docena de hombres en el pasillo. Ya me había acostumbrado a su presencia. Ni siquiera ver a aquel grupo pudo distraerme de la diversión que tenía en perspectiva.

Lo que sí me detuvo fue el grito ahogado que se le escapó a alguien cuando pasamos por delante. Maxon y yo nos giramos.

Y ahí estaba Aspen.

Yo también reprimí un grito.

Unas semanas antes había oído a algún funcionario de palacio hablando del nuevo reemplazo de reclutas. Aquello me hizo pensar en Aspen por un momento, y desde entonces me había preguntado por su paradero. Pero como llegaba tarde a una de las numerosas clases de Silvia, no había tenido tiempo de especular demasiado.

Así que por fin lo habían reclutado. Y de todos los lugares a los que podía haber ido…

—America, ¿conoces a este joven?

Hacía más de un mes que no veía a Aspen, pero aquella era la persona con la que llevaba años haciendo planes, la persona que aún visitaba mis sueños. Lo habría reconocido en cualquier parte. Se le veía algo más fornido, como si hubiera comido bien, y debía de estar haciendo mucho ejercicio. Le habían cortado su enmarañado pelo y ahora lo llevaba muy corto, prácticamente rapado. Estaba acostumbrada a verlo vestido con prendas de segunda mano que apenas se sostenían, mientras que ahora lucía uno de los vistosos uniformes hechos a medida para la guardia del palacio.

Era alguien extraño y familiar a la vez. Había muchas cosas de él que me resultaban raras. Pero aquellos ojos… eran los ojos de Aspen.

Se me fue la vista a la placa identificativa de su uniforme: soldado Leger.

No me parecía que solo hubiera pasado un segundo.

Intenté mantener la compostura para que nadie viera la tormenta que se había desatado en mi interior, algo inexplicable. Quería tocarlo, besarle, gritarle, exigirle que se fuera de mi refugio. Deseaba fundirme y desaparecer, pero estaba muy claro que seguía allí.

Todo aquello no tenía sentido.

Me aclaré la garganta.

—Sí. El soldado Leger procede de Carolina. De hecho es de mi misma ciudad —respondí, con una sonrisa.

Seguro que Aspen nos habría oído reír a la vuelta de la esquina, seguro que habría notado que mi brazo seguía colgado del brazo del príncipe. Que pensara lo que quisiera.

Maxon parecía contento por mí.

—¡Vaya, qué coincidencia! Bienvenido, soldado Leger. Debe de estar muy contento de ver a nuestra campeona otra vez.

Maxon le tendió la mano, y Aspen, que se había quedado de piedra, se la estrechó.

—Sí, alteza. Muchísimo.

¿Qué significaba aquello?

—Estoy seguro de que usted apuesta por ella —apuntó Maxon, mientras me guiñaba el ojo.

—Por supuesto, alteza —repuso Aspen, inclinando la cabeza un poco.

¿Qué significaba eso?

—Excelente. Dado que America es de su provincia, no se me ocurre nadie mejor en palacio para que la proteja. Me aseguraré de incluirle en las rotaciones para montar guardia en su puerta. Esta chica se niega a tener una doncella en la habitación por la noche. He intentado convencerla, pero… —Maxon me miró y meneó la cabeza.

—Eso no me sorprende, alteza —respondió Aspen, que por fin parecía haberse relajado un poco.

Maxon sonrió.

—Bueno, estoy seguro de que todos tienen un día muy ocupado por delante. Nosotros nos vamos. Buenos días, soldados. —Maxon hizo un gesto expeditivo con la cabeza y nos fuimos de allí.

Tuve que hacer acopio de todas mis fuerzas para no mirar atrás.

En la oscuridad del cine, intenté pensar qué podía hacer. Desde la primera noche en que le había hablado de Aspen, Maxon había dejado clara su repulsa por alguien que me había tratado con tan poco respeto. Si le confesaba que el hombre al que acababa de asignar mi protección era esa misma persona, ¿le castigaría? No quería ponerlo a prueba. Había inventado todo un sistema de apoyo para el país solo porque yo le había hablado de los momentos de hambre pasados.

No podía decírselo. No se lo diría. Porque, por muy enfadada que estuviera con él, aún quería a Aspen. Y no podría soportar que le hicieran daño.

Entonces… ¿debería marcharme? Las dudas me reconcomían por dentro. Podía huir de Aspen, librarme de su rostro, un rostro que me torturaría a diario cuando lo viera, sabiendo que ya no era mío. Pero si me iba, tendría que abandonar también a Maxon. Y él era mi mejor amigo, quizás incluso algo más. No podía irme así como así. Además, ¿cómo se lo explicaría sin decirle que Aspen estaba allí? Y mi familia. Quizá los talones que recibían fueran algo menores, pero al menos les seguía llegando. May había escrito diciéndome que papá les había prometido las mejores Navidades de sus vidas, pero si renunciaba nunca más habría unas Navidades tan buenas. Si me iba, era imposible saber cuánto dinero le acarrearía a mi familia mi fama como exseleccionada. Teníamos que ahorrar todo lo que pudiéramos.

—No te ha gustado, ¿verdad? —preguntó Maxon, casi dos horas más tarde.

—¿Eh?

—La película. No te has reído, ni nada.

—Oh. —Intenté recordar algún dato, alguna escena que pudiera decir que me hubiera gustado. No recordaba nada—. Creo que hoy estoy algo distraída. Siento haberte hecho perder la tarde.

—Tonterías —dijo Maxon, quitándole importancia—. Disfruto solo con tu compañía. Aunque quizá deberías echar una siesta antes de la cena. Estás algo pálida.

Asentí. Lo cierto es que me estaba planteando meterme en mi habitación y no volver a salir nunca más.

Capítulo 21

Al final decidí no ir a esconderme a la habitación, sino que me decanté por la Sala de las Mujeres. Generalmente entraba y salía de allí durante todo el día, visitando las bibliotecas, dando paseos con Marlee o incluso subiendo a ver a mis doncellas. Pero ahora la usaba como una guarida. Ningún hombre, ni siquiera los guardias, podían entrar sin el permiso expreso de la reina. Era el lugar perfecto.

Bueno, fue perfecto durante tres días. Con tantas chicas, era solo cuestión de tiempo que llegara el cumpleaños de alguna. El jueves era el de Kriss. Supongo que se lo mencionaría a Maxon —que aparentemente no perdía ninguna ocasión de hacer algún regalo—, y el resultado fue una fiesta de asistencia obligatoria para las seleccionadas. Así que el día en cuestión hubo un ir y venir de chicas continuo, que entraban y salían de las habitaciones, preguntándose unas a otras qué ponerse o haciendo cábalas sobre la majestuosidad de la fiesta.

No parecía que hubiera que hacer regalos, pero igualmente quise tener un detalle con ella.

Me puse uno de mis vestidos de día favoritos y cogí mi violín. Me dirigí al Gran Salón intentando que nadie me viera, mirando tras cada esquina antes de avanzar. Cuando llegué, escruté el lugar, examinando a los guardias apostados en las paredes. Gracias a Dios, Aspen no estaba allí, pero me hizo gracia ver a tantos hombres uniformados. ¿Qué esperaban? ¿Un alzamiento?

El salón estaba decorado con gran elegancia. Había jarrones colgados de las paredes, con enormes arreglos de flores blancas y amarillas, y unos ramos similares en centros repartidos por la estancia. Las ventanas, los tabiques y prácticamente todo lo que no se movía estaba cubierto de guirnaldas. Había unas mesitas cubiertas con vistosos manteles salpicados de confeti brillante. Y unos grandes lazos decoraban los respaldos de las sillas por detrás.

En una esquina había un enorme pastel a juego con los colores de la habitación. Y a su lado, sobre una mesita, unos cuantos regalos para la cumpleañera.

Había un cuarteto de cuerda junto a una pared, lo que hacía que mi iniciativa perdiera toda su gracia, y un fotógrafo se paseaba por la habitación, captando instantáneas para compartir con el público.

En la habitación reinaba una ambiente festivo. Tiny —que hasta ahora solo había conseguido intimar con Marlee— hablaba con Emmica y Jenna, y se la veía más animada que nunca. Marlee estaba junto a una ventana, y parecía que montaba guardia como los soldados. No parecía tener ninguna intención de alejarse de aquel rincón, pero paraba a todo el que pasaba para charlar. Un grupo de Treses —Kayleigh, Elizabeth y Emily— se giraron, sonrientes, y me saludaron con la mano. Les devolví el saludo. Todo el mundo parecía estar feliz y de buen humor.

Salvo Celeste y Bariel. Generalmente eran inseparables, pero en aquel momento se encontraban en extremos opuestos de la habitación: Bariel hablaba con Samantha; Celeste estaba sola en una mesa, agarrando una copa de cristal con un líquido de un color rojo intenso. Estaba claro que me había perdido algo de lo que había ocurrido entre la cena del día anterior y aquel momento.

Cogí de nuevo la funda de mi violín y me dirigí al fondo de la sala para ver a Marlee.

—Hola, Marlee. Vaya fiesta, ¿no? —pregunté, dejando el violín en el suelo.

—Desde luego. —Me abrazó—. He oído que Maxon vendrá más tarde para desearle a Kriss feliz cumpleaños en persona. ¿No es encantador? Supongo que él también tendrá un regalo.

Marlee siguió adelante con su típico entusiasmo. Yo aún me preguntaba cuál era su secreto, pero confiaba en que me lo contaría si lo necesitaba. Hablamos de tonterías unos minutos hasta que oímos un clamor generalizado en la entrada al salón.

Marlee y yo nos giramos y, aunque ella mantuvo la calma, sentí que me deshinchaba por completo.

La elección del vestido de Kriss había sido un acto de estrategia increíble. Todas íbamos vestidas de día —con vestidos cortos e inocentes— y ella llevaba un vestido de ceremonia hasta el suelo. Pero no era solo la longitud. Era de un color crema casi blanquecino. La habían peinado con una sarta de joyas amarillas que trazaban una línea sobre la frente y que recordaban sutilmente una corona. Se la veía madura, regia, como una novia.

Aunque no sabía muy bien qué pensar, sentí un pinchazo de celos. Ninguna de nosotras disfrutaría de un momento como aquel.

Por muchas fiestas o cenas que hubiera, quedaría bastante patético intentar copiar la imagen de Kriss. La mano de Celeste —la que no sostenía la copa— se convirtió en un puño.

—Está preciosa —comentó Marlee, con un aire melancólico.

—Más que preciosa —respondí.

La fiesta siguió, y Marlee y yo nos limitamos casi a observar a la multitud. Sorprendentemente —y sospechosamente—, Celeste se pegó a Kriss, hablando sin cesar mientras la otra chica iba recorriendo al sala, dándole las gracias a todo el mundo por venir, aunque en realidad no teníamos opción.

Al final llegó a la esquina donde estábamos Marlee y yo, calentándonos al sol de la ventana. Marlee, como era de esperar, se lanzó hacia Kriss en un abrazo.

—¡Feliz cumpleaños! —exclamó, eufórica.

—¡Gracias! —respondió Kriss, mostrando el mismo afecto y entusiasmo que Marlee.

—Así que hoy cumples diecinueve, ¿verdad? —preguntó Marlee.

—Sí. Y no podía tener una celebración mejor. Estoy contentísima de que tomen fotos. ¡A mi madre le va a encantar! ¡Es precioso! —suspiró.

Kriss era una Cuatro, igual que Marlee. Sus vidas no estaban tan limitadas como la mía, pero me imaginé que algo como aquello no tendría lugar en su mundo.

—Es impresionante —comentó Celeste—. El año pasado, para mi cumpleaños, celebré una fiesta de blanco y negro. Cualquier rastro de color, y ni siquiera podías entrar.

—Vaya —susurró Marlee, admirada, aunque no quisiera hacerlo patente.

—Fue fantástico. Comida de lujo, una iluminación espectacular… ¡Y la música! Bueno, hicimos venir a Tessa Tamble, ¿Habéis oído hablar de ella?

Era imposible no conocer a Tessa Tamble. Tenía al menos una docena de números uno. A veces veía vídeos suyos en la tele, aunque a mamá no le hacía ninguna gracia. Según ella, nosotros teníamos un talento infinitamente mayor que alguien como Tessa, y le daba una rabia terrible que ella disfrutara de tanta fama y dinero, y nosotros no, cuando básicamente hacíamos lo mismo.

—¡Es mi cantante favorita! —exclamó Kriss.

—Bueno, Tessa es una amiga de la familia, así que vino y dio un concierto en mi fiesta. Es que, claro, no íbamos a traer a un puñado de Cincos de pena para que aburrieran a todo el personal…

Marlee me lanzó una mirada de reojo. Me di cuenta de que se avergonzaba por mí.

—¡Ups! —añadió Celeste, mirándome—. Lo había olvidado. No era mi intención ofender.

El tono empalagoso de su voz era exasperante. Una vez más sentí la tentación de darle una buena bofetada... Mejor no pensar en ello.

—No me ofendes —respondí, con la máxima compostura posible—. ¿A qué te dedicas exactamente, Celeste? Para ser una Dos, nunca he oído tu música en la radio.

—Soy modelo —respondió, en un tono que implicaba que debería de haberlo sabido—. ¿No has visto mis anuncios?

—La verdad es que no.

—Oh, bueno, eres una Cinco. Supongo que tampoco puedes comprarte revistas.

Me dolió porque era cierto. A May le encantaba echar un vistazo a las revistas cuando teníamos ocasión de ir a alguna tienda, pero nosotras no teníamos absolutamente ningún motivo para comprarlas.

Kriss volvió a tomar la iniciativa y cambió de tema.

—Por cierto, America, hace tiempo que te quería preguntar a qué te dedicas.

—A la música.

—¡Deberías tocar para nosotras!

—En realidad —dije, con un suspiro—, había traído el violín para dedicarte algo por tu cumpleaños. Pensé que sería un buen regalo, pero ya tienes un cuarteto, así que imaginé...

—¡Oh, toca para nosotras! —suplicó Marlee.

—¡Por favor, America, es mi cumpleaños! —insistió Kriss.

—¡Pero si ya te han regalado un...!

Pese a mis protestas, Kriss y Marlee ya habían hecho callar al cuarteto y habían atraído a todo el mundo a la parte de atrás de la sala. Algunas de las chicas se sentaron en el suelo con sus vestidos extendidos, mientras que otras cogían sillas y se acercaban a nuestra esquina. Kriss se situó en el centro del grupo, con las manos apretadas de la emoción, y Celeste se quedó a su lado, sosteniendo con la mano la copa de cristal de la que aún no había bebido ni un sorbo.

Mientras las chicas tomaban posiciones, preparé el violín. El cuarteto de jóvenes que había estado tocando se acercó para acompañarme, y los camareros que había por la sala se quedaron quietos por fin.

Respiré hondo y me llevé el violín a la barbilla.

—Para ti —dije, mirando a Kriss.

Dejé el arco flotando sobre las cuerdas un momento, cerré los ojos y comencé a tocar.

Por un momento desaparecieron la malvada Celeste, la amenaza de Aspen en palacio, los rebeldes intentando invadirnos. No quedó nada más que una nota perfecta dejando paso a otra, como si fueran reticentes a perderse en el tiempo sin sus compañeras. Pero se agarraban unas a otras, y, mientras flotaban en el aire, lo que debía ser un regalo para Kriss se convirtió en un regalo para mí misma.

Quizá fuera una Cinco, pero no por ello me sentía inferior.

Toqué la pieza —tan familiar para mí como la voz de mi padre o el olor de mi habitación—, unos momentos, breves pero bellos, y luego dejé que llegara a su inevitable final. Di una última pasada al arco sobre las cuerdas y lo levanté.

Me giré hacia Kriss, esperando que le hubiera gustado su regalo, pero ni siquiera vi su rostro. Tras el grupo de chicas estaba Maxon. Llevaba un traje gris y una caja bajo el brazo, para Kriss. Las chicas estaban aplaudiendo educadamente, pero yo no percibía el sonido de sus aplausos. Lo único que veía era la atractiva expresión de sorpresa de Maxon, que poco a poco se convirtió en una sonrisa, una sonrisa que era solo para mí.

—Majestad —saludé, con una reverencia.

Las otras chicas se pusieron en pie para saludar a Maxon. Y en medio de todo aquello, oí un chillido de sorpresa.

—¡Oh, no! ¡Kriss, cómo lo siento!

Unas cuantas chicas miraban en la misma dirección, y, cuando Kriss se giró hacia mí, vi por qué. Su precioso vestido tenía una mancha por delante, del color del ponche de Celeste. Era como si la hubieran apuñalado.

—Lo siento, es que me he girado demasiado rápido. No era mi intención, Kriss. Deja que te ayude —se disculpó.

A oídos de cualquiera, probablemente parecería sincera, pero a mí no me engañaba.

Kriss se tapó la boca y se echó a llorar; luego salió corriendo de la sala, lo que puso fin a la fiesta. Maxon, en un gesto galante, fue tras ella, aunque en realidad a mí me habría gustado que se quedara.

Celeste se defendía ante cualquiera que quisiera escucharla, diciendo que había sido un accidente. Tuesday asentía, y aseguraba que lo había visto todo, pero entre las demás había tantas que levantaban la vista al cielo o ponían cara de hastío que el apoyo de Tuesday no valía para nada. Por mi parte, me limité a guardar el violín y me dispuse a marcharme.

Marlee me agarró del brazo.

—Alguien debería hacer algo con ella.

Si Celeste podía conseguir que una persona tan encantadora

como Anna se mostrara violenta, o si pensaba que podía intentar quitarme el vestido, o hacer que alguien tan benevolente como Marlee estuviera a punto de dejarse llevar por la rabia, desde luego en la Selección no había sitio para ella.

Tenía que conseguir que la echaran de palacio.

Capítulo 22

—Te lo aseguro, Maxon: no fue un accidente.

Estábamos otra vez en el jardín, haciendo tiempo hasta la hora del *Report*. Me había llevado todo el día encontrar el momento de hablar con él.

—Pero parecía estar destrozada, y se deshizo en disculpas —rebatió él—. ¿Cómo no iba a ser un accidente?

Suspiré.

—Como te lo cuento: veo a Celeste cada día, y esa fue su artimaña para arruinar el momento de Kriss cuando era el centro de atención. Es de lo más competitiva.

—Bueno, pues, si lo que intentaba era desviar mi atención de Kriss, fracasó. Me pasé casi una hora con ella. Y la verdad es que resultó bastante agradable.

No quería oír hablar de eso. Sabía que había algo pequeño y tenue entre nosotros, y no deseaba centrarme en nada que pudiera cambiarlo. Al menos hasta que supiera cuáles eran mis verdaderos sentimientos.

—¿Y qué hay de lo de Anna? —pregunté.

—¿Quién?

—Anna Farmer. Pegó a Celeste, y tú la echaste. ¿Te acuerdas? A Anna tuvieron que haberla provocado.

—¿Tú oíste que Celeste dijera algo? —respondió, escéptico.

—Bueno..., no. Pero conocía a Anna, y «conozco» a Celeste. Te lo aseguro: Anna no era de las que recurren de pronto a la violencia. Celeste debió de decirle algo muy cruel para que ella reaccionara de ese modo.

—America, soy consciente de que pasas más tiempo con las chicas que yo, pero ¿hasta qué punto puedes llegar a conocerlas? Sé que te gusta esconderte en tu habitación o en las bibliotecas. Me atrevería a decir que conoces más a fondo a tus doncellas que a cualquiera de las seleccionadas.

Probablemente tenía razón, pero yo no iba a ceder.

—Eso no es justo. Tenía razón con respecto a Marlee, ¿o no? ¿No te parece agradable?

Él puso una cara de circunstancias.

—Sí..., es agradable, supongo.

—Entonces... ¿por qué no me crees cuando te digo que lo que hizo Celeste fue un movimiento calculado?

—America, no es que crea que mientes. Estoy seguro de que a ti te lo pareció. Pero Celeste se disculpó. Y ella siempre se ha portado muy bien conmigo.

—Seguro que sí —murmuré.

—Ya está bien —dijo Maxon, con un suspiro—. Ahora no quiero hablar de las otras.

—Intentó quitarme el vestido, Maxon.

—He dicho que no quiero hablar de ella —repitió, airado.

Ahí se acababa la cosa. Levanté los brazos y los dejé caer con fuerza sobre las piernas. Estaba tan frustrada que habría querido gritar.

—Si vas a actuar de este modo, me voy a buscar a alguien que sí quiera mi compañía —dijo, y emprendió la marcha.

—¡Eh!

—¡No! —Se giró y me habló más enfadado de lo que imaginé que lo vería nunca—. Se te olvida una cosa, Lady America. Harías bien en recordar que soy el príncipe de la Corona de Illéa. A todos los efectos, soy el dueño y señor de este país, y te equivocas si crees que me puedes tratar así en mi propia casa. No tienes por qué estar de acuerdo con mis decisiones, pero las «acatarás».

Se giró y se fue, sin ver —o sin importarle— las lágrimas que acudieron a mis ojos.

No dirigí la mirada hacia él durante la cena, pero fue difícil no hacerlo durante el *Report*. Lo pillé dos veces mirándome, y ambas se tiró de la oreja. No le devolví el gesto. En aquel momento no tenía ningunas ganas de hablar con él. Seguro que me volvería a reñir, y era algo que no necesitaba.

A continuación me dirigí a mi habitación, tan disgustada con Maxon que no podía pensar con claridad. ¿Por qué no me escuchaba? ¿Acaso pensaba que mentía? O, peor aún, ¿creía que Celeste estaba por encima de la verdad?

Supongo que no era más que el típico chico, y Celeste la clásica chica guapa, y que al final aquello sería lo que importaría. Por mucho que hablara de que deseaba una compañera para la vida, quizá lo único que quería era una compañera para la cama.

Y si era de esos, ¿por qué se molestaba siquiera en hacer todo aquello? ¡Tonta, tonta, tonta! ¡Le había besado! ¡Le había pedido que tuviera paciencia! ¿Y para qué? Ojalá…

Giré la esquina y llegué a mi habitación, y ahí estaba Aspen, haciendo guardia frente a mi puerta. Toda mi rabia se fundió y se convirtió en una extraña inseguridad. Los guardias, como norma, mantienen la vista al frente y no se distraen, pero él me estaba mirando con una expresión inescrutable.

—Lady America —susurró.

—Soldado Leger.

Aunque no era tarea suya, dio un paso adelante y me abrió la puerta. Entré despacio, casi con miedo de girarme, casi con miedo de que no fuera real. Por mucho que intentara quitármelo de la cabeza y del corazón, deseaba tenerlo a mi lado en aquel momento. Al pasar, le oí aspirar el aire junto a mis cabellos. Me dio un escalofrío.

Se me quedó mirando fijamente otra vez y cerró la puerta poco a poco.

Era inútil intentar dormir. Di vueltas en la cama durante horas, mientras los pensamientos sobre la estupidez de Maxon y la proximidad de Aspen libraban una dura batalla en mi mente. No sabía qué hacer sobre nada de lo que me pasaba. Mis reflexiones me consumían; ni siquiera me di cuenta de que, de tanto darle vueltas en la cabeza, seguía despierta a las dos de la madrugada.

Suspiré. Mis doncellas tendrían que trabajar especialmente duro al día siguiente para ponerme en condiciones.

De pronto vi una luz procedente del pasillo. Tan sigilosamente que daba la impresión de que estaba soñándolo, Aspen abrió la puerta, entró y la cerró tras él.

—Aspen, ¿qué estás haciendo? —susurré mientras él cruzaba la habitación—. ¡Te vas a meter en un buen lío si te pillan aquí!

Siguió avanzando en silencio.

—¿Aspen?

Se detuvo frente a mi cama y, delicadamente, dejó en el suelo el bastón que llevaba.

—¿Le quieres?

Miré en lo más profundo de los ojos de Aspen, apenas visibles en la oscuridad. Por una fracción de segundo, no supe qué decir.

—No.

Él retiró las sábanas con un movimiento a la vez elegante y violento. Yo debería haber protestado, pero no lo hice. Me puso la mano tras la cabeza, y me empujó hacia él. Me besó desesperadamente, y todas las cosas buenas del mundo encontraron por fin su sitio. Ya no olía al jabón que hacían en su casa, y estaba más fuerte que antes, pero cada movimiento y cada contacto me resultaban familiares.

—Te matarán por esto —suspiré en un momento en que sus labios se perdían por mi cuello.

—Si no lo hago, me moriré igualmente.

Intenté reunir las fuerzas necesarias para decirle que parara, pero sabía que no lo intentaba con demasiada convicción. En aquel momento sentía que había mil cosas que no estaban bien —el estar rompiendo tantas reglas; el que Aspen, por lo que yo sabía, tuviera otra novia; el que entre Maxon y yo hubiera ciertos sentimientos—, pero no podía preocuparme de eso. Estaba enfadada con Maxon, y Aspen me confortaba enormemente. Dejé que sus manos recorrieran mis piernas arriba y abajo.

Me asombré de lo diferente que era la sensación. Nunca antes habíamos tenido tanto sitio. Y aunque me dejara llevar, sentía todo lo que me pasaba por la cabeza. Estaba enfadada con Maxon, con Celeste, incluso con Aspen. ¡Demonios, estaba enfadada con Illéa! Mientras nos besábamos sin parar, me eché a llorar.

Aspen siguió besándome, y muy pronto descubrí que parte de las lágrimas también eran suyas.

—Te odio, ¿sabes? —dije.

—Lo sé, Mer. Lo sé.

Mer. Cuando me tocaba así y me llamaba con aquel nombre, sentía como si estuviera en otro mundo. Pese a todo mi disgusto, Aspen me hacía sentir en casa.

Seguimos así casi quince minutos, hasta que recordó que debía marcharse.

—Tengo que volver. El guardia que hace las rondas esperará verme ahí fuera.

—¿Qué?

—Hay guardias que hacen rondas aleatoriamente. Puede que tenga veinte minutos, o quizás una hora. Si hacen una ronda corta, podría tener menos de cinco minutos.

—¡Pues date prisa! —le apremié, poniéndome en pie de un salto con él para ayudarle a alisarse el pelo.

Agarró su bastón y los dos atravesamos la habitación a la carrera. Antes de abrir la puerta, tiró de mí para besarme de nuevo. Fue como una inyección de luz del sol corriendo por mis venas.

—No puedo creerme que estés aquí —dije.

Aspen sacudió la cabeza.

—Créeme, yo fui el primer sorprendido.

—Eso lo dudo. —Sonreí, y él también—. ¿Cómo acabaste en la guardia del palacio?

Se encogió de hombros.

—Parece que tengo una predisposición natural. Mandan a todo el mundo a un centro de entrenamiento en Whites. ¡America, estaba todo nevado! No los cuatro copos que solemos ver nosotros. Allí dan instrucción y alimento a los nuevos guardias, y los ponen a prueba. También te inyectan cosas. No sé lo que es, pero gané mucho volumen en poco tiempo. Ahora soy un buen luchador, y hasta más inteligente. Obtuve la mejor nota de nuestra clase.

—Eso no me sorprende nada de nada —dije, sonriendo con orgullo.

Volví a besarle. Aspen siempre había sido demasiado brillante como para vivir la vida de un Seis.

Abrió la puerta y echó un vistazo al pasillo. No parecía que hubiera nadie.

—Tengo mucho que contarte. Hemos de hablar —le susurré.

—Lo sé. Y hablaremos. Llevará tiempo, pero volveré. Esta noche no. No sé cuándo, pero pronto.

Volvió a besarme, con tanta fuerza que casi me hizo daño.

—Te he echado de menos —me susurró en la boca, y volvió a ocupar su puesto.

Volví a la cama como en una nube. No podía creerme lo que acababa de hacer. Una parte de mí —una parte muy contrariada— tenía la convicción de que Maxon se lo merecía. Si quería proteger a Celeste y humillarme, desde luego yo no formaría parte de la Selección mucho tiempo más. Si ella podía saltarse las reglas, a mí no habría nada que pudiera detenerme. Problema resuelto.

De pronto sentí la fatiga, y me dormí casi al instante.

Capítulo 23

Cuando me desperté, por la mañana, me sentí algo culpable. Incluso asustada. Solo porque no le hubiera devuelto a Maxon el tirón de oreja no quería decir que no pudiera presentarse en mi habitación en cualquier momento. Podrían habernos pillado. Si alguien tuviera la más mínima idea de lo que había hecho...

Aquello era traición, y en palacio solo tenían una respuesta para la traición. Pero había una parte de mí a la que no le importaba. En los confusos momentos del despertar reviví cada mirada en los ojos de Aspen, cada caricia, cada beso. ¡Lo echaba tanto de menos! Ojalá hubiéramos tenido más tiempo para hablar. Necesitaba saber qué pensaba Aspen, aunque la noche anterior me había dado algunas pistas. ¡Era tan increíble —después de intentar con tanto ahínco dejar de desearlo— que aún me quisiera!

Era sábado, y se suponía que debía ir a la Sala de las Mujeres, pero no podía soportar la idea. Necesitaba pensar, y sabía que con el incesante parloteo de allí abajo aquello sería imposible. Cuando llegaron mis doncellas, les dije que me dolía la cabeza y que me quedaría en la cama.

Fueron de lo más solícitas, me trajeron comida y me limpiaron la habitación haciendo el mínimo ruido posible. Casi me sentí mal por mentirles. Pero tenía que hacerlo; no podía enfrentarme a la reina y a las chicas, y tal vez a Maxon, mientras tuviera la mente tan bloqueada con la imagen de Aspen.

Cerré los ojos pero no dormí. Intenté averiguar cómo me sentía. Entonces alguien llamó a la puerta. Me giré en la cama y me encontré con la cara de Anne, que me preguntaba en silencio si debía responder. Me senté en la cama, me alisé el pelo y asentí.

Recé por que no fuera Maxon —temía que pudiera verme la expresión de culpabilidad en el rostro—, pero lo que no me esperaba era ver la cara de Aspen asomando por mi puerta. Noté que inconscientemente erguía más el cuerpo, y esperé que mis doncellas no se hubieran dado cuenta.

—Disculpe, señorita —le dijo a Anne—. Soy el soldado Leger. He venido a hablarle a Lady America sobre algunas medidas de seguridad.

—Sí, claro —repuso ella, sonriendo más de lo habitual e indicándole a Aspen que pasara. Por la esquina vi que Mary le hacía una mueca a Lucy, a quien se le escapó una risita mal disimulada.

Al oírlas, Aspen se giró hacia ellas y se tocó el sombrero.

—Señoritas.

Lucy bajó la cabeza y Mary se ruborizó tanto que sus mejillas se pusieron más rojas que mi pelo, pero no respondieron. Pese a que el aspecto de Aspen también parecía haber impresionado a Anne, esta al menos consiguió sobreponerse y hablar.

—¿Quiere que nos vayamos, señorita?

Me lo planteé. No quería que fuera demasiado evidente, pero estaba deseando disfrutar de cierta intimidad.

—Solo un momento. Estoy segura de que el soldado Leger no me necesitará mucho tiempo —decidí, y ellas salieron de la habitación rápidamente.

En cuanto desaparecieron por la puerta, Aspen habló:

—Me temo que te equivocas. Voy a necesitarte mucho mucho tiempo —dijo, y me guiñó el ojo.

Meneé la cabeza.

—Aún no puedo creerme que estés aquí.

Aspen no perdió un momento: se quitó el sombrero y se sentó al borde de mi cama, acercando las manos, de modo que nuestros dedos se tocaran apenas.

—Nunca pensé que tuviera que dar gracias al Ejército, pero, si al menos me da la oportunidad de pedirte disculpas, le estaré agradecido para siempre.

Guardé silencio. No podía decir nada. Aspen me miró a los ojos.

—Por favor, perdóname, Mer. Fui un tonto, y he lamentado aquella noche en la casa del árbol desde el momento en que bajé por la escalera. Fui un cabezota al no querer decir nada, y luego salió tu nombre en la Selección... No sabía qué hacer. —Se paró un momento. Parecía que tenía lágrimas en los ojos. ¿Podía ser que Aspen hubiera llorado por mí como yo había llorado por él?—. Aún te quiero. Muchísimo.

Me mordí el labio, conteniendo las lágrimas. Tenía que estar segura de una cosa antes de poder plantearme aquello siquiera.

—¿Qué hay de Brenna?

Su expresión cambió por completo de pronto.

—¿Qué?

Cogí aire, casi temblando.

—Os vi a los dos juntos en la plaza cuando me iba. ¿Has acabado con ella?

Aspen hizo una mueca, como intentando recordar, y luego se le escapó la risa. Se tapó la boca con las manos y se dejó caer atrás, sobre la cama, y se levantó al instante.

—¿Es eso lo que crees? Oh, Mer. Se cayó. Tropezó y yo la cogí.

—¿Tropezó?

—Sí, la plaza estaba atestada de gente apretujada. Ella se me cayó encima y bromeó con lo patosa que era, algo que, y tú la sabes, es cierto. —Pensé en la vez en que la había visto caerse de la acera sin motivo aparente—. En cuanto me la quité de encima, salí corriendo hacia el escenario.

Recordé aquellos momentos. El intento desesperado de Aspen por acercarse a mí. No estaba fingiendo. Sonreí.

—¿Y qué pensabas hacer exactamente cuando llegaras a mi altura?

Se encogió de hombros.

—En realidad no había pensado tanto. Estaba planteándome rogarte que te quedaras. Estaba dispuesto a ponerme en evidencia si con eso conseguía que no te subieras a aquel coche. Pero tú parecías tan enfadada..., y ahora entiendo por qué. —Suspiró—. No podía hacerlo. Además, quizás esto te hiciera feliz. —Miró alrededor, a la habitación, con todas esas cosas bonitas que, aunque fuera temporalmente, podía considerar mías, y entendí lo que quería decir—. Luego pensé que podría conquistarte cuando volvieras a casa —prosiguió, pero de pronto su voz se tiñó de preocupación—. Estaba seguro de que querrías salir de aquí y volver a casa lo antes posible. Pero... no lo hiciste.

Hizo una pausa para mirarme, pero afortunadamente no preguntó por la relación que había entre Maxon y yo. En parte ya lo había visto, pero no sabía que nos habíamos besado, ni que teníamos señales secretas, y yo no quería explicarle todo aquello.

—Luego llegó el sorteo de los reclutas, y pensé que sería injusto plantearse siquiera escribirte. Podía morir en el campo de batalla. No quería intentar que volvieras a quererme para luego...

—¿Volver a quererte? —pregunté, incrédula—. Aspen, nunca he dejado de quererte.

Con un movimiento decidido pero delicado, se echó adelante para besarme. Me puso la mano en la mejilla, acercándome a él, y volví a sentir lo mismo que en los dos últimos dos años. Daba gracias a Dios de que no se hubieran perdido en la nada.

—Lo siento muchísimo —murmuró, entre besos—. Lo siento, Mer.

Se apartó para mirarme, insinuando una sonrisa en medio de aquel rostro perfecto, y con una mirada que parecía preguntarme exactamente lo mismo que me planteaba yo: ¿y ahora qué?

Justo en aquel momento se abrió la puerta y, horrorizada, vi la expresión de asombro de mis doncellas al ver a Aspen tan cerca de mí.

—¡Gracias a Dios que han vuelto! —les dijo él, mientras me apretaba la mano con más fuerza contra la mejilla, y luego me la ponía en la frente—. No creo que tenga fiebre, señorita.

—¿Qué pasa? —preguntó Anne, corriendo a mi lado con cara de preocupación.

Aspen se puso en pie.

—Decía que se encontraba mal, algo de la cabeza.

—¿Ha empeorado su dolor de cabeza, señorita? —preguntó Mary—. ¡Está palidísima!

Seguro que sí. No tenía duda de que cada gota de mi sangre había abandonado mi cara en el momento en que nos habían pillado juntos. Pero Aspen había sabido mantener la calma y lo había arreglado en una fracción de segundo.

—Traeré los medicamentos —se ofreció Lucy, corriendo al baño.

—Perdóneme, señorita —se disculpó Aspen, mientras mis doncellas se ponían manos a la obra—. No quiero molestarla más. Volveré cuando se encuentre mejor.

En sus ojos veía la misma cara que había besado mil veces en la casa del árbol. El mundo a nuestro alrededor era completamente nuevo, pero aquella conexión entre nosotros era la misma de siempre.

—Gracias, soldado —dije, sin fuerzas.

Él hizo una pequeña reverencia y se dirigió a la puerta.

Enseguida tuve a mis doncellas revoloteando alrededor, intentando curarme de una enfermedad inexistente.

La cabeza no me dolía; me dolía el corazón. El deseo que sentía de que Aspen me abrazara me era tan familiar que daba la impresión de no haber desaparecido nunca.

Me desperté zarandeada por los hombros y me encontré con que era Anne, y que aún era de noche.

—¿Qué…?

—¡Por favor, señorita, tiene que levantarse! —dijo, agitada, presa del terror.

—¿Qué pasa? ¿Te encuentras mal?

—No, no. Tenemos que llevarla al sótano; están atacándonos.

Aún estaba atontada; no tenía claro que lo que oía fuera cierto. Pero vi que Lucy, tras ella, ya estaba llorando.

—¿Han entrado? —pregunté, incrédula.

El llanto aterrado de Lucy me confirmó que así era.

—¿Qué hacemos? —pregunté.

Una ráfaga de adrenalina me despertó de pronto, y salté de la cama. En cuanto estuve en pie, Mary me calzó unos zapatos y Anne me puso una bata. Lo único que me venía a la cabeza era: «¿Norte o sur? ¿Norte o sur?».

—Hay un pasadizo aquí, en la esquina. La llevará directamente al refugio del sótano. Los guardias están esperándolas. La familia real ya debería estar allí, y también la mayoría de las chicas. Dese prisa, señorita.

Anne me arrastró al pasillo y empujó un tabique. Se abrió un trozo, como un pasaje oculto de una novela de misterio. Efectivamente, tras la pared había una escalera. En aquel momento, Tiny salió como una flecha de su habitación y se escabulló por el pasadizo.

—Muy bien, vamos —dije. Anne y Mary se me quedaron mirando. Lucy estaba temblando hasta el punto de que apenas se mantenía en pie—. Vamos —repetí.

—No, señorita. Nosotras vamos a otro sitio. Tiene que darse prisa antes de que lleguen. ¡Por favor!

Sabía que si las encontraban podían resultar heridas, en el mejor de los casos; en el peor, podían morir. No podía soportar la idea de que les pasara algo. A lo mejor me estaba sobrevalorando, pero si Maxon se había apartado de lo estipulado para hacer todo lo que había hecho hasta ahora, quizá le preocuparan mis doncellas, teniendo en cuenta lo importantes que eran para mí. Aunque estuviéramos peleados. Quizás aquello era contar con demasiada generosidad por su parte, pero no iba a dejarlas allí. El miedo me hizo actuar más rápido. Agarré a Anne del brazo y la empujé. Ella avanzó trastabillando, y no pudo detenerme mientras agarraba a Mary y Lucy.

—¡Moveos! —les ordené.

Echaron a caminar, pero Anne no dejaba de protestar.

—¡No nos dejarán entrar, señorita! Ese lugar es solo para la familia... ¡Nos echarán en cuanto lleguemos!

Pero a mí no me importaba lo que dijera. Fuera como fuera el refugio, seguro que no había ningún lugar más seguro que el elegido para esconder a la familia real.

La escalera estaba iluminada cada pocos metros, pero, aun así, estuve a punto de caerme varias veces con las prisas. La preocupación no me dejaba pensar con claridad. ¿Hasta dónde habían conseguido penetrar los rebeldes anteriormente? ¿Sabían que existían esos pasadizos? Lucy estaba medio paralizada, y tuve que tirar de ella para que no se rezagara.

No sé cuánto tiempo tardamos en llegar abajo, pero por fin el estrecho pasaje se abrió, dando paso a una gruta artificial. Vi otras escaleras y otras chicas, todas ellas corriendo hacia lo que parecía una puerta de medio metro de grosor. Corrimos hacia el refugio.

—Gracias por traer a la joven. Ya pueden marcharse —les dijo un guardia a mis doncellas.

—¡No! Vienen conmigo. Se quedan —exclamé, con voz autoritaria.

—Señorita, tienen sus propios lugares donde resguardarse —respondió él.

—Muy bien. Si ellas no entran, yo tampoco. Estoy segura de que al príncipe Maxon le gustará saber que mi ausencia se debe a usted. Vámonos, señoritas —dije, tirando de las manos de Mary y Lucy.

Anne estaba paralizada de la sorpresa.

—¡Espere! ¡Espere! Está bien, entre. Pero si alguien tiene alguna objeción, será responsabilidad suya.

—No hay problema —repuse.

Di media vuelta con las chicas de la mano y entré en el refugio con la cabeza bien alta.

En el interior había un gran alboroto. Algunas chicas estaban reunidas en grupitos, llorando. Otras rezaban. Vi al rey y a la reina sentados, solos, rodeados de más guardias. A su lado, Maxon cogía a Elayna de la mano. Ella parecía algo agitada, pero evidentemente el contacto de Maxon la calmaba. Observé la posición de la familia real… tan cerca de la puerta. Me pregunté si tenía que ver con la imagen del capitán que se hunde con su barco. Harían todo lo posible por mantener aquel lugar a flote, pero, si se iba a pique, ellos serían los primeros en ahogarse.

Todo el grupo me vio entrar con mis doncellas. Observé las caras de confusión en sus rostros, asentí una vez y seguí adelante con la cabeza bien alta. Pensé que, mientras yo pareciera segura de mí misma, nadie cuestionaría mi decisión.

Me equivoqué.

Di unos pasos más y Silvia salió a mi encuentro. Parecía increíblemente tranquila. Estaba claro que aquello no la pillaba por sorpresa.

—Estupendo, un poco de ayuda. Chicas, id inmediatamente a los depósitos de agua de atrás y empezad a servir refrescos a la familia real y a las señoritas. Venga, en marcha —ordenó.

—No —dije, girándome hacia Anne y dándole mi primera orden de verdad—. Anne, por favor, llevad refrescos al rey, a la reina y al príncipe, y luego venid conmigo. —Me encaré a Silvia—. El resto se las puede arreglar solas. Han escogido dejar a sus doncellas a su suerte, así que pueden ir a buscarse ellas solitas el agua. Mis doncellas se sentarán conmigo. Adelante, señoritas.

Sabía que estábamos muy cerca de la familia real y que me habrían oído. Con la intención de mostrar cierta autoridad, puede que hubiera levantado demasiado la voz. Pero no me importaba que pensaran que era una maleducada. Lucy estaba más asustada que la mayoría de los presentes. Estaba temblando de la cabeza a los pies y, en su estado, no iba a permitir que tuviera que ponerse a servir a gente que no valía la mitad que ella. A lo mejor era consecuencia de mis años de experiencia como hermana mayor, pero sentía que debía proteger a aquellas chicas.

Encontramos un rinconcito al fondo de la sala. Quienquiera que se ocupara de mantener a punto aquel lugar no debía de haber pensado en la superpoblación que provocaría la Selección, porque no había suficientes sillas. Pero vi las reservas de comida y de agua, y tuve claro que bastarían para pasar meses allí abajo, en caso necesario.

Éramos una curiosa colección de gente muy diversa. Varios soldados llevaban de guardia toda la noche, y aún iban de uniforme. Hasta Maxon iba completamente vestido. Pero casi todas las chicas portaban finos camisones, prendas pensadas para dormir en la calidez de sus habitaciones. Con las prisas, no todas habían podido coger una bata. Por mi parte, aun con la bata puesta, tenía algo de frío.

Varias chicas se habían amontonado en la parte frontal de la sala. Evidentemente, serían las primeras en morir si alguien llegaba a entrar. ¡Pero si eso no ocurría, pasarían un montón de tiempo junto a Maxon! Unas cuantas estaban más cerca de nosotras, y la mayoría estaba en un estado similar al de Lucy: temblando, llorando y petrificadas de miedo.

Mientras Anne iba atendiendo a los demás, rodeé a Lucy con un brazo, y Mary se le acurrucó al otro lado. No había nada agradable que decir del refugio ni de la situación, así que nos quedamos en silencio un buen rato, escuchando el ruido de las voces. Aquel parloteo me recordó mi primer día en el palacio, cuando nos vistieron y nos maquillaron. Cerré los ojos y me imaginé aquel momento en un intento por tranquilizarme.

—¿Estás bien?

Levanté la vista y me encontré con Aspen, elegantísimo con su uniforme. Hablaba en tono formal, y no parecía afectado en absoluto por la situación. Suspiré.

—Sí, gracias.

Permanecimos un momento en silencio, observando cómo la gente se iba distribuyendo por la sala. Era obvio que Mary estaba exhausta: ya dormía, apoyada en el costado de Lucy. Ella estaba bastante tranquila, dentro de lo que cabía esperar. Ya había dejado de llorar y estaba ahí sentada, mirando a Aspen como encandilada.

—Ha sido un detalle que trajeras a tus doncellas. No todo el mundo es tan amable con gente que considera inferior —dijo.

—Las castas nunca me han importado demasiado —respondí, en voz baja.

Él esbozó una sonrisa.

Lucy cogió aire, como si fuera a hacerle una pregunta a Aspen, pero un sonoro grito atravesó la cámara. En el otro extremo de la sala, un guardia ordenó silencio.

Aspen se alejó, lo cual no me disgustó. Temía que alguien pudiera ver algo.

—Es el mismo guardia de antes, ¿no? —preguntó Lucy.

—Sí.

—Lo he visto de guardia en su puerta últimamente. Es encantador —señaló.

Estaba segura de que Aspen habría saludado a mis doncellas con la misma amabilidad con que me saludaba a mí cuando nos cruzábamos por los pasillos. Al fin y al cabo, ellos eran todos Seises.

—Y es muy guapo —añadió Lucy.

Sonreí y me planteé decir algo, pero el mismo guardia nos dio instrucciones de que permaneciéramos calladas. Las voces se fueron apagando y un silencio sobrecogedor se extendió por la sala.

Entonces lo oímos. Por encima de nuestras cabezas había gente luchando. Intenté distinguir disparos, o cualquier cosa que nos dijera de dónde era ese grupo. Sin darme cuenta había ido acercando a las chicas hacia mí, como si pudiéramos protegernos las unas a las otras de lo que se nos venía encima.

El ruido siguió durante horas. El único que se movía en nuestro refugio era Maxon, que iba de un sitio a otro para ver cómo estaban las chicas. Cuando llegó a nuestro rincón, solo Lucy y yo estábamos despiertas, y de vez en cuando intercambiábamos unas palabras entre susurros. Se acercó y sonrió al ver el montón de personas apiladas sobre mí. No se le veía en la cara ni rastro de enfado por nuestra discusión, aunque yo seguía teniendo ganas de aclarar las cosas. Se limitó a sonreír, contento de ver que estaba bien. Me sentí culpable... ¿En qué lío me había metido?

—¿Estás bien? —preguntó.

Asentí. Miró a Lucy y se inclinó por delante de mí para hablarle. Aspiré y sentí el olor de Maxon. No olía a nada que pudiera embotellarse en un frasquito. No era canela, ni vainilla ni —enseguida me vino a la cabeza— jabón casero. Maxon tenía su propio olor, una mezcla de sustancias que emanaban de él mismo.

—¿Y tú? —le preguntó a Lucy.

Ella también asintió.

—¿Estás sorprendida de encontrarte aquí abajo? —le preguntó de nuevo, sonriendo.

—No, alteza. Con ella no —respondió la chica, señalándome con un gesto de la cabeza.

Maxon se giró hacia mí. Tenía su rostro increíblemente cerca. Me sentí incómoda. Había demasiadas personas a mi alrededor; no podía moverme. Y demasiadas personas que podían vernos, Aspen incluido. Pero el momento pasó enseguida, y volvió a girarse hacia Lucy.

—Te entiendo perfectamente —le dijo, y sonrió de nuevo. Parecía como si fuera a decir algo más, pero se lo pensó mejor e hizo ademán de ponerse en pie.

Le agarré del brazo y le susurré:

—¿Norte o sur?

—¿Te acuerdas de la sesión fotográfica? —preguntó, muy bajito.

Sobrecogida, asentí. Aquel grupo se abría paso hacia el noroeste, quemando cosechas y matando a la gente por el camino. «Interceptadlos», había dicho. Aquellos rebeldes, aquellos asesinos, habían estado acercándose lentamente a nosotros todo aquel tiempo, y no habían podido detenerlos. Eran asesinos. Eran sureños.

—No se lo digas a nadie —dijo, y se fue a donde estaba Fiona, que lloraba tapándose la cara con las manos.

Me esforcé en respirar poco a poco, intentando imaginar cómo podía huir si llegaban hasta allí, pero me estaba engañando. Si los rebeldes conseguían llegar hasta allí abajo, todo se habría acabado. No había nada que hacer, solo esperar.

Las horas fueron pasando. No tenía ni idea de qué hora era, pero las que se habían dormido al llegar ya se habían despertado, y las que habíamos aguantado despiertas todo aquel tiempo estábamos empezando a caer rendidas.

El ruido de arriba no acabó de pronto, pero fue yendo a menos según pasaban las horas. Al final se hizo el silencio.

Se abrió la puerta y unos cuantos guardias salieron a investigar. Tardaron un tiempo en repasar todo el palacio, y al final volvieron.

—Damas y caballeros —anunció uno de los guardias—, los rebeldes han sido sometidos. Les rogamos que vuelvan todos a sus habitaciones por las escaleras auxiliares. El edificio no presenta buen aspecto y hay muchos guardias heridos. Es mejor que todos eviten las salas y salones principales hasta que podamos limpiarlos. Las participantes en la Selección, por favor, vayan a sus habitaciones y permanezcan en ellas hasta nuevo aviso. He hablado con los cocineros; se les llevará comida dentro de menos de una hora. Necesitaré que todo el personal médico se presente en el hospital de palacio.

Al momento todos nos pusimos en pie y nos dirigimos a la salida como si nada. Algunos hasta parecían aburridos. Salvo por las caras de gente como Lucy, daba la impresión de que todo el mundo le quitaba importancia al ataque, como si fuera algo previsible.

Mi habitación había sido arrasada. El colchón estaba en el suelo, los vestidos fuera del armario y las fotografías de mi familia rotas por el suelo. Busqué mi frasco, que seguía intacto, con su céntimo dentro, oculto bajo la cama. Intenté no llorar, pero se me escapaban las lágrimas. No era tanto el miedo. Lo que no soportaba era que el enemigo hubiera puesto las manos en mis cosas y lo hubiera estropeado todo.

Tardamos un buen rato en ponerlo todo en orden, pues estábamos agotadas. No obstante, lo logramos. Anne incluso consiguió un poco de cinta adhesiva, con la que pude volver a recomponer mis fotos. En el momento en que me dieron la cinta adhesiva mandé a mis doncellas a la cama. Anne protestó, pero yo no quería oír hablar del tema. Ahora que había descubierto mis dotes de mando, no me asustaba en absoluto usarlas.

Una vez sola, me dejé llevar y lloré. Aunque ya no había motivo para el miedo, seguía llevándolo dentro.

Saqué los vaqueros que Maxon me había regalado y la única blusa que había traído de casa y me los puse. Así me sentía un poco más normal. Tenía el cabello revuelto tras los acontecimientos de la noche, así que me lo recogí en un moño informal sobre la cabeza, del que algunos mechones se escapaban y me caían sobre la cara.

Vi los fragmentos de las fotografías sobre la cama, e intenté pensar cómo combinaban. Era como tener las fichas de cuatro puzles mezcladas en la misma caja. Solo había conseguido completar uno cuando llamaron a la puerta.

«Maxon —pensé—. Por favor, que sea Maxon.» Y abrí la puerta, esperanzada.

—Hola, querida.

Era Silvia. Tenía una mueca en la cara que supuse que quería ser de consuelo. Se coló en mi habitación, se giró y vio lo que llevaba puesto.

—Oh, no me digas que tú también te vas —exclamó—. La verdad es que no ha sido nada —añadió, intentando quitar importancia al incidente con un gesto de la mano.

Yo no lo llamaría nada. ¿No se daba cuenta de que había estado llorando?

—No me voy —repuse, mientras me apartaba un mechón colocándomelo tras la oreja—. ¿Se va alguna de las chicas?

—Sí. —Suspiró—. Tres, de momento. Y Maxon, pobrecillo, me ha dicho que deje irse a quien lo desee. Ahora mismo ya están haciendo los preparativos. Es gracioso. Es como si supiera que alguna iba a marcharse. Si estuviera en vuestro lugar, me lo pensaría dos veces antes de irme por esta tontería.

Silvia se puso a caminar por mi habitación, fijándose en cómo estaba todo. ¿Tontería? Pero ¿qué le pasaba a esa mujer?

—¿Se han llevado algo? —preguntó, con naturalidad.

—No, señora. Lo han puesto todo patas arriba, pero no parece que falte nada.

—Muy bien. —Se me acercó y me entregó un minúsculo teléfono móvil—. Esta es la línea más segura de palacio. Tienes que llamar a tu familia y decirles que estás bien. No te entretengas mucho. Aún tengo que ir a ver a otras chicas.

Me maravillé al ver aquel minúsculo objeto. Lo cierto era que nunca había tenido un teléfono móvil. Los había visto antes, en manos de Doses y de Treses, pero nunca había pensado que llegaría a usar uno. Las manos me temblaban de la emoción. ¡Iba a oír sus voces!

Marqué el número con impaciencia. Después de todo lo sucedido, aquello me hizo sonreír. Mamá cogió el teléfono a los dos tonos.

—¿Diga?

—¿Mamá?

—¡America! ¿Eres tú? ¿Estás bien? Estábamos preocupadísimos. Nos llamó un guardia diciéndonos que posiblemente no sabríamos de ti hasta dentro de unos días, y enseguida supimos que esos malditos rebeldes habían entrado en el palacio. ¡Hemos pasado tanto miedo! —Se echó a llorar.

—No llores, mamá. Estoy bien —dije, y miré a Silvia, que parecía aburrida.

—Espera.

Se oyó un pequeño revuelo.

—¿America? —En la voz de May se notaba que había llorado. Debía de haber pasado un día terrible.

—¡May! ¡Oh, May, te echo muchísimo de menos! —Sentí que las lágrimas estaban a punto de salir.

—¡Pensaba que habrías muerto! America, te quiero. Prométeme que no te morirás —dijo May, entre llantos.

—Te lo prometo —contesté, y no pude evitar sonreír.

—¿Vendrás a casa? ¿No puedes? No quiero que sigas ahí —suplicó ella.

—¿Volver a casa?

Un montón de sensaciones se acumularon en mi interior. Echaba de menos a mi familia, y estaba cansada de esconderme de los rebeldes. Cada vez me sentía más confusa con respecto a mis sentimientos hacia Aspen y Maxon, y no sabía cómo gestionarlos. Lo más fácil sería marcharse. Pero, aun así…

—No, May, no puedo volver a casa. Tengo que quedarme aquí.

—¿Por qué? —protestó May.

—Porque sí —me limité a responder.

—Pero ¿por qué?

—Porque sí, nada más.

May se quedó un momento en silencio, pensando.

—¿Estás enamorada de Maxon? —preguntó, y por un momento oí a la May que conocía, siempre tan loca por los chicos. Ya se le pasaría.

—Humm, no sé, pero…

—¡America! ¡Estás enamorada de Maxon!

—¡Oh, Dios mío! —Oí que exclamaba papá.

—¿Qué? —dijo mamá a lo lejos—. ¡Sí, sí, sí!

—May, yo no he dicho…

—¡Lo sabía! —May no paraba de reír. De pronto todo su miedo a perderme se había desvanecido.

—May, tengo que dejarte. Las otras chicas necesitan el teléfono. Solo quería que supierais que estoy bien. Escribiré pronto, lo prometo.

—Vale, vale. ¡Pero cuéntame de Maxon! ¡Y manda más dulces! ¡Te quiero! —gritó.

—Yo también te quiero. Adiós.

Colgué el teléfono antes de que pudiera preguntar nada más. No obstante, en cuanto desapareció su voz, la eché de menos, más incluso que antes.

Silvia no perdió un momento. Me cogió el teléfono de la mano y al cabo de unos instantes ya estaba dirigiéndose a la puerta.

—Buena chica —dijo, y desapareció por el pasillo.

Desde luego no me sentía a gusto. Pero sabía que, una vez que supiera cómo arreglar las cosas con Aspen y Maxon, todo iría mejor.

Capítulo 24

A las pocas horas, Amy, Fiona y Tallulah ya se habían ido. No estaba segura de si tanta rapidez se debía a la eficiencia de Silvia o a la impaciencia de las chicas. Quedábamos diecinueve. De pronto me dio la impresión de que aquello iba muy rápido. Aun así, nunca me habría imaginado que iba a ir aún más rápido.

El lunes después de los ataques volvimos a nuestras rutinas. El desayuno fue delicioso, y me preguntaba si llegaría un día en que aquellas comidas tan espectaculares ya no me dijeran nada.

—Kriss, ¿no es divino todo esto? —pregunté, mientras mordía un trozo de una fruta en forma de estrella.

Antes de mi llegada a palacio no la había visto nunca. Kriss tenía la boca llena, pero asintió. Aquella mañana sentía una cálida sensación de fraternidad. Ahora que habíamos sobrevivido a un intenso ataque rebelde, era como si aquellos frágiles vínculos se hubieran consolidado y convertido en algo inquebrantable. Emily, al otro lado de Kriss, me estaba pasando la miel. A mi otro lado, Tiny me preguntaba con ojos de admiración dónde había conseguido mi collar del ruiseñor. El ambiente era el de las cenas de mi familia unos años atrás, antes de que Kota se convirtiera en un idiota y de que Kenna nos dejara para casarse. Todo era animado, informal y distendido.

De pronto supe, tal como había dicho Maxon que le había ocurrido a su madre, que mantendría el contacto con aquellas chicas. Querría saber con quién se casaba cada una y les enviaría felicitaciones de Navidad. Y dentro de veinte años o más, si Maxon tenía un hijo, las llamaría para preguntarles por sus candidatas preferidas de la nueva Selección. Y recordaríamos todo lo que habíamos pasado juntas y sonreiríamos al pensar en ello como una aventura, no como una competición.

Curiosamente, el único que parecía preocupado en toda la sala era Maxon. No tocó la comida; paseaba la vista por las filas de chicas, concentrado en algo. De vez en cuando, hacía una pausa y se debatía, pensativo. Luego seguía.

Cuando llegó a mi fila, me pilló mirándolo y esbozó una tímida sonrisa. Salvo por el rápido intercambio de palabras de la noche anterior, no habíamos hablado desde nuestra discusión, y había cosas que aclarar. Esta vez tenía que ser yo quien iniciara la conversación. Con una expresión que dejaba claro que era una petición, no una exigencia, me tiré de la oreja. Él mantuvo la expresión tensa en la cara, pero también se tiró de la oreja.

Suspiré aliviada y la vista se me fue a las puertas del enorme comedor. Tal como sospechaba, había otro par de ojos mirándome. Había visto a Aspen al entrar, pero no había querido hacerle caso. Aunque supongo que es imposible no prestar atención a alguien a quien quieres tanto.

Maxon se puso en pie. Aquel movimiento repentino hizo que su silla chirriara de un modo que llamó la atención de todas, y nos giramos en su dirección. Daba la impresión de que habría deseado pasar desapercibido, pero, consciente de que aquello era imposible, decidió hablar.

—Señoritas —dijo, con una leve reverencia. Tenía aspecto de estar pasándolo muy mal—. Me temo que, desde el ataque de ayer, me he visto obligado a reconsiderar seriamente la operación de la Selección. Tal como saben, tres de ustedes solicitaron permiso para marcharse ayer, y se lo concedí. No querría que nadie estuviera aquí contra su voluntad. Es más, no me siento cómodo obligando a nadie a quedarse en palacio, enfrentándose a esta amenaza constante, si estoy convencido de que no tenemos ningún futuro juntos.

La confusión reinante en la sala dio paso a la comprensión. Aunque no nos gustara, era evidente.

—No estará… —murmuró Tiny.

—Sí, eso es lo que está haciendo —respondí.

—Aunque me duele hacer esto, he discutido el asunto con mi familia y con unos cuantos consejeros próximos, y he decidido acelerar el proceso y reducir el número de participantes a la élite de finalistas. No obstante, en lugar de diez, solo quedarán seis de ustedes —anunció Maxon, con un tono absolutamente formal.

—¿Seis? —exclamó Kriss.

—Eso no es justo —dijo Tiny casi sin voz, echándose a llorar.

Paseé la mirada por la sala mientras los murmullos de protesta iban extendiéndose. Celeste cogió aire, como si pudiera luchar por una plaza. Bariel había cerrado los ojos y cruzado los dedos, esperando quizá que esa imagen le hiciera ganar simpatías. Marlee, que había admitido que no estaba interesada en Maxon, estaba increíblemente tensa. ¿Por qué le importaba tanto quedarse?

—No quiero alargar esto de un modo innecesario, así que solo las siguientes señoritas se quedarán: Lady Marlee y Lady Kriss.

Marlee emitió un suspiro de alivio y se llevó una mano al pecho. Kriss se agitó de alegría en su silla y miró a las chicas a su alrededor, esperando que las demás se alegraran por ella. Y me alegré, hasta que me di cuenta de que dos de las seis plazas ya habían sido ocupadas. Con aquella discusión pendiente entre Maxon y yo, ¿me enviaría a casa? ¿No veía ningún futuro en mí? ¿Deseaba que lo viera? ¿Qué haría si tenía que volver a casa?

Hasta aquel momento, había tenido en mis manos el poder de decidir cuándo me iría. Ahora me daba cuenta, de pronto, de lo importante que era para mí quedarme.

—Lady Natalie y Lady Celeste —prosiguió, mirando a una y luego a la otra.

Apreté los dientes al oír el nombre de Celeste. No podía creer que la prefiriese a ella antes que a mí. ¿Cómo podía escogerla para ser una de las seis finalistas? ¿Significaba eso que yo me iba? Habíamos discutido por ella, precisamente.

—Lady Elise —dijo, y todas las demás cogimos aire, esperando el último nombre. Sin darnos cuenta, Tiny y yo estábamos apretándonos la mano—. Y Lady America. —Maxon me miró, y sentí que cada uno de los músculos de mi cuerpo se relajaba.

Tiny empezó a lloriquear inmediatamente, y no era la única. Maxon soltó un suspiro.

—A todas las demás, lo siento muchísimo, pero confío en que me crean cuando les digo que espero que sea por su bien. No quiero alimentar las esperanzas de nadie sin motivo y arriesgar su vida al mismo tiempo. Si alguna de las que se va a marchar desea hablar conmigo, estaré en la biblioteca al final del pasillo, y pueden venir a visitarme en cuanto hayan acabado de desayunar.

Maxon salió del salón lo más rápido que pudo. Le observé hasta que pasó por delante de Aspen, pero entonces fue él quien llamó mi atención. Parecía confuso, y yo sabía por qué. Le había dicho que no quería a Maxon, por lo que debía de suponer que yo tampoco significaba nada para el príncipe. Entonces, ¿por qué iba a estar tan tensa ante la perspectiva de quedarme o marcharme? ¿Y por qué iba a querer Maxon que yo permaneciese en palacio?

Apenas un segundo después, Emmica y Tuesday ya habían salido corriendo tras Maxon, sin duda en busca de una explicación. Algunas de las chicas estaban llorando, evidentemente desilusionadas, y a las que nos quedábamos nos tocó intentar animarlas.

Era una situación incomodísima. Tiny acabó por quitárseme de encima y salió corriendo. Yo no quería que me guardara rencor.

Al cabo de unos minutos, todo el mundo se había ido; ya no teníamos hambre. No me entretuve mucho, ya que tampoco podía contener las emociones. Cuando pasé junto a Aspen, me susurró:

—Esta noche.

Asentí levemente y seguí adelante.

El resto de la mañana fue raro. Nunca había tenido amigas a las que pudiera echar de menos. Todas las habitaciones ocupadas de la segunda planta estaban abiertas, y las chicas entraban y salían, pasándose notas y recogiendo direcciones. Lloramos y nos reímos juntas y, por la tarde, el palacio se había convertido en un lugar mucho más serio que en el momento de nuestra llegada.

En mi extremo del pasillo no quedaba nadie, así que no hubo más ruidos de doncellas yendo arriba y abajo, ni de puertas cerrándose. Me senté a mi mesa, leyendo un libro mientras mis doncellas limpiaban el polvo. Me pregunté si el palacio siempre estaba así de solitario. Aquel vacío hizo que echara de menos a mi familia.

De pronto alguien llamó a la puerta. Anne se apresuró a abrir, mirándome para asegurarse de que estaba preparada para las visitas. Asentí.

Cuando Maxon entró en la habitación, me puse en pie de un salto.

—Señoritas —dijo, mirando a mis doncellas—. Nos volvemos a encontrar.

Ellas hicieron una reverencia y soltaron unas risitas nerviosas. Él les respondió con un gesto y se giró hacia mí. Hasta aquel momento no fui consciente de las ganas que tenía de verle. En un momento me puse en pie junto a la mesa.

—Perdónenme, pero necesito hablar con Lady America. ¿Nos permiten un momento?

Las chicas se deshicieron en nuevas reverencias y risitas, y Anne, con un tono casi reverencial, le preguntó si podía traerle algo. Maxon dijo que no, y nos dejaron solos. Él llevaba las manos en los bolsillos. Nos quedamos en silencio un momento.

—Me temía que me pudieras echar —admití, por fin.

—¿Por qué? —preguntó él, extrañado.

—Porque discutimos. Porque todo lo que pasa entre nosotros es raro. Porque…

«Porque, aunque tú sales con otras cinco mujeres, creo que te estoy engañando», pensé.

Maxon fue acercándose lentamente, como si estuviera eligiendo las palabras a medida que se aproximaba. Cuando por fin llegó a mi altura, me cogió las manos en las suyas y me lo explicó todo.

—En primer lugar, deja que me disculpe. No debía haberte gritado. —Parecía sincero—. Es que algunos de los comités, y mi padre, me están presionando con esto, y quiero ser yo el que tome la decisión. Me molestaba que de nuevo no se tomara en serio mi opinión.

—¿Cómo?

—Bueno, ya has visto cuáles son mis opciones. Marlee es la favorita de la opinión pública, y eso no puedo pasarlo por alto. Celeste es una joven muy poderosa, y procede de una excelente familia con la que conviene estar a buenas. Natalie y Kriss son encantadoras, ambas muy agradables, y cuentan con el favor de algunos de mis familiares. La familia de Elise resulta que tiene buenas relaciones en Nueva Asia. Y dado que estamos intentando poner fin a esta maldita guerra, es algo que vale la pena tener en cuenta. No he parado de dar vueltas a todos los aspectos de esta decisión.

No había ninguna explicación que justificara mi elección, y casi no me atrevía a pedirla. Sabía que éramos amigos, y que yo no tenía ninguna influencia política. Pero necesitaba oír aquellas palabras para poder decidir por mí misma. No podía mirarle a los ojos.

—¿Y yo? ¿Por qué sigo aquí? —pregunté, con la voz apenas convertida en un murmullo.

Estaba segura de que me dolería. En el fondo de mi corazón estaba convencida de que solo seguía aquí porque era tan bueno que se veía incapaz de romper su promesa.

—America, creo que lo he dejado claro —dijo Maxon con calma. Suspiró y me levantó la barbilla con la mano. Cuando por fin tuve sus ojos delante, confesó—. Si esto fuera más sencillo, ya habría eliminado a todas las demás. Sé lo que siento por ti. A lo mejor soy demasiado impulsivo al pensar que pueda estar tan seguro, pero tengo la convicción de que contigo sería feliz.

Me ruboricé. Sentía que las lágrimas acudían a mis ojos, pero parpadeé para combatirlas. La expresión de su rostro era tan adorable que no quería perdérmela.

—Hay momentos en que siento que hemos derribado el último muro que se había erigido entre tú y yo, y otros en los que pienso que solo quieres quedarte por conveniencia. Si pudiera estar seguro de que tu única motivación es estar conmigo…

Hizo una pausa y sacudió la cabeza, como si el final de la frase fuera algo que no podía permitirse siquiera desear.

—¿Me equivoco al pensar que sigues sin tenerlo claro?

No quería hacerle daño, pero tenía que ser honesta.

—No.

—Entonces tengo que asegurar la apuesta. Puede que un día decidas marcharte, y yo te lo permitiré. Pero tengo que encontrar esposa. Estoy intentando tomar la mejor decisión posible dentro de las limitaciones que se me han impuesto, pero, por favor, no dudes ni por un momento de que me importas. Mucho.

No pude contener más las lágrimas. Pensé en Aspen y en lo que había hecho, y me sentí avergonzada.

—¿Maxon? —dije, entre sollozos—. ¿Podrás..., podrás perdonarme...? —No conseguí terminar mi confesión. Se acercó aún más y se puso a limpiarme las lágrimas del rostro con sus fuertes dedos.

—¿Perdonarte el qué? ¿Nuestra estúpida discusión? Ya está olvidada. ¿Que tus sentimientos no afloren al ritmo de los míos? Estoy dispuesto a esperar —aseguró, encogiéndose de hombros—. No creo que haya nada que puedas hacerme que no pueda perdonarte. ¿Tengo que recordarte el rodillazo que me diste en la entrepierna?

No pude evitar reírme. Maxon soltó una risa breve y luego se puso serio de pronto.

—¿Qué pasa? —pregunté.

—Esta vez han ido muy rápido —dijo, con un tono casi de admiración ante el talento de los rebeldes.

De pronto me planteé lo cerca que había estado del desastre al intentar salvar a mis doncellas.

—La situación me preocupa cada vez más, America. Sean del norte o del sur, parecen tremendamente decididos. Da la impresión de que no pararán hasta que consigan lo que quieren, y no tenemos la más mínima idea de lo que es. —Maxon parecía confuso y triste—. Me temo que sea solo cuestión de tiempo hasta que destruyan algo importante para mí.

Me miró a los ojos.

—Aún puedes decidir, ¿sabes? Si te da miedo quedarte, deberías decírmelo. —Hizo una pausa—. Y si crees que no podrás quererme nunca, me haría bien que me lo dijeras ahora. Te dejaré marchar, y podemos separarnos como amigos.

Lo rodeé con mis brazos y apoyé la cabeza contra su pecho. Maxon parecía reconfortado y sorprendido por el gesto. Solo tardó un segundo en abrazarme.

—Maxon, no estoy completamente segura de lo que somos, pero desde luego somos más que amigos.

Suspiró. Con la cabeza apretada contra su pecho, oía amortiguado el latido de su corazón. Parecía que se le aceleraba. Su mano, con un movimiento suave, como siempre, me envolvió la mejilla. Cuando le miré a los ojos, noté aquel sentimiento innombrable que crecía entre nosotros.

Con los ojos, Maxon me pedía algo que ambos habíamos acordado posponer. En mi interior agradecí que no quisiera esperar más. Asentí levemente, y él cubrió la pequeña distancia que nos separaba y me besó con una ternura inimaginable.

Sentí una sonrisa bajo sus labios, una sonrisa que se prolongó un buen rato.

Capítulo 25

Noté que alguien me tiraba del brazo. Estaba oscuro: o era muy tarde, o muy temprano. Por un instante pensé que habríamos sufrido otro ataque. Entonces supe que no era así: lo dejaba claro la palabra usada para despertarme.

—¿Mer?

Tenía a Aspen a mis espaldas, y me llevó un momento recomponerme antes de darme la vuelta. Sabía que tenía que hablar con él y aclarar ciertas cosas. Esperaba que el corazón me permitiera decirlas.

Me giré y, al ver sus brillantes ojos verdes, supe que no sería fácil. Entonces observé que había dejado la puerta de la habitación abierta.

—Aspen, ¿estás loco? —susurré—. ¡Cierra la puerta!

—No, ya lo he pensado. Con la puerta abierta, puedo decirle a cualquiera que venga que he oído un ruido y que he entrado a comprobar que estés bien, que es mi trabajo. Nadie sospecharía nada.

Era sencillo pero brillante. Supongo que a veces el mejor modo de guardar un secreto es dejarlo a la vista.

Asentí.

—De acuerdo.

Encendí la lámpara de mi mesita de noche para dejar claro a los ojos de cualquiera que pasara que no estábamos escondiendo nada. En el reloj vi que eran más de las tres de la mañana.

Evidentemente Aspen estaba satisfecho de sí mismo. Lucía una gran sonrisa, la misma con la que solía recibirme en la casa del árbol.

—Lo has guardado —dijo.

—¿Eh?

Señaló hacia la mesita de noche, donde seguía el frasco con el céntimo dentro.

—Sí —admití—. No podía deshacerme de él.

Se le veía cada vez más esperanzado. Se giró para mirar hacia la puerta, como para comprobar que no hubiera nadie. Entonces se agachó para besarme.

—No —dije, en voz baja, apartándome—. No puedes hacer eso.

La expresión de sus ojos estaba perdida entre la confusión y la tristeza, y me temí que todo lo que estaba a punto de decir no hiciera más que empeorar las cosas.

—¿He hecho algo mal?

—No —repuse, con firmeza—. Has sido maravilloso. Me ha hecho muy feliz verte otra vez y saber que aún me quieres. Lo ha cambiado todo.

—Bien —respondió, sonriendo—. Porque es cierto que te quiero, y pretendo asegurarme de que nunca más tengas motivos para dudarlo.

Me encogí, como avergonzada.

—Aspen, sea lo que sea lo que éramos, o lo que seamos ahora, aquí no podemos serlo.

—¿Qué quieres decir? —preguntó, cambiando de posición.

—Ahora formo parte de la Selección. Tengo que estar pendiente de Maxon, y no puedo salir contigo, o lo que sea que estemos haciendo —dije, mientras retorcía con los dedos un extremo del edredón.

Se quedó pensando un momento.

—Así pues, ¿me estabas mintiendo… cuando decías que no habías dejado de quererme en ningún momento?

—No —le aseguré—. Te he llevado en el corazón todo este tiempo. Tú eres el motivo por el que las cosas han ido tan lentas. A Maxon le gusto, pero no puedo permitirme sentir nada por él mientras existas tú.

—Bueno, estupendo —repuso, sarcástico—. Me encanta saber que no te importaría salir con él si yo no estuviera aquí.

Bajo aquella muestra de rabia, veía claramente que aquello suponía un duro golpe para él, pero no era culpa mía que las cosas hubieran ido así.

—¿Aspen? —dije, en voz baja, para que me mirara—. Cuando te fuiste de la casa del árbol, me dejaste destrozada.

—Mer, ya te he dicho que yo…

—Déjame acabar. —Resopló, pero se calló—. Te llevaste mis sueños, y el único motivo por el que estoy aquí es porque tú insististe en que me apuntara.

Él sacudió la cabeza, con la rabia de saber que era cierto.

—He intentado recuperar el ánimo, y Maxon se preocupa de verdad por mí. Tú significas mucho para mí, lo sabes. Pero ahora formo parte de esto, y sería tonto por mi parte negarme a ver adónde me lleva.

—Así pues, ¿le estás escogiendo a él en lugar de a mí? —preguntó, en un tono lastimoso.

—No, no se trata de escoger a ninguno de los dos, ni a él ni a ti. Estoy escogiéndome a mí.

Aquella era la única verdad. Aún no sabía lo que quería, y no podía dejarme llevar por lo que fuera más fácil o por lo que otros pensaran que era más conveniente. Tenía que darme tiempo para decidir lo que era mejor para mí.

Aspen reflexionó un momento, aunque desde luego no estaba contento con lo que había oído.

Por fin sonrió.

—Sabes que no me rendiré, ¿verdad? —Su tono era de desafío, y no pude evitar sonreír. Lo cierto es que Aspen no era de los que admitían fácilmente la derrota.

—La verdad es que este no es un buen lugar para intentar luchar por mí. Tu determinación aquí puede resultar peligrosa.

—No le tengo miedo a ese «traje» —dijo, en tono de mofa.

Alcé la mirada, casi divertida ante el rumbo que tomaba aquello. Siempre me había preocupado que alguien me quitara a Aspen. Me sentía culpable por que me gustara verle preocupado en relación con que alguien pudiera quitarle a su chica, a mí, para variar.

—Muy bien. Dijiste que no le querías..., pero debe de gustarte un poco para que estés dispuesta a quedarte, ¿no?

Bajé la cabeza.

—La verdad es que sí —asentí—. Es mejor de lo que me esperaba.

Él se quedó pensando un momento, asimilando la noticia.

—Supongo que eso significa que tendré que luchar más duro de lo que pensaba —dijo, dirigiéndose a la puerta.

Antes de cerrar la puerta, me guiñó un ojo.

—Buenas noches, Lady America.

—Buenas noches, soldado Leger.

La puerta se cerró, y la sensación de paz fue sobrecogedora. Desde el inicio de la Selección, me había preocupado que todo aquello se convirtiera en algo que me arruinara la vida. Sin embargo, en aquel momento no creí que pudiera haber nada mejor.

Por la mañana, mis doncellas entraron en la habitación, demasiado temprano para mi gusto, y me despertaron. Anne corrió las cortinas y, en el momento en que la luz cayó sobre mí, tuve la sensación de que aquel era realmente mi primer día en palacio.

La Selección ya no era algo que me estuviera ocurriendo sin más, sino que era algo de lo que yo participaba activamente. Era parte de la élite. Aparté las sábanas y me incorporé de un salto al nuevo día.

FINAL DEL PRIMER LIBRO

Agradecimientos

Vale, por si acaso estáis muy ocupados o cansados por haberos quedado despiertos hasta tarde para acabar el libro, en primer lugar quiero daros las gracias por leerlo. De verdad, os quiero. Gracias.

Y ahora pasemos a la gente que ha hecho posible esto. Bueno, en realidad tenemos que retroceder un poco más.

Como siempre, le doy gracias a Dios por las palabras. Estoy encantada de no tener que comunicaros esta historia con las antenas, o algo así. Las palabras son algo delicioso, y siempre daré gracias de que existan.

Callaway: *Oat bananas!* Gracias por apoyarme y por ser alucinante, en general.

Guyden: gracias por compartir a mamá con los amiguitos que tiene en la cabeza.

Todo mi cariño a mi madre, mi padre y mi hermano menor por animarme a ser rara. Y un enorme abrazo a mis suegros y a mi cuñado menor por ser un público tan increíble. Los seis habéis hecho que esto resulte de lo más emocionante, y os lo agradezco muchísimo.

Gracias a la pandilla de la New Life Christian Fellowship y a mi equipo ganador por celebrar mis progresos desde el principio. ¡Un abrazo!

Gracias a Mary, la primera persona que leyó *La Selección*, por pensar que valía la pena, y a Liz y a Michelle por ser las lectoras concienzudas y racionales que yo no soy. Vosotras habéis hecho mejor el libro, chicas. Y además creo que sois increíbles.

Gracias a Ashley Bruillette por hacer un vídeo estupendo y por ganarse el nombre de uno de los personajes del libro. ¡Bravo! También quiero dar las gracias a Elizabeth O'Brien, Emily Arnold y Kayleigh Poulin por salir conmigo cuando era una empollona rarita. Gracias también por dejarme usar vuestros nombres.

Otros nombres que he tomado prestados: Jenna, Elise, Mary, Lucy, Gerad, Amy, etc. Gracias por aparecer cuando no tenía ni idea de qué escribir. ¡Yupi!

Elana Roth: eres una agente de campeonato, y nunca podré agradecerte el que apostaras por mí pese a lo mal que me vendo por teléfono. Aún no sé qué es lo que te hizo decidirte. Y gracias también por dejarme abrazarte. ¡Te quiero!

A Caren y Collen de JLA, gracias por estar ahí y por ser estupendas.

Erica Sussman: eres la bomba. De verdad. Es impresionante lo bien que has entendido a America y lo divertido que es trabajar contigo. Te adoro a ti y adoro tu bolígrafo violeta. Gracias por hacer que esto no pareciera un trabajo en ningún momento.

Tyler, eres todo frescura, y siento tu energía por todas partes. Gracias por todo lo que has trabajado.

Y a todos los de HarperTeen: ¡GRACIAS! Habéis sido un encanto. Casi no me atrevo a decir en voz alta el honor que ha sido convertirme en una autora de la casa, y os agradezco todo lo que habéis trabajado para mí. Desde el diseño de las cubiertas hasta el *marketing*, o simplemente el modo de comunicar conmigo, todo ha sido mejor de lo que podría haber esperado nunca. Gracias, de verdad.

A Jeannette, Catherine, Kati, Ciara, Christina, las chicas de la guardería de Guy, y a todos los que pueda haber olvidado: gracias por cuidar a Guyden en repetidas ocasiones para que yo pudiera trabajar. Para mí ha sido muy importante saber que no estaba sola.

¡Y, si habéis llegado hasta aquí, gracias de nuevo a mis lectores y lectoras! Algunos de vosotros habéis estado conmigo desde la primera vez que me senté delante de una cámara y dije: «¡Hola, Interwebs!». Otros leísteis *The Siren* o me encontrasteis en Twitter. Y otros simplemente visteis a la chica guapa de la portada del libro y decidisteis comprarlo. Sea como fuere, gracias por leer mi libro. Espero que, de algún modo, os haya hecho felices.

© Dustin Cohen

Kiera Cass

Se graduó en historia por la Universidad de Radford. Creció en Carolina del Sur y en la actualidad vive en Blacksburg (Virginia), con su familia. En su tiempo libre, a Kiera le gusta leer, bailar, hacer vídeos y comer cantidades de pastel.

www.kieracass.com
@kieracass
#laSelección
youtube.com/user/kieracass